茜唄《あかねうた》

上

今村翔吾

角川春樹事務所

茜《あかね》唄《うた》

上

茜《あかね》唄《うた》 上

目次

装画　猫将軍
装幀　芦澤泰偉＋五十嵐徹

登場人物紹介

平知盛《たいらのとももり》――平清盛の四男。〝相国最愛の息子〟と言われる才気を持つ。

希子《きこ》――知盛の妻。貴族らしからぬ奔放さで知盛に愛され、知盛を愛す。

平教経《のりつね》――知盛を「兄者」と慕い、〝王城一の強弓精兵〟と謳われる武者。

源義経《みなもとのよしつね》――戦の天才。兄を敬愛し、疑うことを知らない。

木曾義仲《きそよしなか》――〝旭将軍〟とも呼ばれ、〝新しき戦〟を行う信濃源氏の武将。

源頼朝《よりとも》――全てを欲する〝将の将〟。源氏の象徴となりつつある。

平宗盛《むねもり》――平清盛の三男にして、心優しき平家の棟梁。

後白河法皇《ごしらかわ》――第七十七代天皇。朝廷の権力を掌握する。

序

祇園精舎《ぎをんしやうじや》の鐘《かね》の声、諸行無常《しよぎやうむじやう》の響《ひびき》あり。

沙羅双樹《しやらさうじゆ》の花の色、盛者必衰《じやうしやひつすい》の理《ことわり》をあらはす。

おごれる人も久しからず、唯《ただ》春の夜《よ》の夢のごとし。

たけき者も遂《つひ》にはほろびぬ、偏《ひとへ》に風の前の塵《ちり》に同じ。


朗々とした唄、琵琶《びわ》の音に誘われたかのように、夜風に揺れる葉の音が高くなった。互いに口を開くことはなく、その玲瓏《れいろう》な音色が無言の時を埋めている。

今宵《こよい》は月も満ちているはずだった。だが生憎《あいにく》の曇天《どんてん》で、月明かりを取り込むことも出来ない。高灯台《たかとうだい》の仄《ほの》かな光が、部屋の中を茫《ぼう》と照らしていた。

「お見事でございます」

男は言った。その声には深い感慨が滲《にじ》んでいるようであった。

「ありがとうございます」

謙遜《けんそん》することはなかった。己としても渾身《こんしん》の作だと思っているし、そうでなければならないと心に決めていた。

一度作ったものを崩し、新たに付け加え、あるいは削り、試行錯誤の末に編《あ》み上げた。こうして完成に至るまで、実に二十余年の歳月を要したのだ。

「よろしいのですか」

男は困惑したように念を押した。一度は引き受けると約束したものの、今聴いてみて、改めてこれまでの労力が如何《いか》ほどのものかと慮《おもんぱか》ったのだろう。

「お願い致します」

「ならば。これより毎夜、訪ねて来ます。ご教授下さい」

「裏から入れるようにしておきます」

「一月《ひとつき》……いや、これほどの大作となれば、身に付けるまでには今少し時を要するかもしれませぬ」

「幾ら掛かっても構わない。そう言いたいのは山々ですが……もうそれほど時は残されておりますまい」

「と、申しますと？」

男が顔を顰《しか》め、浮かぶ陰影が濃くなった。

「あの方が姿を消したとの報を聞きました」

男には事前に己を取り巻く状況を伝えていた。間もなく大事件が起こると予測している。そして結果の如何《いかん》にかかわらず、己は必ず召し出されると確信していた。

「まさか……」

己の覚悟を察したようで、男は息を呑《の》んだ。

「この物語を編んだことを伝えます」

静かに、それでいて凛然《りんぜん》と言うと、男は喉《のど》を鳴らした。それが如何なる事態を招くかが解《わか》っているのだ。

「一つだけお願いがあります」

重ねて言うと、男は膝《ひざ》でにじり寄った。

「何でしょうか」

これまで何も条件を付けることはなかった。故に、灯明《ほあ》かりに薄っすらと照らされた男の顔に、不安の色が浮かんでいる。

「この物語の名を伝えておきます。その名も含めて受け継《つ》いで頂きたいのです」

「治承《じしょう》物語……ではなく？」

治承とは元号のこと。このような軍記物語には、物語の間の元号を当てるのが普通である。「保元《ほうげん》物語」「平治《へいじ》物語」などもそうであるから、男は、この物語はきっと「治承物語」と名付けられるのだと思っていたらしい。

こちらが鷹揚《おうよう》に頷《うなず》くと、男は気を整えるように細く息を吐いて尋《たず》ねた。

「では何と」

「平家物語」

郎党たちを勇壮に励《はげ》ます姿、親しき者の死を悲しむ涙、そして童《わらべ》の如《ごと》く無《む》邪気《じゃき》に笑う顔。それらが脳裏《のうり》に浮かんで消える。

ひと時声をひそめていた木々が、一斉に騒ぎ始める。葉音に微《かす》かに夏を感じた。あの人と離れて何度目の夏か。そのようなことを考えながら、脇に置いていた琵琶に今一度そっと手を触れ、閉め切った部屋にも滲む夏の香りを吸い込んだ。

第一章

最愛の子

一

治承《じしょう》四年（一一八〇年）の秋も盛りとなって、葉が色づく時に発する芳《かぐわ》しい香りが辺りに漂っている。逢坂《おうさか》の関の曲がりくねった道を、二人の男が足早に行く。馬の方が速いが、それでは流石《さすが》に目立つ。

男のうち一人は身丈《みのたけ》五尺七寸（約一七三センチメートル）とすらりと背が高い。雪の如《ごと》き白い肌に、通った鼻筋、細く涼やかな切れ長の目をしている。

「あっ……」

道の先から来る行商が、脇に寄って深々と頭を下げた。軽く会釈《えしゃく》をするのみで先を急ぐ。行商は会釈すら返って来るとは思っていなかったようで、茫然《ぼうぜん》とした表情になっていた。

「行商相手に律儀《りちぎ》なことで」

今一人の男が大きな溜息《ためいき》を零《こぼ》した。色白の男も相当背が高いのだが、こちらは身丈六尺三寸（約一八九センチメートル）と常人離れしている。衣服の上からでも筋骨隆々《りゅうりゅう》としているのが見て取れる巌《いわお》のような躰《からだ》である。

「別に誰が相手でもする」

色白の男は平然と答えた。

「だから兄者は変わり者といわれるのだ」

巨軀《きよく》の男は太い首に手を回した。

「よいではないか。それに後々正体が露見して、横柄《おうへい》であったと陰口《かげぐち》を叩《たた》かれてもつまらぬだろう？」

「その恰好《かっこう》だから露見するのだ。着替えればよかったものを……」

「急がねばならぬとは思わなかったのでな」

色白の男は苦笑した。

すれ違う者が皆、頭《こうべ》を垂れるのには訳がある。身に着けている衣服が直衣《のうし》なのである。直衣とは公家《くげ》の男子のみが許された略装である。略装とはいえ、近頃は勅許《ちょっきょ》を得て参朝にも使用できるようになっている。それも銀糸をあしらった立派なもの。加えて金色の兵庫鎖太刀《ひょうごぐさりたち》を佩《は》いているのだから、一見して相当な身分だと知れてしまうのだ。

一方、大男はくたびれた灰鼠《はいねず》色の水干《すいかん》、腰には二尺六寸（約七八センチメートル）はある武骨な毛抜形太刀《けぬきがた》を佩き、背には大弓さえ背負《せお》っている物騒な出《い》で立ちである。先程の行商はこちらにも別の意味で驚いていたように見えた。

「まるで公達《きんだち》だ」

「おい。これでも公達だ」

色白の男がくすりと笑うと、巨軀の男のほうもおかしなことを言っていることに気付いて呵々《かか》と笑った。

色白の男は名を平知盛《たいらのとももり》と謂《い》う。当年で齢《よわい》二十九を数える。平氏棟梁《とうりょう》にして、平大相国《へいだいしょうこく》などと呼ばれて天下の権を握る平清盛《きよもり》の四男である。正三位左兵衛督《しょうさんみさひょうえのかみ》、並びに院御厩別当《いんのみうまやのべっとう》と公卿《くぎょう》に上っている。正真正銘の平家の公達である。

「お前は野盗でも通るぞ」

知盛は眉《まゆ》を開いてみせた。

大男を平教経《のりつね》と謂った。その名から判《わか》るように同じ平家一門であり、知盛からすれば従弟《いとこ》に当たる。歳《とし》は二十一と若いが、

――王城一の強弓精兵《つよゆみせいびょう》。

とも謳《うた》われる平家随一《ずいいち》の武者である。齢十二の時にすでに身丈六尺（約一八〇センチメートル）を超え、大人二人掛かりでやっとという弓を易々《やすやす》と引いた。腕力だけだと思われがちであるが、太刀の扱いも尋常《じんじょう》でなく上手《うま》い。数々の名だたる師匠《ししょう》を付けられたが、あっという間に追い越してしまったほどである。大陸の英雄、楚《そ》の覇王項羽《こうう》とはこのような男だったのではないかと、知盛は思うのだ。

この教経、幼い頃から己に酷《ひど》く懐《なつ》いており、従弟であるにもかかわらず、兄者、兄者とことあるごとに後ろをついて回る。

「もう対応くらい決まっている頃か」

教経は思い出したように言った。

「まだまだ。下手《へた》をすれば明日になる」

知盛は苦く頬《ほお》を緩めた。

近江《おうみ》で乱が起こったとの知らせがあったのは今朝早くのこと。父清盛はすぐに一門を召集し、自らは参朝して事態の鎮静化を図った。

このような時に公家たちは狼狽《ろうばい》するのみで、朝議はなかなか進まない。一門の衆もある者は酒に酔いつぶれ、またある者は紅葉《もみじ》狩りに出かけていて、すぐに集まることはできない。仮に在宅していても、出陣したくないがために仮病を使う者もいる。後手に回るのは目に見えていた。

「何故《なぜ》、俺を呼ばないのだ」

教経が憤《いきどお》りの言葉を吐いたのはこれで三度目のことである。平家きっての猛将といわれているにもかかわらず、教経は召集されない。これまでにもこのような反乱はあったが、出陣を命じられたことは一度もないのである。

「色々と……な」

知盛はにゅっと道に伸びた枯《か》れ枝を手折《たお》った。

一口に平氏といっても様々な派閥《はばつ》があり、さらに系譜によっての軽重がある。反乱を鎮《しず》めれば手柄となるため、追討軍の大将は誰か、副将は誰かと、それぞれの派閥、近親たちで揉《も》めるのだ。一門の中で、教経の父や兄は決して発言権が強くない。故に教経に白羽の矢が立つことはないのだ。

「平家の端《はした》だからな」

教経はけっと吐き捨てた。

数年前、教経の家と繋がりのある者が、反平家の謀議《ぼうぎ》を首謀した。以降、教経父子はどこか肩身が狭い。

短気にして豪放ゆえに勘違いされがちであるが、教経は愚《おろ》かではない。己が何故選ばれないのかを理解している。理解していても、若い教経が憤懣《ふんまん》を覚えるのは無理もないだろう。

「だが兄者は申し分ないお人だろう」

さらに教経は口を尖《とが》らせて続けた。

「戦場で倒れられても困るからだろう」

知盛は自嘲《じちょう》気味に笑った。父清盛には幾人かの子がいるが、己のことを特に可愛《かわい》がっていた。世間では、

――入道相国最愛の息子。

などといわれているとも聞く。

それでも知盛の官歴は特別に煌《きら》びやかという訳ではなかった。十四歳上の長男重盛《しげもり》は同じ二十九歳の時には権中納言《ごんのちゅうなごん》であったし、五歳上の三男宗盛《むねもり》は二十四歳で早くも同じ権中納言に叙任《じょにん》されている。

知盛だけやや出世が遅いのは、幼い頃から病弱であったことが大きいだろう。年に一度は必ず長く寝込んでしまう。

半年前の五月にも、知盛は突如《とつじょ》として高熱を発して倒れた。薬師《くすし》いわく、万死に一生を得るという有様であったらしく、一時は死の淵《ふち》をさまよった。

知盛が熱病に冒《おか》されて二日後、父の清盛は摂津《せっつ》福原《ふくはら》から大急ぎで京に帰ってきた。

「都の全寺に加持祈禱《かじきとう》をさせよ」

清盛は平然と周囲に命じた。

今の天下で父清盛に逆《さか》らえる者は誰一人としていない。宗派を問わず、都じゅうの寺で加持祈禱が行われた。洛中《らくちゅう》のどこにいても祈禱の念仏が聞こえるほどであったという。

その甲斐《かい》あってか、知盛は二日後に平癒《へいゆ》することとなった。意識を取り戻した時、父が子どものように飛び跳《は》ねて喜んでいたのを覚えている。

そのような知盛であるから、父としては戦に出して万が一のことがあってはと思っているのだろう。

「だが兄者は強い」

「お前に褒《ほ》められてもな」

知盛はこめかみを指で掻《か》いた。

己は生まれながらにして、人よりも相当に指先が器用であった。六歳の頃には笛を、九歳の頃には琵琶《びわ》を大人顔負けに奏《かな》でた。太刀や弓も同じで、触れればすぐに上手く使えるようになり、教えてくれた師には、

——これほど繊細《せんさい》な太刀筋は見たことがない。

と、瞠目《どうもく》されたものであった。何事であれ「道具」を扱うことが達者《たっしゃ》なのだ。それは躰の弱さとは無関係らしい。

とはいえ教経と木剣でもって立ち合えば、十度に八度は負けてしまう。もっとも教経は腕自慢

の郎党十人を一人で相手取っても、瞬《またた》く間に蹴散《けち》らしてしまうのだから、二度でも勝てるのは凄《すご》いことだと周囲も認めてくれている。

「それに兄者の本当の強さは別のところさ」

「またそれか」

「俺だけは知っている」

「煽《おだ》てるな」

知盛は手を軽く振った。教経は己には特別な「才」があると信じており、ことあるごとにこう言うのだ。故に尊敬しているのだとも。だが当の知盛自身は半信半疑である。

「で、どうする」

逢坂の関を越えれば近江の国。目的地は間もなくである。教経は大きな躰に似合わぬ小声で訊《き》いた。

「まずは近くまで行かねば始まらぬ。上手く逃げ出していたならよし」

「捕らえられていれば？」

「何としても救う」

知盛は凛然《りんぜん》と言い切った。


美濃《みの》、尾張《おわり》で大規模な反乱が起こった。それに応じて近江国の山本義経《やまもとよしつね》なる男も蜂起《ほうき》。それに加わらんとする豪族、この機に乗じて野盗働きをしようとするならず者などが溢《あふ》れ、近江は大混乱に陥っている。近江は京のすぐ隣であるため、平家一門はこれを大事と見て対策を練《ね》っているのだ。

近江反乱の報を受けると、己に参朝の命《めい》は下らぬと思いつつも、知盛は念のために屋敷で支度《したく》をしていた。

知盛には同い年の妻がおり、名を希子《きこ》と謂う。その希子が血相を変えて飛び込んで来たのは、それから間もなくのことである。

「大変でございます！」

希子は宮仕えでは南御方《みなみのおんかた》、守貞親王《もりさだしんのう》の乳母《うば》となっては治部卿《じぶきょうの》局《つぼね》などと呼ばれてきたが、偉ぶるところはなく、出逢《であ》った頃から全く変わらない。そのようなところが知盛は好ましく、夫婦になって十三年経《た》つが、周囲にも驚かれるほど仲睦《なかむつ》まじい。

「落ち着け。近江のことであろう――」

知盛が振り返った瞬間、慌てすぎたあまり自分の着物の裾《すそ》を踏《ふ》んでしまい、希子は滑《すべ》り込むように前に倒れた。その刹那《せつな》、知盛は手を伸ばして妻を支える。

「気をつけよ」

希子は知盛の腕の中で顔を上げた。

「大変です。北政所様《きたのまんどころ》が」

「完子《さだこ》が？」

完子とは知盛の妹で、夫の近衛《このえ》基通《もとみち》が関白に任じられたことから、今は北政所と呼ばれるようになっている。昔から歳の近い知盛に懐き、兄たま、兄たまと舌足《た》らずに呼んで寄って来たものである。その完子が訪ねて来ているらしい。

「完子様が仲良くされている、通子《みちこ》様をご存じですね」

「ああ、近衛様のご息女だな」

近衛様は近衛基実《もとざね》と謂い、六条摂政《ろくじようせつしよう》とも呼ばれる大臣で基通の父であった。己の姉・盛子《もりこ》と、基実は夫婦であるため、知盛にとっては義兄という関係でもあるが、基実はすでに十四年前に世を去っている。

その娘である通子と、妹の完子は仲がよく、共に和歌などを詠《よ》んだり、寺社仏閣に参詣《さんけい》したりする仲だと聞いている。

「通子様が今、少ない供と共に石山寺《いしやまでら》に参詣に」

「何……」

山号は石光山《せつこうさん》だが、その名のほうが通りがよい。近江南部の名刹《めいさつ》で、紫式部《むらさきしきぶ》が籠《こも》って源氏物語の序を書いたことでも知られる寺である。京に程近い山の上にあることから、軍事的な要衝《ようしよう》でもある。近江反乱軍が真っ先に押さえようとするであろう場所の一つだった。

「父上はこのことを」

「まだご存じでないようです」

「解《わか》った。完子は何処《どこ》だ」

「私の部屋に」

「よし、手を離すぞ。よいか」

気付けば希子を抱きかかえたまま話し込んでいた。廊下《ろうか》で控《ひか》えている二人の侍女のうち、驚いているのは最近仕えた者だろう。古い侍女が、珍《めずら》しいことではないと耳打ちしたのが聞こえた。

希子の部屋に行くと、妹の完子は滂沱《ぼうだ》と涙を流していた。

「兄様……通子様を……通子様を……」

「任せておけ」

「しかし父上は朝議に……」

朝議が始まれば、たとえ子である己たちといえども近づくことは出来ない。本日の議題は近江の反乱で国家の一大事だから、それを上回る議題など有り得ないのだ。

「俺が助け出す。教経を呼べ」

知盛が命じると、希子は強く頷《うなず》いた。

教経は駆け付けてくると、二つ返事で承諾《しょうだく》してくれた。こうして知盛は教経と共に近江石山寺に向かっているのだ。

琵琶湖の湖面が陽《ひ》の光を受け、玉を撒《ま》いたように煌《きら》めいている。それを左手にして南へ進むと石山寺の山門が見えて来る。近くの茂みに身を隠して様子を窺《うかが》った。

「兄者」

「ああ、遅かったようだ」

胴丸鎧《どうまるよろい》を身に着け、薙刀《なぎなた》を手にした雑兵《ぞうひょう》の姿が複数見える。中には大鎧に身を固めた武者の姿もあった。

「すでに……」

殺されたのではないか。教経はその言葉を呑《の》み込んだ。

「いや、近衛の娘だ。そう容易《たやす》くは殺すまい。捕らえられたと見るほうがよかろう」

「よかった。鏖《みなごろし》にして通子様を奪い返そう」

教経は物騒なことを平然と口にする。

「山門であの数なら、寺には少なく見積もっても五十。多ければ百ほどいると見てよかろう。二人で城攻めをするようなものだ」

「俺一人で、小城の一つや二つ落としてみせる」

「全く、お前という奴《やつ》は」

知盛は丸い溜息を零して続けた。

「真《まこと》にやってのけそうだ。平家一門がお前を用いぬのは大間違いよな」

「そうだろう、そうだろう」

褒めると、教経は嬉《うれ》しそうに頬を緩めた。

「必ず出番が来る。だからこそ怪我《けが》をしては詰まらぬ」

「むう……あんな奴らに後《おく》れは――」

「俺が怪我をする。下手すれば死ぬる」

「兄者、それは困る」

「だろう？」

このような会話の中でも、知盛の頭は激しく回転している。通子を傷つけず、己たちも無事で、最も効率よく奪い返す方法を模索しているのだ。

「よし、山門の奴らをやるか」

知盛は言った。何はともあれ通子の居場所を確かめねばならない。そのためには敵を締め上げるしかなさそうである。

「結局それか？」

「いや、あの大鎧は何か指示を与えに来ただけのようだ。数が減るのを見計らって出るぞ。助けを呼ばせてはならぬ」

「瞬《また》く間に首と胴を切り離せばよいのだな」

「その物騒な言いざまを止《や》めろ。静かに、平然と……殺《や》るのだ」

知盛は苦笑した。己の言葉もとても公達のそれではない。人によっては己のほうが恐ろしく思えるかもしれない。

四半刻《しはんとき》（約三〇分）ほど待った。山門を守るのは四人。増えもしないが、減りもしていない。

教経と打ち合わせると、二人は茂みから出てふらりと歩を進める。

「どなた様で……？」

山門を守る雑兵は、こちらがあまりに自然に近づいて来るので、来客と思ったらしい。

「京から」

そう答えると、雑兵たちが色めき立つ。知盛はそれを手で制してすぐに優しく、流れるように話しかけた。

「我らは山本殿の味方よ。京にも平家を憎く思っている者は多い。洛中で呼応しようとする者もいる。そのことをお伝えしたく、こうして参上した」

「なるほど」

端《はな》から味方だといっても信じない。だが、敢《あ》えて緊張を高めさせておいてから安心させてやると、人の心は一気に緩むものである。

加えて、直衣姿というのが役立った。平家を憎む朝臣の一人にしか見えないだろう。

「すぐに磯部《いそべ》様にお伝えします」

ここを任されている者の名であろう。他の雑兵がそう言った時、知盛が軽く頷くと、教経は低く言い放つ。

「いや、閻魔《えんま》に伝えておけ」

その刹那、白刃が二本迸《ほとばし》った。知盛の太刀は雑兵の首を切り裂く。その時にはすでに教経が二人斬り倒し、残る一人を組み伏せているから驚きである。

「まことに三人やるとは。お前はやはり人外だな」

「問題ないと言っただろう」

教経はにやりと笑い、組み伏せた一人をさらに地に押し付けた。蛙《かえる》のような呻《うめ》きを発する雑兵に向け、知盛は膝を折って顔を寄せ囁《ささや》いた。

「十数える間に答えれば命は助ける。一度しか聞かぬ。近衛様のご息女は何処《いずこ》だ」

「ぐ……」

「教経、手を少し緩めてやれ。一、二、三、四……」

「知らぬ。貴様らは――」

「話そうが話すまいが構わぬぞ。五、六、七……」

「わ、分かった。言う」

「引き延ばしは無用。八、九……」

「本堂の脇だ」

「よし」

知盛が頷いて目顔で示すと、教経は雑兵を仰向《あおむ》けにひっくり返し、脾腹《ひばら》に拳を打ち込んだ。雑兵は泡を吹いて気絶する。

「兄者、殺したほうがいいんじゃないか?」

「捨て置け。誓《ちか》いは守る。それが俺のやり方だ」

とても公達の口調ではない。度々《たびたび》、病に罹《かか》っているため軟弱という印象を持たれがちだが、教経に負けず劣《おと》らず、知盛も磊落《らいらく》な性質である。

知盛は若い頃から、屋敷に仕える雑色《ぞうしき》や、その子供とも分け隔《へだ》てなく接して遊んだ。故に砕《くだ》けた物言いが身に付いてしまっている。耳に胼胝《たこ》が出来るほど窘《たしな》められ、今ではそれを出さぬようにしているが、教経のような気を許した者の前ではつい地が出てしまうのである。

「よし、すぐに露見する。行くぞ」

「兄者、頼むぞ」

教経は全幅《ぜんぷく》の信頼を置いてくれている。教経が己にあると信じてくれている「才」とは、軍略、用兵のことなのである。

教経がまだ十二歳の頃、同じ平家一門や郎党の子供たちを集めて雪合戦をしていた。教経の身体能力は凄《すさ》まじく、たとえ味方が倒されてたった一人になっても勝ってしまう。そこに二十歳《はたち》の頃の知盛が通り掛かり、敗れた側の子が教経を倒したいと泣きついた。

——こうするのだ。

知盛がその子にそっと鶴翼《かくよく》の陣の肝《きも》を教えてやると、これまでとは形勢が逆転し、教経はあっという間に倒された。

もう一回と教経は挑んだが結果は同じ。挙句《あげく》の果《は》てには己が策を教えたことに憤り、

——一方だけを助けるのはずるい！

と、己に迫った。知盛は苦笑しつつも素直に詫《わ》びた。それ以降、何故か教経は己に懐くようになり、勝手に兄者と呼ぶようになった。個としては明らかに優れている自分が、為《な》す術《すべ》なく敗れた経験はあまりに鮮烈だったらしく、

——兄者の采配《さいはい》で俺が戦えば、平家は無敵だ。

と、世の誰も己を評価していないのに、教経だけが言っているのだ。

「教経、こっちだ」

東大門《とうだいもん》と呼ばれる山門を潜《くぐ》ると、すぐ右に折れて大黒天堂《だいこくてんどう》の裏に回った。石山寺にはかつて父を含めた一族でも、妻の希子と二人でも参詣したことがあり、境内《けいだい》の勝手はよく解っている。

本来ならば、くぐり岩を過ぎたところにある石段を上っていくが、そこには見張りがいると考えられた。

「ここを登るのだな」

教経は括《くく》り緒を引き、素早く袖《そで》を捲《まく》った。本堂のすぐ近く、御影堂《みえいどう》まで木々が生えているだけの斜面を登るのだ。

平家一門の二人が、這《は》うようにして急勾配を登っているこの様を庶民が見れば、驚いて卒倒するかもしれない。それほど今の平家は驕《おご》り、人を顎《あご》で使うだけの軟弱者の集まりだと思われているし、事実、土で衣服が汚れることさえ嫌う者もいるのだ。

「うじゃうじゃといるな」

登り終えると、教経は本堂の辺りを窺って言った。恐れるどころか、その顔に喜色すら浮かべている。

「人数は五十といったところか。境内に散っているのが幸いしたな。あれがここの大将だろう」

本堂の廻縁に立つ男。大鎧が他の者よりも一際《ひときわ》立派であり、今しがたも誰かに指示をしているのが見えた。

「磯部……とか謂っていたやつか。兄者は知っているのか？」

「知らん。勝手に名乗っているだけで、実際はそこらの野盗上がりじゃあないか」

世が混乱すれば、何処の誰とも解らぬ輩《やから》が湧《わ》き出て蠢《うごめ》くものだ。この動乱で一旗揚《あ》げようとする者は多い。

「教経、三本いけるな」

「難なく」

「よし、出来るだけ散らしてくれ」

教経は弓を手に取ると、箙《えびら》から矢を三本取って同時に番《つが》えた。ぎりぎりと引き絞る中、知盛は頃合いを見て手を振った。弦《つる》から三本の矢が放たれ、本堂へと向かっていく。一本は雑兵に命中し、一本は柱に、残る一本は欄干《らんかん》に弾《はじ》かれて宙を舞った。

「敵だ！　平氏が来たぞ！　数は三百！」

知盛は身を伏せたまま大音声《だいおんじょう》で叫《さけ》ぶ。その間に、教経はさらに二本の矢を本堂に目掛けて放った。

「何処だ？」

「門の守りはどうなっている！」

敵が一気に騒《ざわ》めく中、二人はさらに北へと場所を移している。大将を守ろうとする者、矢の放たれた場所を探る者、山門の様子を見に行こうとする者、浮足立ってそろりと逃げ出す者、群れていたのがぱっと散ったのが見えた。

「今だ」

知盛は言うやいなや、茂みから飛び出して駆けた。本堂まで五十歩ほどの距離になって、ようやくこちらに気付いた者がいる。

「教経」

「応《おう》！」

後ろから矢が追い越していき、雑兵の胸板に当たって躰を吹っ飛ばした。凄まじい威力に敵はさらに動揺している。

「防げ！」

大将と思《おぼ》しき男が命じるのを遮《さえぎ》るように、知盛は叫んだ。

「すでに山門には平家三百がいる。逃げるなら追わぬ。命を無駄にするな！」

大将は虚言《きょげん》だと喚《わめ》くが、一度場に満ちた恐怖は拭《ぬぐ》い切れない。これで十数人が逃げ出した。勇《ゆう》敢《かん》に向かって来るのは二十余人。そのうちの一人を知盛はすれ違いざまに斬った。

「兄者！」

教経が追い抜き、素早く手を伸ばす。廻縁から己を狙《ねら》って矢が放たれたのだ。教経は何とその飛来する矢を素手で摑《つか》んだ。

「おお、化物《ばけもの》か」

知盛以上に、敵が驚いて啞然《あぜん》としていた。

「気を付けろ。兄者が死ねば、俺が相国に殺される」

教経はそう言うと、向かって来る一人を太刀で切り伏せ、もう一人を柄で殴打《おうだ》した。刃《やいば》でなくとも強烈な一撃で相手は絶命したのではないか。これに恐れをなして、また数人が逃げ去っていく。

本堂の中に残るは五人。四人が教経に向かう中、知盛は大将と思しき男と対峙《たいじ》した。

「くそっ、何奴だ」

「平知盛」

「公達……だと？」

確かに装《よそお》いだけ見れば違うとも言い切れない。気品のある顔立ちに、名を揚げる機会と見たか、大将が朗々と名乗ろうとした。

「やあやあ我こそは――」

知盛は細く息を吐くと同時に太刀を真っすぐに繰り出す。大鎧は弦走《つるばし》りを避けて突き刺さねば刃が通らない。太刀を脾腹に捻《ね》じ込むと、知盛は逃がさぬように残る手で男を抱きかかえた。

「汚いぞ……」

「そもそも戦とは汚いものだ」

知盛は耳元で囁《ささや》くように言うと、ゆっくり太刀を引き抜いた。大将らしき男はどっと頽《くずお》れる。

振り返れば、教経はすでに雑兵四人を始末したところであった。

「こっちだ」

本堂の相の間東端に紫式部が籠っていたという、二間続きの部屋がある。戦いの最中、そこから確かに、

――助けて下さい。

という声が聞こえた。音曲が好きで毎日没頭《ぼっとう》しているうちに、知盛は常人より耳が良くなっていた。これだけは教経にも負けず、普段から兄者は地獄耳だと笑われているのだ。戸に閂《かんぬき》が掛けられ、荒縄が巻かれて念入りに封じられていた。

「通子殿か」

太刀で斬って驚かせてはならぬと、縄を解《ほど》きながら中に声を掛けた。

「どなたですか⁉」

「完子の兄だ」

「宗盛様？」

知盛は苦笑し、教経が噴き出す。砕けた口調の知盛と違って、宗盛は鷹揚《おうよう》な話し振りだが、声だけはよく似ていると言われるのだ。

「違う。別当よ」

「武衛《ぶえい》様ですか！」

「そうだ」

知盛の官職は厩《うまやの》別当。だが同時に左兵衛督でもある。故に呼び方一つとっても様々である。己が望むと望まぬとにかかわらず、平家一門が重要な官職を独占しているために起こることであった。さらに唐名で呼ぶこともあり、何ともややこしい。左兵衛督の唐名は武衛である。

「何故、ここに……」

「完子が心配してな」

封じられた戸を開けながらも、相手を落ち着かせるために知盛はずっと話し掛けた。

「完子が……」

「間もなく戸が開く。もう一人いるが味方だから驚かないでおくれよ。大男だからな。教経と謂う」

「能登守様《のとのかみさま》」

「知っていたか」

「有名ですもの。その武勇は西国《さいごく》無双だと」

「ふふ……だとよ」

知盛が一瞥《いちべつ》すると、教経は嬉しそうに笑んだがすぐに顔を曇《くも》らせた。

「兄者、間もなく敵が……」

教経の焦《あせ》りなど気にも止めぬように、知盛は呑気《のんき》な口調で通子に答えた。

「通子様。教経の武勇は日ノ本無双ですよ」

このようなやり取りのお陰で、随分と通子の声も和《やわ》らいでいる。ようやく戸が開くと女が一人いた。知盛も何度か見たことがある。通子で間違いない。

絵に描《か》いたような公家の娘で、ふっくらとした顔立ちにおちょぼ口である。もともと肉置《しし》き豊かな人であったが、以前見た時よりも遥《はる》かに肥《こ》えている。ざっと見たところでも二十五貫目（約九三・七五キロ）はありそうである。戸を開けるなり、そんな通子が抱きついてきたものだから、知盛は一、二歩後ろに蹌踉《よろ》めいてしまった。

「武衛様、怖かった！」

「通子殿……落ち着いて下され。すぐに逃げねば……」

知盛は通子を落ち着かせるように言った。

「でも……」

通子は自らの足をちらりと見る。怪我《けが》をしたという訳ではない。履物《はきもの》を奪われているのだ。つまり裸足《はだし》では歩けぬという意味で、いかにも公家の娘らしい。

「心配無用。おぶって参ります」

「武衛様が――」

「いや、能登が」

喜色を浮かべた通子の声を遮り、知盛は言った。通子を背負って逃げるほどの膂力《りょりょく》が己にあるとは思えない。些《いささ》か不満そうな通子であったが、大人しく教経の背におぶさった。

「兄者、どこから逃げる。戻って来る敵を蹴散《けち》らすか」

知盛は苦笑した。流石《さすが》の教経といえども、通子を背負って戦えるとは思えない。だが教経の真剣な面《おも》持ちに、本気でそれをしてのけそうな気さえする。

「山を越える」

石山寺には、伽藍《がらん》山という山がある。そこを越えて大回りに進み山科《やましな》に抜けるのだ。

「そのようなことはさせられません」

通子は驚きの声を上げた。彼女でなくともそう思うであろう。公家ならばそのような発想はそもそもしない。武家はなおさら、正々堂々というのが信条で、泥《どろ》に塗《まみ》れて逃げるくらいならばこの場での討ち死にも辞さない者が殆《ほとん》どである。そのどちらでもある平家の公達が、山を越えて逃げると口にしたから吃驚《びっくり》しているのだ。

「いいのですよ」

知盛は頬を緩めた。先程もそうであるが、武家のいう「正々堂々」に知盛は辟易《へきえき》している。誰が何と言おうとも戦の本質は殺し合いである。武家はそれを飾《かざ》り立てて、目を逸《そ》らそうとしているようにしか思えない。

人を殺《あや》めずにすむならばそれが一番よい。下《くだ》らぬ誇りなんぞのために誰かを殺したくもなければ、己が死にたいとも思えなかった。

「行けるか？」

「問題ない」

知盛が尋ねると、教経は頼もしく頷いた。教経にも想《おも》いはあろうが、それ以上に己を信じて従おうとしてくれている。

「さあ、行くぞ」

吹き抜けた一陣の風が、楓《かえで》の葉を舞わせる中、知盛は裾《すそ》を捲《まく》り上げて山へと分け入った。通子の顔に掛からぬように、飛び出た枝は折りながら進む。背後で己たちを捜す声が聞こえたが、まさか山に入ったとは思っていないらしく追って来る気配もない。鬱蒼《うっそう》と草木が茂る山の中を進みながら、知盛はようやく安堵《あんど》の溜息を漏らした。

二

知盛らが京に戻ったのは、日も暮れ落ちようかという頃のことであった。通子を押し込めたのは、やはり反乱を起こした山本義経の手の者であった。要衝地の石山寺を押さえようとしたところ、たまたま通子ら一行と鉢合《はちあ》わせした。侍女が主人の身分を明かし無礼を咎《とが》めた。武者たちは人質に使えると通子を捕らえた。供の者たちの姿をそれから一度も見ていないという。悍《おぞ》ましいことだが、どのような顚末《てんまつ》を迎えたのか凡《おおよ》その予想はつく。

「良かった……」

妹の完子は、通子の姿をみるや泣き崩れた。平家の公達自らが救出したと聞き、近衛家は感謝してもしきれぬ、必ずやこのご恩には報《むく》いると言ったが、

「内密にして頂きたい」

と、知盛はそれをにべもなく断った。

別に感謝されたい訳でも、これを手柄としてよき官職に就《つ》きたいとも思わない。いい歳になっても、己を溺愛《できあい》する父に心配を掛けることのほうが憚《はばか》られたのだ。

知盛には三人の兄がいたが、既にうち二人が世を去っている。次男の基盛《もともり》が若くして病で死んだのは十八年前のことだった。

昨年には一族から将来を嘱望《しょくぼう》され、父が平家の将来を託そうとしていた長男重盛《しげもり》もまた病で逝《い》

った。そのようなこともあり、最近では父の己への愛情の掛け方は、さらに強くなったように感じていた。

ただ、兄たちが存命の頃から、父が知盛のことを特別可愛がってくれていたのは確かであった。知盛の初任官の時などは、父は他の兄弟には見せなかった満面の笑みを浮かべていたものである。

「父上はお主が可愛いからなあ」

死んだ長兄重盛は、知盛と二人でいる時に快活に笑った。

「私の躰が弱いからだと思います」

兄は己に妬心《としん》を抱いているのではないか。そんな懸念《けねん》が頭を擡《もた》げて、知盛はそう返した。幼い頃から病に臥《ふ》してばかり。迷惑を掛けたという思いが強く、人の心の機微《きび》には敏感になっているからかもしれない。知盛の返答に、重盛は首を横に振った。

「確かに心配はあろうが、それだけではない」

「と……申しますと？」

「何であろうな。お主に大器を感じておられるのよ」

「そんな。滅相《めっそう》も無いことです」

まだ幼いのに大人びた口調で話す知盛に、重盛はふっと頬を綻《ほころ》ばせた。

「見る者が見れば解るのだ。お主には私も期待している。平家を支える力となってくれよ」

歳が離れていたこともあり、重盛は兄でありながら、父の如く己に接してくれた。心より好きな兄であった。

だがその兄を失ってから、父の体調も芳《かんば》しくないのだ。

それに合わせるかのように各地で平家に対しての反乱も相次いで起こった。軍勢を派遣して潰《つぶ》してはいるものの、一つを鎮める間に、二つの反乱が起こるという有様である。

「腹が減った」

近衛家からの帰り道、教経は首の後ろで手を組んで零した。

「それなら食っていけ」

「そうしよう。兄者の屋敷の飯は旨《うま》い」

間もなく陽《ひ》が沈む。二つの影が往来に伸びている。このような刻限、このような場所に珍しく、向こうから母らしき女に手を引かれた娘がやってくる。母子で山に茸《きのこ》を採りに行った帰りらしい。

ここしばらく飢饉《ききん》が続いているため、京でもこのように山菜や、茸を採りに都の外へ出る者は多い。山科あたりまで足を延ばした帰りだろうか。

娘は七、八歳といったところだろう。円《つぶ》らな瞳《ひとみ》を向け、

「綺麗《きれい》なべべ」

と、こちらを指差そうとする。その手を母が叩《はた》き落とした。

「駄目」

「ごめん」

しゅんと肩を落とした娘が不憫《ふびん》に思え、知盛は戯《おど》けた顔を作ってみせた。娘はそれに気づいてくすりと笑う。

「目も合わせちゃいけないよ」

母が小声で耳打ちをする。常人ならば聞こえないだろうが、知盛の耳はしかと捉《とら》えていた。娘は素直に応じて視線を地に落とした。

――まるで鬼だな。

知盛の胸に苦々しさを通り越した、寂寥《せきりょう》が込み上げて来た。

今の平家は多くの者たちに恐れられ、嫌われている。母子は当然ながら己が知盛だとは解っていない。平家一門とすら思っていないかもしれない。だが今の京にいる武士は、大なり小なり平家に関わり合いのある者。失礼なことをしては何をされるかわかったものではない。故に母はあのように囁いたのだ。

知盛が幼い頃はこうではなかった。勿論《もちろん》、平家を憎む者もいたが、少なくとも庶民に人気が無かった訳ではない。それがいつからか、いや徐々に敬遠されるようになっていったのである。保元《ほうげん》の乱、平治《へいじ》の乱において、平氏の棟梁として父は源氏を追い落とし、武士として初めて太《だ》政大臣《じょうだいじん》の地位に上って政《まつりごと》の権を握った。

そのため平家一門は栄華を極め、この世の春を謳歌《おうか》している。事実であるし、少なくとも一門以外からはそのように見られている。だが、その中心にいるはずの父が幸せそうにしているかといえば、首を捻《ひね》らざるを得ない。

常に職務に追われる日々を過ごし、いつも何かを思い悩んでいるようだったのを知盛は知っている。父いわく、

「この国は赤子のままのようなものよ」

朝廷の形は、大陸の王朝の模倣《もほう》から始まった。それが悪いという訳ではなく、ただ、今の時代に即さぬことがあまりに多くなっている。その都度《つど》、改変はあったものの、根本はずっと同じで成長が遅い。故に父は赤子のままと表現したのだ。

「公家というものは、世が大きく変わるのを妨《さまた》げる生き物だ」

父は憚《はばか》らず放言する。故に二度と政の実権を公家に戻してはならぬとも考えている。かといって別に公家を根絶しようとしている訳ではない。優れた和歌の詠《よ》み手などは多く、文化の継承者としての地位であればよいという考えである。

――ならば政を担《にな》うのは、源氏でもよかったのではないか？

いつの日か、些《いささ》か勇気のある公家が、嫌みたらしく父に言ったことがある。それに対して父は、

「その通りでござる」

と言い放ったものだから、問うた公家は唖然としたという。それほどまでに父は公家の政というものが、この国を病ませてきたと思っているのだ。

「何から手を付ければよいのか。ともかく進めねばならぬ」

父は様々な改革に乗り出した。大陸王朝である宋《そう》の銭を大量に輸入し、国内で流通させるようにしたのもその一つである。これまで日ノ本では圧倒的に銭が足りなかった。そのために今なお物々交換が行われている。加えてまだまだ本朝では造幣《ぞうへい》技術が低く、偽銭を作る悪人も多い。それらを一挙に解決しようとしたのである。

さらに宋朝と同じ貨幣を使っていれば貿易もやりやすい。貿易で国を富ませようとしたのだ。

だがそれには海に面していない今の京を都としていては不便である。そこで摂津《せっつ》の平氏の拠点で、海に面している福原に遷都《せんと》を計画した。これは高倉《たかくら》上皇、公家、さらには身内の平家一門にまで反対された。

「これまで通りとはいきませんか？」

恐る恐る尋ねたのは、三男宗盛である。気の優しい人で、知盛が病に臥した時は、いつも涙目で見舞ってくれる。だがその優しさ故に、あまりに非難が渦《うず》巻いていることで不安になったのだろう。

「愚か者め。棟梁として気を強く持て」

父は宗盛に向けて一喝《いっかつ》した。長男、次男が亡き今、三男宗盛が棟梁を継ぐことに決まっているのだ。父は知盛の躰に懸念を抱くのと同じように、優しい宗盛の性格を心配している。励ましの意味も込め、強く言うことはままあった。

「米だけを備えていても、飢饉が来れば多くの民が死ぬ。それを防ぐ国造りには、これ以外に方法はない」

父はそう断言し、貿易こそこの国を救うと信じていた。そして今年の六月、ついに父は遷都を強行したのである。

毎夜の豪勢な酒宴などを非難する者もいるが、それも父にとっては増えた人付き合いの一環に過ぎない。

「酒の味などせぬ。退屈なものよ」

と、父が苦く零しているのを、知盛はたびたび耳にしている。

加えて同じ平氏とはいえ、薄く血が繫《つな》がっているにすぎない一族が、父の大出世の分け前に与《あずか》ろうとすり寄って来る。老《お》いた母のために、息子が病で、などと嘘《うそ》か真かも判らぬ枕詞《まくらことば》をつけ、借財を申し込み、任官を取り計らって欲しいと頼むのだ。

「あの男は碌《ろく》なものではございませぬ」

兄の重盛などは、血が繫がっていても人品卑《いや》しいと見抜けば憚らずに父に進言した。

「解っている。だが公家よりはましよ。源氏でも良き者がおれば遠慮《えんりょ》なく言え」

父の公家嫌いは徹底している。現に父は身内だけに優しく、甘いという訳ではない。平家一門以外、例えば源氏の者であっても、先の戦で味方してくれた者、実力のある者は厚遇している。戦いで討った源氏の遺児なども、殺さず流罪に処していることからもそれは窺える。もっとも温情が仇《あだ》となり、遺児たちが長じて、各地の反乱の旗印となっている。

ともかく父はそのような人で、決して心から栄華を愉《たの》しめているとは思えない。

が、金魚の糞《ふん》のように出世した一族の中には、酒色におぼれる者、虎《とら》の威を借る狐《きつね》の如く専横に振る舞う者が急増した。

今から六年前の承安《じょうあん》四年（一一七四年）正月、一族の平時忠《ときただ》という者が建春門院《けんしゅんもんいん》の御給《ごきゅう》で従二位に叙せられた。

——平家にあらずんば人にあらず。

時忠は叙任の場において、人目があるにもかかわらずそう言い放ったのだ。

このあまりの言いざまに、宮中での平氏への風当たりは強くなった。人の口に戸は立てられぬとはよくいったもので、庶民にもこの話は漏《も》れ伝わっている。中には平家一門に迷惑を蒙《こうむ》った庶民もいるため、加えて悪口を乗せるものだから、京での平家への反感は日に日に強まっている。

嬉しさのあまり調子に乗っていたこともあろうが、時忠はもともと一言多い軽薄な御仁である。あくまで個としての発言なのだが、平氏皆の考えだと思われてしまっている。

故に各地で反乱を起こされていることに対しても、

——様《ざま》を見ろ。

と、内心で思っている者が多い。むしろ積極的に反乱を応援している者すら見受けられる。知盛は振り返って複雑な気持ちで、母に手を引かれて往来を去っていく娘の小さな背を見送った。


屋敷で夕餉《ゆうげ》を摂《と》っている最中、教経がふいに尋ねた。

「もう朝議は終わったのか」

「まだだろう」

何かしらの対応が決まれば、洛中も今少し騒がしくなるはずだがその気配はない。恐らく明日まで持ち越したのだろう。

「今日の連中は源氏の手の者だよな?」

「お前は解らずに戦っていたのか」

汁椀《しるわん》を置いて知盛は苦笑した。

「俺は兄者が行けといえば誰とでも戦うさ。それに平家に仇をなす輩《やから》なのは確かだろう」

「ああ、それはそうだ。あれは山本義経に呼応した連中よ」

「山本か。源氏ではないんだな」

教経も五位の殿上人《てんじょうびと》であるが、飯を掻《か》っ込む姿はとてもそうは見えない。

「源氏だ」

「意味が解らぬ」

「山本も本姓は源《みなもと》。一族には変わりない」

「何……なら、頼朝《よりとも》の手の者か？」

「いいや、また別だ。頼朝と手を結ぶかもしれぬがな」

「ややこしい話だ。誰と戦っているのかとんと判らん」

教経は平家に立ち向かうものは全て敵と、単純明快に考えていた。教えてくれとせがまれたので、この際だからと知盛は話し始めた。

「今の平家の敵は大きくは三つ」

「三つもいるのか？　赦《ゆる》せんな」

教経は飯粒を口の周りに付けたまま、怒りの色を顔に浮かべた。

「一々話の腰を折るな。聞け」

知盛は苦く口元を緩めて続けた。

「まず一つは新宮十郎《しんぐうじゅうろう》」

「新宮……じゃあそれは源じゃあないってことか」

「いや源氏だ。源行家《ゆきいえ》と謂う。解りやすく話してやろうと、新宮の名で呼んだのだ」

「ありがたい」

素直に礼を述べる教経に対し、知盛は穏《おだ》やかに笑んで説明を続けた。

源為義《ためよし》の十男として生まれ、平治の乱にも参加して敗れたが、熊野《くまの》新宮に住んでいたため新宮十郎と称した。以仁王《もちひとおう》に取り入って、平家追討の令旨《りょうじ》を各地の源氏に伝えた。各地の乱のきっかけとなったといっても過言ではない男である。

だが将としてはどうも魅力がないらしく、思うように兵が集まらない。兵を集めては暴れ、敗れては逃れ、またほかの源氏を誘って蜂起《ほうき》しを繰り返していた。

「強さの度合いは？」

教経が問い、知盛は眉間《みけん》に皺《しわ》を寄せた。

「これからあと二つ敵の名が出るのだろう？　誰が一番手強《てごわ》いのか知りたい。十が最も強く、一が最も弱いなら、新宮とかいうやつはどれくらいだ」

「お前らしいことだな」

知盛は苦笑して箸《はし》を置くと、暫《しば》し黙考して言葉を継いだ。

「三……というところか」

「弱いな」

「まあ、お前に分かりやすく言っているだけだ。油断は出来ぬ」

強さといっても様々で一口には言えない。新宮は兵力も少なく、戦での采配《さいはい》も大したことはない。だが、他の源氏を煽《あお》るという点では厄介《やっかい》な男である。

「二人目は？」

「木曾《きそ》義仲《よしなか》。これも源氏だ」

また同じ質問がくると思い、知盛は先んじて言った。

義仲は河内《かわち》源氏の一族、源義賢《よしかた》の次男である。先の新宮十郎が諸国の源氏に挙兵を呼びかけた時に応じて起《た》った。

義仲は信濃《しなの》、上野《こうずけ》のみならず、近頃では越後《えちご》のほうまで勢力を伸ばしつつある。こと戦に関していえば、この義仲が最も強いのではないかと知盛は見ていた。

「強さは」

「お前はそればかりだな……八といったところか」

「戦が最も強いって言ったのに、十じゃないのか？」

教経は納得出来ないというように眉間に皺を作った。

「まあ、強さも色々だと言っただろう」

武勇に長《た》けた男であるし、共に戦いたいという兵もどんどん増えている。だが、どうも義仲の軍の中には、素性《すじよう》も知れぬ、おこぼれに与ろうとしているだけの者も多いようだ。今はまだ連戦連勝であるため付いてきているが、一度負ければ離れていく者も多く瓦解《がかい》するのではないかと知盛は見ていた。未《いま》だ納得しない様子の教経だが、知盛は話を戻した。

「最後は……源頼朝だ」

河内源氏に源義朝《よしとも》と謂う男がいた。義朝は平治の乱で、知盛の父清盛と争って敗死した。頼朝はその三男で、本来であれば殺されてもおかしくないところ、清盛は温情を掛けて伊豆《いず》国に流すに留《とど》めた。

頼朝は、義仲と同じく、新宮十郎が持って来た以仁王の令旨を受けて挙兵する。北条《ほうじょう》などの東国武士らを巻き込み、平家打倒を掲げて鎌倉《かまくら》を本拠として関東を席捲《せっけん》している。

「相国が……」

教経が言いかけて口を噤《つぐ》んだ。

「殺しておけば……か?」

知盛が小声で言うと、教経はこくんと頷いた。

確かに頼朝を伊豆に流す以前から、余計な憐憫《れんびん》の情を掛ければ、いつの日か源氏が再起し、平家に仇をなすかもしれないと進言する者は多かった。だが父はこれに対し、

――そのほうが、まだましというものよ。

と、短く答えて取り合わなかった。その言葉の意味を誰もが計りかねたが、父はそれ以上何も言わなかった。知盛でさえもその真意を聞いてはいないのだ。

先月、その頼朝と、京から派遣された平家の軍勢が激突した。結果は頼朝の大勝で、このことで味方になろうと我先に駆け付ける豪族が増えているらしい。

「蔵人殿《くろうど》も不甲斐《ふがい》ない」

教経は屈辱《くつじょく》を思い出したのか怒りを口にした。蔵人とは、知盛の死んだ兄、重盛の忘れ形見維《これ》盛《もり》のことである。つまり知盛からすれば甥《おい》に当たる。維盛は大敗した頼朝追討軍の大将を務めていたのだ。

「それを言うな。誰がやっても結果は同じだ」

知盛は首を横に振った。そもそも維盛が率《ひき》いた軍勢は二千ほど。出立の時点で頼朝の軍勢は少なくとも三万、多ければ四万余も集めるのではないかと見られていた。

故に平家としても二千の軍勢のままで当たるつもりはなかった。進軍しながら諸国の豪族の手勢をかき集めて進む算段であった。実際、頼朝追討軍は一時は七万まで集まったという。

だが飢饉により兵糧《ひょうろう》が集まらず、脱走者が続出し、頼朝と対峙《たいじ》した時には四千騎にまで数を減らしていた。さらに翌日には半分が陣を抜け、もとの二千騎に戻っていたのだから笑い話にもならない。

そこに頼朝が富士川《ふじがわ》を渡河して攻め掛かる動きを見せたものだから、追討軍は恐怖に駆られて散り散りとなった。そうなれば維盛が幾ら督戦《とくせん》しようとも止まるはずもない。

「兄者が指揮をしてもか？」

「お前は俺を買いかぶりすぎよ。ともかく戦のやり方を根本から考え直さねばならぬな」

知盛は一族が各地で反乱を追討している中、そのように考え始めていた。これまではどちらが多くの兵を集めるかが肝要《かんよう》であった。兵糧は集まった豪族が各々用意しており、あるいは戦地にて調達し、それほど重要なこととして捉《とら》えられていなかった。

だが慢性的な飢饉のせいで、予《あらかじ》め多くの兵糧を用意することは出来ず、戦地でも集めることは出来ない。勢いで潰せる程度の相手ならばよいが、富士川での一戦のように膠着《こうちゃく》が生まれれば、向こうが先に近隣から僅《わず》かな米を調達し終えている以上、長途遠征した側が圧倒的に不利になるのは避けられない。故に兵糧をしっかりと貯め、如何《いか》に滞《とどこお》りなく運ぶかが今後は大切になってくると知盛は見ていた。

「で、頼朝の強さは?」

「またそれか。そうよな……」

「六ほどか」

頼朝当人の武勇はあまり伝わってきていない。戦の指揮も北条を始めとする配下の武士に任せているというのも聞く。それを教経も知っているらしく、義仲に比べて低く見積もったらしい。

「いいや」

知盛は再び箸を手にし、香の物を口へと放り込んだ。

「では義仲と同じ、八」

「十だろう」

知盛は大根を咀嚼《そしゃく》しながらこともなげに言った。

「嘘だ」

「真よ。頼朝軍はまだ増えるぞ」

頼朝自身、兵の将としては大したことがないのかもしれない。だがその麾下《きか》には綺羅星《きらぼし》の如き武士が集まって来ている。真に恐ろしいのが兵の将ではなく、将の将であることは、この国だけでなく大陸の歴史に目を向けても明らかであった。

頼朝の大勝により、美濃《みの》、尾張《おわり》、近江の源氏は勇気づけられて蜂起したのだ。麾下だけではなく、頼朝は各地の源氏の象徴《しょうちょう》になりつつある。

「これ以上増えれば、厄介ということだな」

教経が歯嚙《はが》みして箸を持ったまま拳《こぶし》を握りしめた。

「だが……」

「ん？」

「いや、何でもない」

知盛は静かに汁を啜《すす》った。このことを口にすれば、教経が己に期待を寄せるに違いない。調子に乗って、一門衆に己がそう放言していたと言いふらすことも考えて止めたのだ。

確かに頼朝はかなり手強い。だが今のうちならば、

——潰せぬでもない。

と、思ったのである。

「今日は泊まっていけ」

「そうする」

知盛が言うと、教経は嬉しそうに答え、外に待たせてある給仕に飯のおかわりを頼んだ。

第二章

初陣

*

高灯台《たかとうだい》にそっと火を灯《とも》し、薄暗い部屋の中でゆっくりと目を閉じた。低い葉擦れの音と蛙《かえる》の声が絶妙に合わさり、初夏を際立《きわだ》たせている。

ふっと蛙たちが唄《うた》うのを止《や》めた。人の気配を察したのだ。家人たちが客を案内している足音も感じた。襖《ふすま》がすうと開くと、そこには僧形《そうぎょう》の男が立っている。部屋に入ると恭《うやうや》しく頭を下げた。

「お待たせしました」

男の名を西仏《さいぶつ》と謂《い》う。

浄土宗《じょうどしゅう》を開いた法然上人《ほうねんしょうにん》門下の僧である。とある縁があって師の法然と懇意《こんい》となり、己の悲願を告《つ》げたところ、

——よき者が。

と、紹介されたのがこの西仏であった。

「今しがた、火を灯したばかりです」

静かに答えて着座を促した。

「月明かりが弱く、なかなか……」

西仏は最後で言葉を濁《にご》した。今宵《こよい》は三日月のはず。さらに雲が多く辺りは暗かったという。だがそのせいで来るのが困難だったということではない。

「何か」

あったか。と、意を含めて訊《き》いた。月明かりで気にしたのは人目である。

「いえ、尾《つ》けられてはいません」

今のところ己への見張りは付いていないと見ている。だがいずれ事が出来《しゅったい》すれば、必ずや探られる。それまでに全《すべ》てを終えねばならず、もうそれほど時は残されてはいないだろう。

「そのような動きが？」

「いえ……」

すでに世は源氏のものとなっている。平家の物語を残そうとしているのが露見すれば、己はもちろん、関《かか》わったすべての者の命はあるまい。

西仏は緊張からか居住まいを正した。仮にすでに動きがあろうともやり遂《と》げてみせるという覚悟が顔に滲《にじ》んでいる。

己もまたすっくと背を伸ばして告《つ》げた。

「始めましょう」

己が編《あ》んだ平家物語を西仏に伝授する。それが今の己の唯一《ゆいいつ》の生きる目的である。そのため毎夜、こうして少しずつ教えていっているのだ。

平家物語は大きく十三の節に分かれている。今から六十年以上前の天承《てんしょう》二年（一一三二年）から始まり、僅《わず》か五年前の建久《けんきゅう》二年（一一九一年）で終わる。これまで一から四までの節はすでに教え、今宵は各地で源氏が蜂起し、平家の討伐《とうばつ》軍が富士川《ふじがわ》にて源氏に大敗を喫《きっ》する五の節に差し掛かる。

琵琶《びわ》の音が響く。だがこれを訝《いぶか》しむ者はいない。毎夜奏《かな》でているからである。

深夜の静寂《せいじゃく》が深まっていく中、二刻（約四時間）近くみっちりと伝授した後、細く息を吐いた。

「今日はこのあたりで」

「ありがとうございます」

西仏は居住まいを正して深々と礼をした。

「では、今日もまた少しお話をお聞かせ下さいませ」

程よく錆《さ》びた声で西仏は乞うた。

「何なりと」

琵琶を奏でる技、声の調子の取り方という訳ではない。そういった点では、西仏は申し分ない腕前で、こちらから口を出すことは皆無《かいむ》である。

西仏は平家物語を引き受けると約束してくれた時に、たった一つだけ条件を付けた。その条件というのが、

——当時のことを知る限り教えて下さい。

と、いうものであった。曲の中に含まれていること、いないことを問わず。同じように奏で、同じように唄うとも、それを知っていると知らぬとでは滲み出るものが違うと西仏は言うのである。

西仏が平家物語を大事に思ってくれている証左である。己としては断る理由はなにもなく、こ

れまで伝聞も含めて、己が知る限りのことを訊《き》かれるままに伝えて来た。

「白湯《さゆ》なりとも」

夏が近づいているとはいえ夜更《よふ》けになると冷える。大したもてなしなど出来ないが、せめて竈《かまど》の火は落とさぬよう家人に命じ、白湯だけでも馳走《ちそう》するつもりであった。

家人が運んで来た白湯を、西仏はゆっくりと口に含み、嚙《か》むようにしてから喉《のど》に通した。ほっとついた息が宙を漂い、溶けるようにして消えたように思えた。

西仏は時折、白湯で喉を潤《うるお》しながら、今宵も様々なことを尋ねてきた。己はそれに一々答えていく。

「新中納言《しんちゅうなごん》様御自ら、石山寺《いしやまでら》に赴《おもむ》かれたとは」

今夜の話の中で西仏が最も驚いた顔を見せたのはそのことであった。

西仏の言う新中納言とは、平知盛《たいらのとももり》のことである。知盛は寿永《じゅえい》元年（一一八二年）、三十一歳の時に権《ごん》中納言に任じられたが、それ以前にも一門に中納言がいたことからそう呼ばれるようになった。

その翌年には平家一門は悉《ことごと》く官職を剝奪《はくだつ》され、知盛も例外ではなかったため、結果としてそれが極官《ごっかん》となり、当世でもそのように呼ばれている。

「この話は後に聞いたもの……物語にも組み入れてはいません」

その時に知盛が救い出した通子《とうこ》の兄、近衛《このえ》基通《もとみち》は今も健在。それどころか近々関白に補任され るとの噂《うわさ》もある。ただでさえ当時、平家と近しい存在であったのに、知盛に恩があると世に知れれば迷惑を掛けかねないと考えたからである。

「新中納言様は、その、何と申しますか……」

西仏は言葉を濁した。

「変わった人と?」

「滅相《めっそう》もない」

恐縮したような表情で西仏は首を横に振った。

それを見て、つい微笑してしまった。

「外れてもおりません。不思議な御方《おかた》でした」

あの頃の平家は栄華を誇っており、一族の末の末に至るまで驕《おご》り高ぶっていた。そんな中、清《きよ》盛《もり》の実子にして、最愛とまでいわれていたにもかかわらず、知盛にはそのようなところは微塵《みじん》もなかった。むしろ一族の増長を苦々しく思っていたほどである。そして通子の一件でも判《わか》るように、妹に頼みごとをされたら断らない、家族思いの真《まこと》に優しい人でもあった。これがおかしくなくて何であろうか。

その知盛が世を去り、すでに十一年の月日が流れている。

西仏には平家物語を編み始めて二十余年だと伝えたが、それは己一人でという訳ではない。自ら携《たずさ》わったのは約半分の十一年。実はこの物語、最初は知盛が編んでいたものを己が引き継《つ》いだのである。

何故、このようなことをするのかと、己は知盛に訊いたことがある。

その時に知盛は、

——我らが生きた証《あかし》を残すといえば些《いささ》か大層か。

と、童《わらべ》のようにはにかんだ表情で答えたのを覚えている。

この物語には平家の美しいところだけでなく、醜《みにく》く無様なところも多々ある。全て含めて「生きた証」と知盛が考えていたのだと己は信じている。

「お会いしてみとうございました」

暫《しば》しの無言の後、西仏はふわりと言った。

「新中納言様もそう仰《おつしや》るでしょう」

十一年経《た》った今でも、ふらりと姿を現すような気がしてならない。この御方が西仏殿かと、無邪気《むじやき》な笑みを見せながら。そのようなことを考えながら、襖《ふすま》を見つめていた己にふと気付き、寂寥《せきりよう》と自嘲《じちよう》の混じった想《おも》いが唇を綻《ほころ》ばせた。

一

微《かす》かに銀の色味を含んだ晩秋の陽《ひ》が、廊下を鈍《にぶ》く輝かせている。足の裏に伝わるひやりとした感触が冬の訪れを感じさせた。

知盛は客間の襖を開けた。

「待たせたな」

「いいさ」

部屋の中にいたのは教経《のりつね》。軽く手を上げて応じる。朝のうちに教経の屋敷に遣《つか》いを出して家に来るように伝えていたのだ。

先だって泊まっていった時は一旦《いったん》落ち着いたかに見えたが、今日はまた一段と機嫌《きげん》が悪そうだ。

「ようやくだ」

知盛は懐《ふところ》から一通の文《ふみ》を取り出した。教経の眉《まゆ》が開かれる。近江《おうみ》源氏の蜂起《ほうき》に対して如何《いか》に対応するか。朝議の結果、一応の方針が出たのを知盛に報《しら》せて来たのだ。

「真に遅い」

唸《うな》る教経は仁王《におう》の如《ごと》く眉間《みけん》に深い皺《しわ》を浮かべた。

石山寺に囚《とら》われていた近衛通子を救い出してから、すでに十日が経過している。この文を待っていればその間に通子は殺されていたかもしれないし、守りを固められて奪還の機会もなかったかもしれない。

結果、やはり独断で動いたのは正しかったことになる。

「福原《ふくはら》からということもある」

一応、知盛はそう付け加えた。今、京《みやこ》は摂津《せっつ》国の福原に置かれており、旧都であるここまで普通なら二日、早馬を用いて昼夜駆けても一日は要する。

「いつまで福原を仮の京にしておくのだろうな」

教経は訝《いぶか》しそうに首を捻《ひね》った。

父、平清盛が遷都《せんと》を強行したのは、つい数か月前の夏のことであった。当初は福原の近くの和《わ》田《だ》と呼ばれる地に京を置こうとしたが、平野が少なかったことから断念した。

次いで同じく摂津国の児陽野《こやの》、播磨《はりま》国の印南野《いなみの》が候補に挙がったが、やはりやや手狭であったり、浅瀬が多く船を湊《みなと》に入れにくかったりの理由で、協議している間に立ち消えとなった。そこで今後も良き地を探しながらも、まず福原に皇居を置くことになったのである。

「いや……全て父上の狙い通りよ」

と、知盛は静かに言った。

人並み外れて思慮《しりょ》深い父が、京を置かんとする地の下調べをしないはずがない。当初から福原に京を遷《うつ》す腹積もりだったのだ。

福原は日宋貿易で財を成した平家の重要な拠点である。ただでさえ遷都に反対する者が多い中、福原に決めたといえば朝廷を私《わたくし》しようとしていると反発が強まる。

そこであくまで別の地に遷す姿勢を示し、そこが適していないから、とりあえずは福原に皇居をという流れを作った。

そしてこのまま、うやむやにして福原を真の京とするつもりなのだ。

「だが、今少し時を要するだろう」

平氏に近しい立場の公家《くげ》、威勢を恐れる公家は福原に遷ったが、安徳《あんとく》天皇はまだ幼く、院政を行う高倉《たかくら》上皇は一度は遷ると決めたが、すぐに翻《ひるがえ》して何かと言い訳を付け、今も残り続けている。それ故に、高倉上皇を支えるという名目で動こうとしない公家も僅《わず》かながらいる。その監視のため、平家一門も何人かはこの旧都に残っている。知盛もまた、その一人であった。

「遷都も朝議に十日掛かるのも、根は同じだ」

知盛はさらに続けた。

今年の四月、以仁王《もちひとおう》を奉じて源頼政《みなもとのよりまさ》が反旗を翻《ひるがえ》した。この反乱自体は鎮圧したものの、この時を境に各地で反平家の気運が高まりつつある。平氏の世が転覆するのではないかと、及び腰になる公家も現れているのだ。その中で強気な者が遷都を拒《こば》み、弱気な者は源氏の恨《うら》みを買わぬように朝議でものらりくらりとした態度を取っているのである。

「相国《しょうこく》は厳しく取り締まらないのか？」

教経は険しい表情で尋ねた。

「それが出来れば苦労せぬ」

世の多くの人は、父が武力だけで今の地位まで上ったと思っている。一門衆とて同じだ。だがそれは大きな間違いである。父はむしろ配慮の人であった。公家たちにも懇切丁寧《こんせつていねい》に根回しをして、やっとここまで来たのだ。

なのに、ようやく政《まつりごと》に力を入れ、この国を生まれ変わらせようとしたところで、各地の乱によってまた振り出しに戻りかけている。その悔しさたるや察するに余りある。

「ともかく長き朝議で決まったのは、近江で暴れる源氏を朝敵と定めることだけ。どれほどの軍勢を送るかも、大将を誰にするかも決まっていない」

知盛は丸い溜息《ためいき》を零《こぼ》した。父は余程、公家たちの説得に手を焼いているのだろう。

反乱は東国のみならず西国《さいごく》にまで飛び火している。

つい二月《ふたつき》前、肥後《ひご》国で菊池隆直《きくちたかなお》、阿蘇惟安《あそこれやす》、木原盛実《きはらもりざね》などが平家に対して挙兵した。伊予《いよ》国でも不穏な動きを見せる豪族がいる。

――東に向け大軍を発した時に西国で兵を挙げる者がいれば、誰が帝《みかど》をお守りするのだ。

などと、公家たちが反発しているのだろう。故に、まず朝敵とすることだけを認めさせ、これ以上の反乱の誘発を収めようとしているのだ。

「大将は誰だ」

教経はすでにそちらに興味を惹《ひ》かれているようで、ぐいと身を乗り出した。

「さあな。予州《よしゅう》殿か、薩州《さつしゅう》殿辺りだろう」

知盛はそれを逸《そ》らすように、身を引いてさらりと言った。

予州とは知盛の甥《おい》で、父から見れば嫡孫《ちゃくそん》にあたる平維盛《これもり》。

薩州とは知盛の叔父《おじ》で、父の異母弟である平忠度《ただのり》。

いずれも大敗を喫した富士川の戦いに加わっている。

あの戦は誰が率《ひき》いても勝ち目が薄かったことは、父も重々承知しており、名誉挽回《めいよばんかい》の機会を与えるのではないかと見ていた。

「またか。兄者にすればよいものを」

教経は胡坐《あぐら》に肘《ひじ》を置いて、頰杖《ほおづえ》を突く格好で不満を漏《も》らした。

「だから買いかぶるな。子どもの雪遊びと真の戦は違う」

「そうかもしれないが……では何故、俺を出さない」

「それは簡単な話だ。お前は勝手をするからな。たとえ退《さ》がれと命じられても、気に食わねば一人で暴れ続けるだろう？」

「むう」

知盛が苦く頬を緩めると、教経はぐうの音も出ぬようで低く唸《うな》った。

結局、こうやって話をしたところで何が出来る訳でもない。

今日屋敷に教経を招いたのも、朝議の進展が気になって機嫌が頗《すこぶ》る悪いと教経の周囲から聞いていたので、気持ちを落ち着かせるために教えてやったに過ぎない。

教経は一門の中で決して重用《ちょうよう》されておらず、このようなことが耳に入るのは知盛より遥《はる》かに遅いのだ。

「また何かあれば教えてくれ」

教経はそう言い残して帰っていった。

恐らく数日後にようやく大将が決まり、その後さらに数日、あるいは数十日掛けて軍が整えられる。だが己たちは恐らくは蚊帳《かや》の外。

また憤《いきどお》る教経の顔が想像出来た。

大抵の場合、知盛の予想は当たるものだが、この時ばかりは大きく外れた。何と教経と話した三日後、

――平安京に再び遷都する。

との詔《みことのり》が発せられたのだ。まさに青天の霹靂《へきれき》である。

遂《つい》に公家たちの反発を抑えられぬほど、平氏の勢いが陰《かげ》ったのかと考えたのも束《つか》の間《ま》、すぐにその考えを改めることになった。還都が決まったさらにその五日後、父清盛が平安京に乗り込んできたのである。

これが意味することは一つ。

――父上は本気で源氏と事を構えるおつもりだ。

ということ。

これまではそれこそ公家たちに、様々な配慮をして動けなかったが、そんなものはもう捨てた。つまり何としても平安京を源氏に渡さぬという意志。本腰を入れて各地の反乱を鎮《しず》める覚悟の現れである。

これは効果覿面《てきめん》であった。煮え切らぬ態度を取っていた高倉上皇はおろか、その取り巻きの公家たちまでも自分たちが咎《とが》められるのではないかと驚愕《きょうがく》し、すぐさま源氏討伐の院宣《いんぜん》を出したほどである。そして、知盛がその父に呼び出されたのは、入京したのと同日の宵《よい》の口のことであった。

先刻まで茜《あかね》一色であった空に、藍《あい》が溶けるように滲んでいる。知盛は少ない供を連れて父の屋敷の門まで来ると、

「ここでよい」

と、近くで待つように命じた。代わりに父の郎党たちに案内されて屋敷へと入った。奥の一室の前まで行くと、郎党が部屋の中へと呼び掛けた。

「ただいま――」

「来たか」

郎党が最後まで言うより早く、部屋の中から返事があった。元来せっかちな性質であるが、ここ数年でよりそれが顕著《けんちょ》になったような気がしている。

「武衛《ぶえい》だな」

部屋の中から声が続く。知盛は目配せをして郎党を下がらせると、ゆっくりと襖を開いた。

「罷《まか》り越しました」

「久しぶりだな。少し待ってくれ。間もなく終わる」

父はこちらを一瞥《いちべつ》して頬を微かに緩めた。文机《ふづくえ》に向かっており、脇には膨大《ぼうだい》な文が山積みとなっている。

「幾らなりとも」

知盛は静かに言って畳《たたみ》の上に腰を下ろした。

「忙しくてかなわぬ」

父は凄《すさ》まじい速さで巻文《まいぶみ》に目を通しつつ言った。

「他の者に任せては如何《いかが》ですか？」

「儂《わし》がやったほうが早い。それに確かじゃ」

この一言に平家一門の弱点が集約されている。父は紛《まぎ》れもなく傑物《けつぶつ》である。これまで如何なる障壁にも独《ひと》りで立ち向かって来た。だがそのせいで他の一門は、

——相国様に任せておけばよい。

と、安穏《あんのん》としているのである。

もっと早くに父が他の一門を頼れば、このようなことにはならなかったかもしれない。だが進めば進むほど、上れば上るほど、大きな難題に直面するもの。一つの大きな失敗で己や、一門が零落《れいらく》するかもしれない。

ならば最も優れた己がやるしかない。

そのせいで一門は一向に育つことはなく、その実力は天と地ほども隔絶《かくぜつ》している。故に父がまた手を尽《つ》くさねばならぬ。この負の連鎖のため、平家一門全てを父が両肩で背負《せお》うはめになっているのだ。

「お力になれず申し訳ございません」

知盛は畳に視線を落とした。己も決して父を手助け出来ている訳ではない。そういった意味では他の一門と同じなのだ。

「何を申す。お主が儂の子でなければ……」

父ははっと手を止めて、こちらを見て続けた。

「誤解を招く言い方をしてしまった。儂はお主が子であることを誇りに思っている。だが、もし

お主が弟であったならば、このように多忙になることもなかっただろうと時折思う」

何故、全てを自身が背負わねばならなくなったか。やはり父もよく解《わか》っている。若い頃にもっと一門を信じて頼れば良かったと思っているのだろう。とはいえ、仮に己が弟として早く生まれていたとて、父を支えられるほどの力があったかは疑問である。

「父上まで買いかぶっておられる」

「まで……とは、誰かそのように？」

「教経です」

「能登《のと》か。昔からお主を慕《した》っているからな」

父はふっと口元を綻ばせると、紙を置いて知盛を見た。

「待たせた」

「いえ」

「躰《からだ》はどうだ」

「お陰を持ちまして。健《すこ》やかに過ごしております」

「そうか。知章《ともあきら》や知忠《ともただ》も達者《たっしゃ》にしているか？」

父から見れば孫に当たる己の二人の子である。当年で知章は十二歳、知忠は五歳となる。

「私の子どもの頃に似ず、二人とも闊達《かったつ》で手を焼きます。知章などは武芸を磨《みが》きたいと、教経の下に度々足を運んでおります」

「おお、それはいかぬ。いや、武芸に優れるはよいが、能登の短気がうつる」

「心配には及びませぬ。むしろ知章が諌《いさ》めることもしばしばあるとか」

「ふふ。それは頼もしい」

一族の話をしている時、父は最も嬉《うれ》しそうな顔になる。

そして、最も苦しげな顔をするのも、一族に纏《まつ》わる話の時。裏切られたとか、処断せねばならぬとか、そのような時である。

「希子《きこ》は……聞くまでもないな」

身を乗り出した父は軽く噴き出した。

「はい。相も変わらず」

「変わった女性《にょしょう》よ。これは誉《ほ》め言葉だ」

太政大臣藤原忠雅《だじょうだいじんふじわらのただまさ》の子という申し分ない名門の生まれで、守貞親王《もりさだしんのう》の乳母を務め、治部卿《じぶきょう》の候名《さぶらいな》を授かっている。そのような身でありながら、偉ぶったところは微塵《みじん》もない。どころか、下女たちと共に厨《くりや》に立ったり、掃除まで行ったりするものだから、それを見かけた公家が泡を吹いて卒倒しかけたこともあった。

だが父はそのような希子のことを大層気に入っており、己の妻になったことを手放しで喜んでくれているのだ。

希子は、

——常に何かをやっていたい。

と、いう欲求が強いらしい。

さらに相手が身分の低い者でも丁寧に接し、貴人であろうが言うべきことは憚《はばか》ることなく言う。

例えばこのようなこともあった。希子が僅かな侍女と共に、父の機嫌伺《うかが》いに行った帰りのこと。前日が激しい雨であったことで道がぬかるんでいた。そのような中、物売りの親子が公家に激しく罵《ののし》られている場面に出くわした。どうも子どもが水溜《みずた》まりを踏《ふ》んでしまい、跳《は》ねた泥が公家の直垂《ひたたれ》に飛んだらしい。

癇癪《かんしゃく》持ちらしいことに加え、後に聞いたら清華家《せいがけ》の一つで、平家一門の一人と懇意《こんい》にしていることで増長も甚《はなは》だしかったという。侍女たちの制止も虚《むな》しく、希子はつかつかとそこまで近づくと、

――落ちる汚れです。私がお預かりしましょうか？

と、いきなり言い放ったという。突然のことに怒気を発しかけた公家だが、従者の一人が平相国最愛の子の妻だと気付き、慌てて止めた。公家はひっと素《す》っ頓狂《とんきょう》な声をあげて顔を引き攣《つ》らせ、滅相もないと辞退したらしい。

――大切なお召し物ならば、このような日は路《みち》の端を歩くがよろしいかと。

希子はにこりと笑い、公家は逃げるように立ち去ったという。感謝する物売りの親子に、希子は気にするなと微笑《ほほえ》みかけたらしい。

故に世間の人たち、公家、他の一門までも、

――治部卿局《つぼね》は恐ろしく変わっている。

だとか、

――武衛様の妻女は奇人らしい。

などと、陰口を叩いているのを知盛も知っている。

「お主が側室を持たぬのも解るというものだ」

父は笑いを堪《こら》えながら言った。

「共にいるのが面白うて。他に目移りする暇《ひま》もなく」

これも知盛の本心である。それでも子が生《な》せなければ、側室の一人でも設《もう》けろと口煩《うるさ》く言う者もいよう。その点、二人は子宝に恵まれており、余計な口出しをされずに済んだと安堵《あんど》していた。

「そうか。幸せそうで何よりだ」

父は頬に大きな皺を作って笑んだ。

入道して剃《そ》り上げた頭に点々と光るものが見える。朝に整えても、夕刻となれば微《かす》かに毛が生えてくる。それらは全て白髪《しらが》なのであろう。皆の前では豪胆に振る舞っているため解りにくいが、父もやはりもう歳《とし》である。

「何かお話が」

暫しの間があった後、知盛は切り出した。

「ずっとこのような愉《たの》しい話をしていたいのだがな……」

名残惜《なごりお》しそうに苦く笑った後、父は静かに続けた。

「儂もそう長くはない」

「どこかお躰が――」

父はさっと手で制して首を横に振った。

「悪いという訳ではない。ただ、もう何時《いつ》死んでもおかしくない歳だ。あと何度こうしてお主と話せるかも判らぬ。万が一の時は宗盛《むねもり》を支えてやってくれるか」

長男、次男はすでに世を去り、平家の棟梁《とうりょう》の座には三男宗盛が就くことになっている。

「当然でございます」

「これまでお主を働かせなかった訳は解るな」

「私の躰が弱き故」

「阿呆《あほう》。儂の亡《な》き後がお主の出番。それまでは出来得る限り躰を労《いたわ》り、決して無理はさせとうないと思っていた」

父は噛みしめるように続けた。

「戦に出さなかったのも同じ。幾らこちらが勝っていようとも、幾ら優れた大将だとしても、流れ矢の一本で命を落とすこともある。戦とは恐ろしきものよ」

父が膝《ひざ》の上に置いた拳を強く握っているのに気付いた。若かりし頃、父も幾多の戦に出た。その時の凄惨《せいさん》な光景が脳裏《のうり》に蘇《よみがえ》るのかもしれない。いや、共に駆け続け、そのまま遠くまで駆け去っていった多くの者たちの顔が浮かぶのだろう。宙を見つめる父の目は、酷《ひど》く哀《かな》しげなものであった。

「お命じ下さい」

何か言いづらそうにしている。そう察して知盛は先んじて言った。

「何故、そう思う」

「先ほど『思っていた』……と」

「やはりお主は賢《さか》しい」

嬉しさと苦々しさが混じったように頬を緩めた後、父は細く息を吐いて続けた。

「遂《つい》に、お主にも出て貰《もら》わねばならぬようだ」

「やはり……長引きますか」

父が決して躰の強くない己を慮《おもんぱか》っていること。自身亡き後の政を支えて欲しいと願っていることを薄々は感じていた。だがここに来て己を繰り出す決断をしたのは、余程手が足《た》りていないのに加え、この乱が次代にまで持ち越されると判断したからだと思った。

「儂が生きているうちに終わらぬと見たほうがよい」

「一つ、お訊きしても」

「ああ」

「何故、頼朝《よりとも》を……」

——殺さなかったのか。

と、いうことである。

かつて武士は今ほど重く見られておらず、朝廷、公家の命《めい》に諾々《だくだく》と従う存在であった。だが保《ほう》元《げん》の乱で大きく活躍《かつやく》したことで、武官貴族としての地位を確立した代表的な二人がいる。

一人が父平清盛であり、残る一人が頼朝の父である源義朝《よしとも》である。

保元の乱では両者は共に戦ったが、その三年後の平治《へいじ》の乱では両陣営に分かれることとなった。そして父が支持した後白河《ごしらかわ》上皇側が勝利し、源義朝は東国に逃れて再起を図《はか》ろうとしたが、旅の途中で家臣に討たれて死んだ。

義朝の長男、次男も命を落とし、当時十三歳だった三男である頼朝は捕えられた。一門の誰もが頼朝を殺すべきだと訴《うった》える中、父は死一等減じて伊豆《いず》への流罪に処した。

父の継母《けいぼ》である池禅尼《いけのぜんに》が憐《あわ》れんで命乞《いのちご》いをした――。

義朝の七男、八男、九男を産んだ常盤御前《ときわごぜん》の美しさに惹《ひ》かれて妾《めかけ》になるようにと迫ったところ、そうなる条件として頼朝も含めた子どもたちに寛大《かんだい》な処置をして欲しいと頼まれて許した――。

などと真しやかに語られている。だが知盛は、

――何かがおかしい。

と、ずっと思っていた。確かに父は極めて情が深い人ではある。情は身を守る楯《たて》にもなるが、敵を貫く矛《ほこ》にも成り得る。その情の強さと、怖さを知っている父ならば、わざわざ禍根《かこん》を残すことはしないはずなのだ。実際に、生かした頼朝が東の者たちを取り纏《まと》め、同時に担《かつ》がれて、平家に刃向かってきている。

「初めてだ」

父はぽつんと言った。

「と……申しますと？」

「その問いを直《じか》に訊かれたことだ」

「まさか」

そう言ったものの、案外あり得るのかもしれない。父には深い考えがあるから、あるいは余計なことを口にして睨《にら》まれては敵《かな》わないなどの理由で、誰も口にしなかったのだ。

「真よ。もっとも、訊かれても答えなかっただろうが」

苦笑しつつ、父は剃り上げた頭をつるりと撫《な》でた。

「ご無礼致しました」

何か深い訳《わけ》があると直感した。だが訊かれても答えぬというならば、これ以上尋ねるのは止めようと頭を下げた。

「お主は如何に思う」

「は……」

頭を上げると、悪童のように片笑《かたえ》む父の顔があった。

一つ、すぐに思い浮かんだ。だがあまりに馬鹿馬鹿しく、すぐさまその考えは捨てた。

「皆目《かいもく》解りません」

「一つ言えるのは、源氏は必要だということ。その考えは今も変わっておらぬ」

「源氏が必要……」

「戻るまでに考えてみよ」

父は鷹揚《おうよう》に頷くと、着物の裾《すそ》を整えて居住まいを正して言葉を継いだ。

「近江の乱を鎮める大将を任せてよいか」

「承《うけたまわ》りました」

そう来るのではないかと朧気《おぼろげ》に感じており、知盛は即座に答えた。

「好きな者を連れて行くがよい。やはり……」

「能登を。私の申すことならば耳を貸しましょう」

「左様か。よかろう」

ふっと頬を緩めた父であるが、次には微かに苦渋《くじゆう》の色を滲ませて、すまぬなと消え入るような声で零した。やはり父は情の深い人である。もっと冷酷な人ならば苦しみも幾分少なかろう。

知盛は聞こえぬふりをして、畳の目をじっと見つめていた。

二

馬上の知盛は手綱《たづな》を握りつつ寒天を見上げた。西から東へ、頭上を飛雲が駆け抜けていく。馬の名は、井上黒《いのうえぐろ》。この戦のために兄から贈られた名馬である。あの毛並は美しく、健脚で、知性を湛《たた》えた瞳は美しい。

父から近江源氏反乱討伐の大将を任され、知盛が軍勢を整えて出立したのは七日後の十二月二日のことであった。

そして今、逢坂《おうさか》の関を越え、近江に入らんとしているのだ。つい先日は教経と二人きりでこの峠《とうげ》を越えたのに、此度《こたび》は三千の軍勢を率いている。時代が急旋回《きゆうせんかい》を始めているという不思議な感覚を受けていた。

急に喉に引っ掛かりを感じて知盛は咳払《せきばら》いをした。酷く乾いている冬の風に加え、軍勢が巻き起こす砂塵《さじん》の影響もあろう。

「兄者」

同じく騎乗している教経が呼んだ。

病弱だった頃の知盛が暫《しば》く寝込む前に、必ずといっていいほど激しい咳をしていたことを知っているのだ。

「心配ない。風が乾いているからな」

今年は雪がほとんど降っていない。暖冬という訳でもなく、むしろ底冷えする厳しい寒さである。そもそも雪に変じる雨が少ないのだ。

数年に一度訪れる、いわゆる冬旱《ふゆひでり》というものであった。冬旱は東に行くほど厳しくなるという。この冬は畿内《きない》やその周辺でもほとんど雨が降っていないのだから、関東は相当のものであろうと窺《うかが》えた。

「来年もまず、稲の実りは悪かろう」

知盛は苦々しく呟《つぶや》いた。

冬に降り積もった雪は、春になると山々から雪解け水として川へと流れだし、大地を肥沃《ひよく》なものにする。だがそれが不足すると、作物は成長が難しく、不作となることが多い。その上に騒乱が続くとなれば、日ノ本は荒廃の一途を辿《たど》る。いや、食うに困るから騒乱が起こるともいえる。

常にそれらは不離一体なのだ。

故に父は平家が公家となるや、天文の研究に力を注いだ。暦《こよみ》と実際の四季の巡りに差異が生まれていることも、不作を招く原因の一つだと考えたのだ。

だが人が天に寄り添うことは出来ても、操ることなど能《あた》うはずもない。父は国の営《いとな》みを農耕だけに頼るのは危ういことと考えた。故に、福原からの日宋貿易を盛んにしようとしているのである。

「ともかく素早く鎮めねばならぬ」

知盛が言うと、教経は頷いた。

近江国中に波及した乱を鎮圧するのは容易《ようい》ではない。少なくとも三月《みつき》ほどの時が掛かるという者もあった。だが知盛は、

――一月《ひとつき》は掛けぬ。

そう心に決めている。それ以上長引けばこちらの兵糧《ひょうろう》も持たず、村々から無理にでも徴発《ちょうはつ》せねば戦を継続出来ない。これ以上、民の怨嗟《えんさ》を生まないためにも、避けねばならなかった。

「何か考えがあるのか?」

教経は巧《たく》みに手綱を捌《さば》きつつ尋ねた。

「山本《やまもと》、柏木《かしわぎ》を同時に叩く」

近江で反乱を起こしている者のうち特筆すべきは二人。

一人は山本義経《よしつね》と謂い、新羅《しんら》三郎義光《さぶろうよしみつ》の流れを汲《く》み、浅井《あざい》郡山本郷を本拠としており、なかな

かの豪の者であると聞き及んでいる。

もう一人は柏木義兼《よしかね》。名乗る姓こそ違うが、その山本義経の実弟である。こちらは甲賀《こうか》郡を本拠としている。

この兄弟は勢多《せた》で共に挙兵して近隣を暴れまわっていた。近衛通子が拘引《こういん》されたのもこの流れである。当初は京を窺う構えも見せたが、結局動かなかった。京を落とすには兵が足りぬと考えたのだろう。また、隣国の美濃《みの》の反乱軍が近江へ向かったという報も入っていたので、それらと合流してから洛中《らくちゅう》へ雪崩《なだ》れ込もうと画策していたようにも見える。

だが思いのほか早く追討の詔《みことのり》が出たので、山本柏木兄弟は勢多から撤退《てったい》してそれぞれの本拠へと急いで戻った。

追討軍が山本の北近江を攻めようとすれば、柏木が甲賀から再び出てその背後を衝《つ》かんとすることだろう。また反対に先に柏木を攻めようとすれば、山本はその間に到着するだろう美濃からの援軍と合流し、一挙に南下してくるに違いない。

「それで平田入道《ひらたにゅうどう》だな」

教経は得心して頷いた。

平田入道——名を平家継《いえつぐ》と謂う。伊賀《いが》国山田《やまだ》郡平田を本拠としたことから、平田家継、仏門に入ってからは平田入道などとも呼ばれている。平田は父の代から平家随一《ずいいち》の忠臣としての呼び声も高く、伊賀国を任されて周辺を上手《うま》く治めていた。

平田入道は教経に負けぬほどの体軀《たいく》をしており、若い頃には大人三人掛かりでやっと引けるような強弓をたった一人で軽く用いた。すでに齢《よわい》七十を越えているが、今なお矍鑠《かくしゃく》としている。そのような武人であるから、教経も平田入道をことのほか慕《した》っていた。

知盛は軍を整えるより先に、その平田入道に向けて一通の書状を認《したた》めた。

——伊賀から柏木を攻めて頂きたい。

と、いうものである。

この平家無二の老臣は二つ返事で承諾《しょうだく》した。そして十二月一日には甲賀郡に雪崩れ込むと伝えて来たので、その翌日の二日に知盛は軍を発したのだ。

野路《のじ》まで軍を進めたところで、平田入道の郎党が知盛の軍に駆け込んで来た。これも事前に示し合わせていたことだ。平田入道が甲賀で敗れれば策は破綻《はたん》する。どうしてもここで戦況を聞いておく必要があったのである。

「甲賀へ入り、能瀬《のせ》高頼《たかより》を討ち取りました。ただ今、柏木の城を囲んでおります」

能瀬は摂津国の多田《ただ》源氏の一族で、もとは平家に従っていたが、此度の乱に呼応して近江へと奔《はし》った男である。山本柏木兄弟に次いで警戒《けいかい》していたが、平田入道は奇襲で真っ先に首を挙げたとのことであった。

「こちらが望んだ以上の働きだ。感謝していると伝えてくれ」

知盛の精一杯の謝辞を預かり、郎党は再び甲賀の地へと戻っていった。知盛はここで皆に向けて高らかに命じた。

「向後《きょうこう》の憂《うれ》いは無くなった。一気に北近江まで駆け抜けるぞ」

知盛の激励《げきれい》を受け鬨《とき》の声が上がり、追討軍は足を速めた。柏木が劣勢《れっせい》と知れば、山本はまた別の手を考えるかもしれない。その前に山本の本拠を衝く。

途中、百足らずの敵軍と出くわすこともあったが、こちらの軍勢の多さを見て戦わずして逃げていく。怒濤《どとう》の勢いで進んだ追討軍は、十二月三日のうちに坂田《さかた》郡鳥居本《とりいもと》に至って陣を敷いた。

「山本義経は約千の兵と共に城に籠《こも》っております」

先行させた物見《ものみ》からそのような報告が入った。山本山城《やまもとやま》、あるいは下山城《しもやま》と呼ばれる山城である。

「美濃の援軍は未《いま》だ到着しておらぬ。今のうちに攻め落としましょうぞ」

評定《ひょうじょう》が開かれるやいなや、教経は真っ先に気炎を吐いた。別に教経だけが逸《はや》っているという訳ではない。旗下の侍《さむらい》の誰もがそう進言する中、知盛は静かに答えた。

「いや、美濃勢を待つ」

「それは……」

一座がどよめく。美濃からの援軍の数は詳しくは解らない。ただ、少なくとも三千を超え、五千にまで至るのではないかという報も入っている。この美濃勢が山本と合流を果《は》たせばその数は六千となり、追討軍の倍となる。

これはあと二、三日のうちに近江に入ると見ているが、それまでに城を落とせる見込みは低いと知盛は考えていた。

「最も避《さ》けねばならぬのは、城攻めの途中に背後を衝かれることよ」

当初より知盛は、この近江鎮圧でそれを最も警戒している。平田入道に柏木を押さえて貰ったのもその考えからである。

「加えて近江を一気に鎮めるにはこの方法しかない」

知盛は言葉を継いだ。

仮に城を落としたとしても山本を逃すかもしれない。いや、首尾よく山本を討ち取ったとて美濃の軍勢が残れば、第二、第三の山本が現れる。それらを現れる度に一つずつ潰《つぶ》していくようでは、飢饉《ききん》で不足する兵糧が持たない。敵方は民から乱取りをしてでも兵糧を得るだろうが、知盛にはその考えはなかった。別に己が善人という訳ではなく、今の平家がこれ以上の怨嗟の的になることは命取りになるからだ。

全てを鑑《かんが》みてやるべきことは、近江源氏が頼りにしている美濃勢を打ち砕《くだ》き、平家に刃向かおうとする心を挫《くじ》くことだと知盛は考えていた。

「美濃勢が来れば山本も城を出ましょう。我らの二倍を超える敵を如何に」

旗下の侍が恐る恐る尋ねた。

「考えがある」

知盛は自らの策を丁寧に説明した。皆の顔が徐々に曇《くも》っていき、全てを語り終えた時にはついに憤懣《ふんまん》を口にする者が出た。

「恐れながら……我らにそのような卑怯《ひきょう》な真似《まね》をしろと」

「そう思うか?」

知盛の穏やかな口調を嬲《なぶ》るように受け取ったのか、他の侍が即座に、さらに強く答えた。

「左様」

知盛は苦笑を堪えて細く息を吐いた。

常々、知盛は感じていた。どうも己が考える戦と、世の武士が考える戦に乖離《かいり》がある。いや、根本的に異なっているとさえ思える。

世の武士の多くが「卑怯」を極めて忌《い》み嫌う。反対に「正々堂々」というものを好み、それを崇拝《すうはい》しているようにさえ感じる。

——仕方ないのだ。

と、知盛は理解もしている。

ひと昔前、父が若かりし頃には武士は公家の走狗《そうく》でしかなかった。武士たちは公家に代わって血を流し続けてきた。自らが死ぬのは勿論《もちろん》のこと、父や子、兄弟たちの死を目の当たりにする。大怪我《おおけが》を負って寝たきりになる者もいるし、些細《ささい》な理由で使い捨てにされる者もいる。

それなのに甘い汁を啜《すす》るのは公家ばかり。さらに心無い公家から武士は粗野《そや》だの、野蛮《やばん》だのと蔑《さげす》まれることもある。武士たちは憤りを募《つの》らせたが何が出来る訳でもない。新たな哲学や思想が生まれるのは、このような鬱屈《うっくつ》の中からであろう。

——我ら武士は正々堂々と戦う。

という考えが何処《どこ》からともなく湧《わ》き出た。きっかけは自らの存在意義を肯定《こうてい》するため、慰《なぐさ》めるためだったのではないかと思う。やがてその考えはみるみる武士たちの中に蔓延《まんえん》していったのだ。

「卑怯とは何だと思う」

知盛が問うと、皆が言葉に詰まった。

黙るのが答えである。

卑怯を忌み嫌うのだが、実際どのような振る舞いのことを指すのか、あまりに漠然《ばくぜん》としているのだ。それは正々堂々もまた同じ。一騎打ちこそそれだと言う者もいるが、結局最後は軍勢と軍勢のぶつかり合いで勝敗を決しているのが現実である。

「私が思う卑怯とは、平家も源氏もない民を苦しめること……米を乱取りするなどは言語道断」

知盛が普段せぬ厳しい言いざまに、皆は水を打ったように静まり返る。ゆっくりと衆人を見渡すと、知盛はさらに語調を強めて続けた。

「故に迅速《じんそく》をもって勝敗を決す。そのためには如何なる手段も取る。他の大将はいざ知らず、私が率いる時はそれに従って頂く」

「当然よ」

教経が野太い声で応じる。

「無論、全ての責は私が負う」

知盛がふっと頬を緩めて最後にそう結ぶと、皆が弾《はじ》けるように一斉に頷いた。

五千騎の美濃源氏勢が近江国柏原《かしわばら》まで進出して来たのは十二月四日のことであった。すぐさま山本義経は城を出てこれに合流する。合わせて六千騎である。

一方、知盛率いる追討軍は佐和山《さわやま》の北東、鳥居本に陣を敷いた。こちらは三千騎。予想と違《たが》わず二倍の敵に相対することとなった。

「さて……」

じりじりと南下する反乱軍を見つめながら知盛は呟いた。皆を動揺させぬよう落ち着いているように見せているが、感じたことのない恐れが沸々《ふつふつ》と胸に込み上げて来た。

石山寺で通子を救い出した時は恐怖を感じなかった。しくじったところで自らが死ぬだけ。あとは己に命を預けてくれている教経だけである。

だが此度《こたび》は違う。平家一門、そしてその郎党の命が、さらにはその妻、子の暮らしまでが懸《か》かっているのだ。戦である限り一切の損害を出さぬのは難しかろうが、一人でも多く生き延びさせる責任が今の己にはある。

知盛は身を震わせた。

「兄者なら問題ない」

馬上の教経が鞣革《なめしがわ》のような頰を緩めた。

「ああ、任せておけ。頼むぞ」

「おう」

教経は勇《いさ》ましく応じると、馬を駆って軍勢の後方へと下がっていった。

反乱軍との距離は三町（約三三〇メートル）。二町（約二二〇メートル）となったところで両軍ともさらに脚を速め、濛々《もうもう》と砂埃《すなぼこり》が舞い上がる。

残り一町（約一一〇メートル）となると砂煙の中、敵の騎馬武者の猛《たけ》る顔まではきと見えた。そこで敵の勢いが一挙に弱まり、やがて物頭らしき者たちが口々に叫んで軍は止まった。

距離は半町（約五五メートル）と少し。

一騎、煌《きら》びやかな大鎧《おおよろい》に身を固めた武士が軍の先頭へと現れた。大軍を擁《よう》していながら、まずは一騎打ちをしようとするのがやはり「正々堂々」を好む武士らしい。出て来たのは敵軍の中でも、最も勇猛な武者なのであろう。

「やあやあ、我こそは美濃土岐《とき》の住人――」

源氏の武者が大音声《だいおんじょう》で名乗りを上げようとしたその時である。知盛は静かに、それでいて通る声で命じた。

「やれ」

合図と同時に、平家前面の兵たちが弓を掲《かか》げ、一斉に矢を放った。暴風の如き風切り音と共に、天を飛翔《ひしょう》した無数の矢が反乱軍へと降り注いだ。反乱軍からけたたましい悲鳴が上がる。名乗りを上げていた武士は唖然《あぜん》とした顔になったのも束の間、幾条もの矢を全身に浴びて、どうと馬から滑り落ちる。

「卑怯者め！」

「平家の腐《くさ》れ武者が！」

阿鼻叫喚《あびきょうかん》の合間を縫《ぬ》って、怨嗟の声と怒号が巻き起こる。いきり立った反乱軍六千騎は、猛然と追討軍に突撃して来た。

「放て！」

知盛の下知《げじ》で再び矢が飛ぶ。反乱軍がもんどり打って倒れる。それでも味方の屍《しかばね》を乗り越えて、突き進んで来る。

「頃合いだ」

知盛が続けて命じた。

此度の合戦に臨《のぞ》み、鉦吾《しょうご》を持ってきている。いわゆる摺《す》り鉦《がね》である。直径六寸（約一八センチメートル）。手で持てる程度の大きさで、橦《しょう》と呼ばれる小さな槌《つち》でもって叩き鳴らす。近くに侍《はべ》る郎党数人にこれを打たせた。

鉦吾の音を合図に平家軍が退却《たいきゃく》を始める。軍の中央に陣取る知盛もまた馬に乗って南へと下がる。

知盛は馬上で振り返った。なおも迫る源氏の武者たちは口々に何か叫んでいるが、その内容は解らない。戻ってこいだの、卑怯だの、あるいは武士の風上にも置けぬだの。ともかく罵詈雑言《ばりぞうごん》であろう。

そのような中に数騎、踏み止《とど》まる平家の武者が見えた。

「鉦を――鉦吾を打て！」

知盛は馬を疾駆《しっく》させながら、鉦吾を持って同様に逃げる郎党を見つけて再び命じた。息を切らした郎党は、遮二無二《しゃにむに》といったようすで橦を振って激しく音を鳴らした。どうだとばかりに再び振り返ったが、止まった平家の騎馬武者たちに動きはない。

「やはり駄目か……」

知盛は下唇を嚙みしめた。評定の場では理解してくれたと思っていた。いや、一度は呑《の》み込んでもいただろう。だが実際に戦う段になって、卑怯の誹《そし》りを受けて耐《た》えられなくなったのだ。命に従わぬ武者らに気付いたのは知盛だけではない。馬を寄せてきた味方の騎馬武者が、後方を一《いち》瞥《べつ》して悲痛な声で叫んだ。

「助けに戻りましょう！」

「ならぬ」

知盛は間髪《かんはつ》容《い》れずに答える。

「しかし――」

「これが俺の戦だ。従わぬならば斬る」

道理を懇々《こんこん》と説《と》き、納得させる時間はない。なおも食い下がろうとする武者に向け、知盛は荒々しく言い切った。

知盛の気迫に押されて、これ以上は無駄だと悟《さと》ったか、苦渋の顔を浮かべた武者は返事もせずに離れていった。

――目を覚《さ》ませ。

馬の鬣《たてがみ》に鼻先が触れるほど身を倒し、知盛は心中で呼び掛けた。

戦場で一騎打ちを行うか否かは時と場合に拠《よ》る。だがその後の手順は凡《およ》そ固まっている。まずは矢戦を行う。矢が尽《つ》きる頃になれば互いに計りながら近付いて太刀《たち》戦。両軍入り乱れて馬から落ちれば組打ちといったものである。それで劣勢《れっせい》になった側が退却を始める。勝った側はさほど気合いを入れて追撃をする訳ではない。追撃戦で得た首は、追い首といって手柄にならぬためである。

他にも細かいところはあるが、これが武士の大まかな戦の作法であった。

――目を覚ますのだ。

再び呼び掛ける。平家の者だけではない。敵味方問わず、全ての武士に向けてである。

幾ら飾《かざ》り立てたところで、己たちがやっていることは所詮《しょせん》殺し合いなのだ。

無用な様式美への拘《こだわ》りのせいで、かえって両軍の損害は少ない。兵が減らずいつまでも戦を続けられるものだから、決着がつくまで何度も、何度も、何度も繰り返し戦わねばならない。その度に兵糧を消耗《しょうもう》し、足りねば徴発するせいで、民は塗炭《とたん》の苦しみの中で生きている。

卑怯と蔑まれようとも、人でなしと罵《ののし》られようと、誰かがやらねばならぬ。十年、三十年続く戦を、一、二年に圧縮するために。

知盛は当初から、己が軍を率いたならば、これまでの武士の常識をかなぐり捨て、

――戦を変える。

という覚悟を決めている。

「今だ」

知盛が呟いたその時、両側から喊声《かんせい》が上がった。

この鳥居本の地は東西を小川に挟まれており、川辺には葦《あし》が生い茂《しげ》っている。その両側の葦原

の中に、千ずつ、合わせて二千の兵を伏せていたのである。

つまり、反乱軍と初めに対峙《たいじ》していた平家の兵はたったの千だったのだ。伏兵が露見しないように深く陣取ったが、そもそも反乱軍は疑ってもいないようだった。

両側から雨あられと矢が降り注ぎ、反乱軍の追撃が止まった。まずは右だ、いや左だなどと口々に叫ぶ声が聞こえる。単騎で葦原に向かう勇士もいたが、矢だらけになった馬がまず倒れ、立ち上がったところにまたもや矢を浴びせられてどうと倒れ込んだ。

「兄者！」

下がる知盛の前方で、教経が呼んだ。馬上で胸を張る姿は金剛力士像を彷彿《ほうふつ》とさせる。

教経には後備《あとぞな》えとして兵三百三十を預けていたが、そもそも血気盛んな教経が大人しく、後備えなどに収まるはずがない。それを見越した知盛の策の中で、最も武勇を要し、最も活躍出来、それでいてしくじれば真っ先に死ぬる役目を教経は担っていた。

「今少し待て」

知盛は教経の背後で馬首を巡らせた。

「わざわざ兄者が囮《おとり》を務める必要があったか？」

知盛の言の全てに文句を言わず従う教経だが、評定の場でそのことだけは不平を漏らした。

対峙《たいじ》する平家の軍に、大将の己がいるかどうかなど反乱軍には判らない。故に今、彼らは大将を討たんとして追って来たのではない。

一騎打ちを望む者を無情に射殺し、さらには尻尾《しっぽ》を巻いて逃げる卑怯な振る舞いを憎み、いきり立って来たのである。

ならば、大将がわざわざ危険な所に出ずとも良い、というのが教経の考えだ。

「罵《のの》りも嘲《あざけ》りも全て俺が受けるためだ」

知盛の言葉に、

「そうか」

と、ふっと笑みを浮かべる教経の手が震えている。教経ほどの剛勇な男でも初陣《ういじん》となれば恐れがあるのだ。それが戦の正体である。美しくも何ともない。ゆえに知盛は、そのありようを変えるために鬼にもなる覚悟を決めている。

「行け」

「応‼」

教経は雷光の如く鋭く吠《ほ》え、矢を浴びて混乱する反乱軍に向けて馬を駆った。その後ろには教経の郎党三十騎、さらには後備えの三百騎が続く。

再び鉦吾が鳴ると、葦原の伏兵はぴたりと矢を撃つのを止め、太刀を抜いて反乱軍の左右に斬り込んでいった。

「遠からん者は音にも聞けぇ‼」

教経が大地を揺るがすほどの大音声で叫んだ。それと同時に箙《えびら》から矢を抜き、凄まじい速さで弦に掛ける。

「我こそは、平教盛《のりもり》が次子《じし》。能登守教経である‼」

飛翔する矢で喉を貫かれ、敵の騎馬武者が馬上で旋回するようにして転げ落ちる。

「王城一の強弓精兵《つよゆみせいびょう》とはあやつのことだ！　我が討ち取ら――」

教経を目指す源氏武者が全てを言い切る前に、教経が放った次の矢がその胸を射貫いた。躰が宙に吹っ飛ぶ。

「腕に覚えのある者は掛かって来い！」

教経は太刀を抜いて敵の真《ま》っ只中《ただなか》に躍《おど》り込む。駆け抜けたところからは鮮血が飛沫《しぶき》となって上がり続けた。勇敢《ゆうかん》に立ち向かう者もいたが、教経の圧倒的な武の前に呆気《あっけ》なく散っていく。

教経に続いて、彼の郎党と後備えの三百騎、さらには左右の伏兵が襲い掛かる。反乱軍は三方から攻撃を受けて恐慌に陥《おちい》り、為《な》す術もなく数を減らしていった。

誰かが指示をした訳ではないが、一騎、また一騎と反乱軍の中から逃げる者が現れる。

そしてある瞬間、何かの意思に導かれるように雪崩を打って一斉に退却を始めた。

武士の道理でいえば、敵に背を見せて逃げるのも卑怯であるはず。

「勝手なものよ」

知盛は苦笑した。

卑怯者と知盛を罵っていた源氏武者たちの背は情けなく丸まり、今や我を忘れて逃げ惑っている。

己の都合で出したり、引っ込めたりする道理があってよいものか。

知盛は、たとえこの勝利で誹りを受けようとも、甘んじて受ける覚悟である。

「美濃まで追い落とせ」

知盛は寒風に紛《まぎ》れ込ますが如く静かな声で呟いた。

鉦吾を三度鳴らせば退《ひ》くと決めてある。

裏を返せば鉦吾を打たぬうちは、

——どこまでも追え。

ということである。追い首は手柄にならぬため、この指示にも渋る者はいた。だが知盛は従わねば罰《ばっ》すると厳命したのだ。

逃げる源氏武者二騎の間に教経が馬を入れ、一人を太刀で叩き斬り、一人の襟《えり》を摑《つか》んで後ろへ引きずり落とした。その教経を先頭に、郎党ら三百三十騎、さらには伏兵の二千が縒《よ》り合わされるようにして追い縋《すが》った。戦場であった場所は、屍《しかばね》の海といった様相を呈している。自らが作り出したその凄惨な光景を目の当たりにし、知盛は細く息を吐くと、自らの軍も追撃に移るよう命じた。

三

戦は追討軍の完勝で終わった。追討軍は手を緩めず、鳥居本から近江の端である醒ヶ井《さめがい》まで追撃を続けた。当初は五千はいたであろう美濃源氏勢も、その頃には散り散りとなって千を割っていた。這《ほ》う這《ほ》うの態で美濃へと逃げていくのを見届けると、知盛はすぐさま軍を転進させた。

近江反乱の首謀者の一人、山本義経の逃げ込んだ山本山城を包囲するためである。

「一気に攻め落としましょう」

麾下《きか》の武士たちは息巻いたが、知盛はそれを制止した。ここまで己の考え通りに進んでいる。だからこそ驕《おご》ることなく、慎重かつ冷静に状況を見極めねばならないと考えていたのである。

知盛は配下を連れ、山本山城の麓《ふもと》へ行った。

山本山城は立地の峻険《しゅんけん》さに加えて、多くの堀切《ほりき》りを擁《よう》した堅城《けんじょう》である。山本義経の兵は五百余にまで減っていたが、陥落《かんらく》するまでには些《いささ》か時を要するだろう。

「二千の兵を残すので囲みを続けよ。美濃勢が戻って来ることはあるまいが、もしそのようなことがあれば決して戦わず、再び鳥居本まで軍を退け」

「しかし……」

「相国の命と心得よ」

またもや不満そうにする者どもを、知盛は低い声で脅《おど》した。己は相国最愛の息子と呼ばれている。父の名を借りて従わせられるのならば、恥ずかしげもなく使えばよい。

知盛は二千の兵を山本山城に残すと、自身は教経を含めた千騎で琵琶湖を北から西向きにぐるりと回って、南近江へと舞い戻った。源頼政が以仁王と共に平家打倒の兵を挙げた時に力を貸した園城寺《おんじょうじ》が、此度も近江源氏に味方して蜂起したとの報が入ったのである。

「一気呵成《いっきかせい》に攻め落とせ！」

山本山城と違い、こちらは駆け付けるや否や攻撃を始めた。北近江にいたはずの追討軍が、こうも早く戻って来るとは思いもしなかったのであろう。いや、そもそも美濃源氏勢の援軍に、壊滅させられたとすら思っていたかもしれない。

園城寺の僧兵は端《はな》から浮足立っており、追討軍はこれを散々に蹴散らした。

「次だ」

園城寺を攻め落とすと、知盛はすぐに軍を発した。

麾下には休息を訴える者もいたが、知盛は首を縦に振らなかった。悠長な戦をしていると、一つ潰すうちに、また一つの勢力が盛り返す。故にこれまでの反乱討伐は長引いていたのである。

園城寺を攻め落とした翌日。園城寺より湖を南から東へと回り、今度は山本義経の弟で、反乱のもう一人の首謀者、柏木義兼の籠《こも》る馬淵城《まぶちじょう》を取り囲んだ。平田入道が甲賀を鎮圧したことで、柏木はこちらへ逃げて来ていたのである。

「おお、若様。お久しゅうございますな」

馬淵城を取り囲んでいた平田入道は、諸手《もろて》を挙げて出迎えた。

老いてなお壮健。引き締まってはいるがどちらかといえば縦に長い体軀の教経とは異なり、その躰は横にも大きくひと塊《かたまり》の巌《いわお》を彷彿とさせる。

「流石《さすが》、父上も認める戦巧者《いくさこうしゃ》の平田入道だ。よくやってくれた」

「いやいや、若様こそ見事でございます。昔からご聡明《そうめい》と思ってはおりましたが、まさかここまで戦がお上手とは」

平田入道は剃り上げた頭を撫でながら、真に嬉しそうな笑みを見せた。

「馬淵城に籠る数は？」

「四百ばかりですな。逃げ足の速い奴《やつ》です。ここで仕留めたいものですが……」

平田入道は眉間《みけん》に深い皺《しわ》を寄せた。

柏木は籠った城が危うくなると逃げ出し、次の城に籠るということを繰り返してきた。

平田入道は柏木が転々とする小城を一つずつ丁寧に潰しながら、甲賀からここまでやって来たのである。

「ここで仕留めるのは、難しいかもしれぬな」

平田入道が率いて来た兵は八百余。知盛の千を加えても千八百である。囲みは薄くならざるを得ず、敵に一点を突破されれば逃がしてしまう公算が大きい。

「逃げれば、また次へ追いますか」

苦々しく平田入道は口を歪《ゆが》める。

「いや、折角ここまで来てくれたが……入道は甲賀に戻ってくれるか」

馬淵城の陥落が近付くと、柏木は入れ違いにまた甲賀への帰還を図るかもしれない。そうなればまた振り出しに戻ってしまう。平田入道には甲賀を固めて貰い、柏木の入る余地を失くしたほうがよい。

「なるほど」

平田入道が目を丸くし、感嘆《かんたん》した。

「そうなれば頼るところは一つ」

「嬰児《みどりご》の如く兄に泣きつくでしょうな」

「左様さ」

「やはり賢しい御方よ」

平田入道は四角張った顎《あご》に手を添えて唸《うな》った。

「褒められるほどのことはない」

知盛はこの国の戦の仕方に幾つもの疑問を持っていた。

その一つとして、

――戦を点でしか捉えない。

と、いうことがある。

故に今日は北の城、明日は南の城、次に東の城と転戦しているうちに、もとの北の城が奪還《だっかん》されているようなことがままある。

戦とは城と城を結ぶ線、さらに多くの城による面で考えねばならない。

「古来の法に従っているだけだ」

感心する平田入道に向け、知盛は続けた。

別に己が特別優れた考えや、変わった考えの持ち主とは思わない。

兵法書などに書かれている大陸の戦はこのような戦術を採《と》っているのだ。

この国は文化、宗教、朝廷の仕組み、挙句《あげく》には京《みやこ》の形まで大陸を模倣《もほう》して発展してきたのに、こと戦に関してだけは全く別のやり方を採っているのである。いや、かつて太古の頃は戦も模倣していたのかもしれないが、武士が登場してから変わった。これも例の「卑怯」だの、「正々堂々」だのの影響が強かろう。

つまり己がやろうとしていることは革新ではなく、むしろ回帰といえる。このような考え方になったのは、己が病弱であったため、世間の武士の気風に染まらなかったことも大きいだろう。

「山本、柏木の兄弟は戦も出来ぬ公達《きんだち》が総大将と侮《あなど》っておったでしょうが、今頃目を瞬《しばた》いて唖然としておるでしょうな」

平田入道は呵々《かか》と豪快に笑ったので、知盛は気になって尋ねた。

「入道は卑怯とは思わぬか？」

知盛が鳥居本で如何にして美濃源氏を破ったか、平田入道は耳にしているはずだ。それに合わせて今話したような戦のやり方は、少なくともこれまでの武士らしいものとはかけ離れている。麾下の者たちの反発も強かったのに、この老将から気にする素振りは見受けられない。

「戦は綺麗《きれい》ごとではないと、痛いほど知っておりますれば」

平田入道は知盛の祖父忠盛《ただもり》の時代から仕えている忠臣である。忠盛、清盛、そして平家一門のためならばと、並の者ならば忌避《きひ》する汚れ仕事にも手を染めたし、治めにくい伊賀の地で泥《どろ》臭い戦も行ってきた。それ故に他の者と違って武士らしさに頓着《とんちゃく》しないのかもしれない。

「それに新しきことは常に若き者が始めるもの。この老骨は振り落とされぬように必死にしがみついていくだけです」

「ふふ……そうか」

平田入道が滑稽《こっけい》な顔を作るので、知盛は口元を綻ばせた。

平田入道のような者ばかりならばどれほどよいだろうと思った。いや、もしそうならばここまで平家が苦境に立つこともなかっただろう。せめて一人でもいることを喜ぶべきかもしれない。

「では、若様の下知に従い儂は甲賀へ戻りますかな」

「頼む。万が一、柏木がそちらに逃れた時は……」

「お任せを。必ずや首を捩《ね》じ切ってやります」

一転、平田入道は表情を引き締めて答えると、分厚い背を知盛に向け、自軍を率い、甲賀へと戻っていった。


その翌日、知盛は馬淵城に向けて総攻撃を始めた。それこそ大陸の兵法書に拠《よ》れば、城攻めをするには敵の五倍以上の兵力が望ましい。だが今は二倍強の兵しかいない。

「決して無理はするな。南側からじりじりと攻め立てればよい」

知盛はそう命じて、馬淵城に圧を掛けた。楯板《たていた》で身を守りつつ、矢を射かけていく。教経がここでも一番乗りを果たした。馬から降りて徒《かち》になると、立て続けに矢を放って柏木の兵を射止めていった。倒れた相手の兵の数は実に二十を超えた。敵方が怯《ひる》んだと見るや、

「柏木の小倅《こせがれ》を生かして逃がすな！」

と、自身より一回りも年上の柏木を小倅呼ばわりし、太刀を振りかざして斜面を登っていく。

矢も幾らかは飛んで来たが、教経はこれを宙で次々に叩き落として猛進した。

この無双振りに柏木軍は震え上がったようで、北側に囲みがないことを幸いと、早々と城を捨てて逃げ去っていった。

「山本山城を囲む軍へ早馬を送れ」

知盛は馬淵城に入ると、すぐさま命じた。

逃れた柏木義兼は甲賀に戻るべきか、それとも兄の山本義経を頼るべきかと迷うだろう。その間に、柏木の動きより早く手を打つのは難しいことではない。

知盛が自軍に下した命は、

「虎御前山《とらごぜやま》へ陣を移すのだ」

と、いうものであった。

虎御前山とは、山本山城から東南東半里（約二キロ）先にある山である。兄の元に逃げ込もうとする柏木軍の道をあけてやるのだ。

そのため、柏木軍が来ても手を出すなと付け加えた。柏木の逃亡を防ごうとすれば、山本義経が城から打って出て挟《はさ》み撃ちにされるのは目に見えている。包囲軍のほうが数で勝るとはいえ、味方の被害はかなりのものとなるだろう。狙いは、柏木軍ではなかった。

知盛は馬淵城に三百の兵を残し、七百の兵を引き連れて北上を始めた。その速さはこれまでと違い、やや緩い。ここまで来たら無理をする必要はない。今は人馬を休ませるべき時である。戦には緩急が必要だと知盛は考えていた。

知盛が虎御前山に着いたのは、十二月十五日のことである。

「柏木は来たか」

残っていた郎党にまず訊いた。

「はい。全てご推察の通りで」

知盛の読みが見事に的中したことに、皆が驚いている。柏木はやはり山本山城へと逃げ込んだ。遠目にみた限り付き従うのは二百騎余であったとのこと。

「美濃源氏は？」

「垂井《たるい》まで物見を出しましたが、全く戻って来る気配はありません」

「そうだろうな」

これまで、平家は各地の反乱を鎮めるべく戦って来たが、その戦果は決して芳しいものではなかった。

ところが、先の戦は近年では稀《まれ》に見る大勝となった。想定外の被害を受けた美濃源氏は態勢を立て直すまで相当苦労するだろう。父はこの後、美濃の平定にも乗り出すはずで、この戦はその時まで良い影響を及ぼすことになるに違いない。

「よく我慢してくれた。仕上げといこう」

追討軍二千七百が再び山本山城を取り囲んだのは、十二月十六日の払暁《ふつぎょう》のことであった。

朝靄《あさもや》が漂う静寂の中に立つ孤城を前に、逸る心を抑えられない様子の平家の武者たちの顔が並ぶ。

知盛は腕を上げ、告げた。

「行け」

今までの鬱憤《うつぷん》を晴らすかの如く、平家の武者たちは叫び声を上げ、果敢に突進した。

山本山城に籠るは、新たに加わった柏木の兵を足して七百余。美濃源氏の援兵は期待出来ず、近江で他に味方する者ももういないとあって士気は頗《すこぶ》る低い。幾ら守りの堅《かた》い城に籠っていたとしても、人がこうならばもはやまともな戦にはならない。

ここでもやはり教経の働きは群を抜いており、自らの持ち矢が尽きると、

「我に寄越《よこ》せ」

と、人の箙から矢を取って間断なく射続けた。

こうして、追討軍の猛攻に堪《た》えかねた柏木は夕刻には城を捨て、四百ほどの兵と共に北へ逃れた。

「追わずともよい」

一両日、飯も摂らず、まともに水も飲まずに攻め続けたのだ。これ以上の戦はこちらにも被害が出ると考え、すぐに鉦吾を打たせた。

山本柏木兄弟は同じく反平氏を掲げる誰かを頼るだろうが、少なくとも此度の大敗のせいで、近江における彼らの影響力は著しく低下《いちじる》した。もう目立った反乱は起こせないだろう。

だが、各地での平家への反逆は止まることはなかった。知盛が近江を転戦している最中、伊予《いよ》国では豪族の河野通清《こうのみちきよ》が反平氏を掲げて兵を挙げ、平家の目代《もくだい》を追い払った。これまでも九州では度々平家に挑《いど》む者がおり、その動きに呼応しての挙兵だった。

ともかく四国でこれほど大規模な反乱は初めてのことで、平家は備後《びんご》国の沼賀高信《ぬまがたかのぶ》に命じて伊

予国へ進軍させた。

沼賀はすぐに河野通清の高縄城《たかなわじょう》を攻めて討ち取った。ここまではよかったのだが、沼賀は備後の鞆《とも》へ戻ってすぐに戦勝の酒宴《しゅえん》を開いた。遊女たちも招いての乱痴気《らんちき》騒ぎであったという。そこに通清の子、通信《みちのぶ》が父の仇《かたき》を討たんと海を渡って僅か百余人で奇襲を掛けたのである。油断していた沼賀は生け捕りにされ、伊予に連行されて処刑された。沼賀は鋸《のこぎり》でゆっくり首を切り落とされたとも伝わってきている。この一事から解るのは、

——日を追うごとに平家への怨嗟が大きくなっている。

と、いうことである。

各地での抗争は誰かの怨《うら》みを買い、復讐《ふくしゅう》を果たせばまた怨みを生む。それはどんどん膨《ふく》れあがり、鋸で首を落とすような人とも思えぬ所業を難なく行わせてしまう。各地に広がった火種は、もはや簡単には消せないことを知盛は悟《さと》った。

「躰を労れ」

近江から戻った知盛に、父は自宅で休むように厳しく命じた。病弱だった息子が近江平定において、かなり無理をしたことを心配しているのも真だろう。だがその裏に別の意図があると知盛は感じていた。

——もう別当《べっとう》様の下で戦をしとうない。

戻った追討軍の中にはそのように不満を漏らす者もいた。従来の武士の戦から逸脱したことで、卑怯の誹《そし》りを受けると恐れているのである。

しかし、実際に不満を口にする者は僅かであろう。大半の者は理解してくれていたはずだ。いや、理解せずとも「知盛のせい」にすることで、従ってくれていた。だが戦場を離れて、改めて意見を求められると、

――渋々従ったが、我も真は同じ考えだった。

だとか、

――相国の名を出されれば仕方あるまい。

などと同調する者が続出する。彼らにとって、武士の体面とはそれほど大切なものなのだ。出世が望めぬ下位の武士などには、むしろそれのみに縋《すが》って生きている者すらいる。

父は頗《すこぶ》る鋭敏な人である。追討軍に加わった者たちの、この不満を鋭く感じ取ったのであろう。このような不平が大きくなれば、知盛の折角の手柄が無きものになると思ったのかもしれない。暫く自宅にいさせ、ほとぼりが冷めるまで公《おおやけ》の場から遠ざける意図であると知盛は悟った。

「希子や知章、知忠と共にゆるりと過ごすように。これは命令じゃと思え」

父は微笑みながらそのように付け加えた。己に甘いということもあろうが、元来心根の優しい人なのだ。だが知盛はこの優しさに、何故か一抹《いちまつ》の不安を感じた。

こうして知盛は休息という名目で、暫しの自宅での待機を命じられ、評議に加わることも免除された。

故に美濃源氏の追討も、近江でその軍勢を打ち破った知盛が続いて拝命するだろうと噂されて

いたが、知盛の甥にあたる平維盛が総大将に任じられている。

「総力を挙げて美濃源氏を叩き潰しましょう」

知盛のいない軍議の場で、平家一門は勇み立って清盛に進言した。だが、清盛は優しく諭《さと》すように首を横に振った。

「それは維盛に任せておけばよい。知盛が美濃のやつばらを叩いてくれたからこそ、最も挫《くじ》かねばならぬ相手に向かえる」

一転、清盛は感情が失せたかのような無表情になり、軍議に出ていた一門は息を呑んだ。彼らの様子が見えていないかのように、清盛は虚《うつ》ろな目で続けた。

「南都《なんと》を攻める」

「ひいっ」

一同の間から、声にならぬ声が洩《も》れる。

平治の乱の後、南都――大和《やまと》国は父の知行国となった。大和は実に寺院の権力の強い地である。これまでも多くの者が治めてきたが、誰もが寺院が持つ特権から目を背《そむ》けてきた。だが清盛は違った。寺院とて容赦《ようしゃ》なくその不正に対して検断を行ったのだ。

これに南都の寺院は強烈に反発した。だが父は怯《ひる》まず、後《ご》白河法皇《しらかわほうおう》を始めとする皇族、関白松《まつ》殿基房《どのもとふさ》を筆頭とする公家たちに根回しして協力を得ると、南都寺院を処罰することに成功した。

南都寺院もこのままでは、やがて権益の全てを剝《は》がされると考えたのだろう。反平家の各地の源氏と連絡を密に取るなど動いた。此度の近江の反乱においても、数は少ないが園城寺に僧兵の援軍すら送っていた。

「攻めて降《くだ》すのですか……?」

恐る恐る尋ねる声に対し、父は冷酷に言い放った。

「東大寺《とうだいじ》を焼き払う」

「それは……やり過ぎでは……」

一門は絶句するが、父は意に介さない。

「何がやり過ぎか。民の安寧を願う身にありながら、自らが肥《こ》え太ることしか考えぬ輩《やから》じゃ」

「しかし、南都を攻めるは時期尚早《しょうそう》かと」

流石に焼き討ちするとあっては、普段はまともに意見を出さぬ一門の中にも、諫言《かんげん》する者があった。

「いや、もう時がない。今、すべきことよ」

父はそう言ったきり、一切の諫言を封じた。

こうして父は平重衡《しげひら》を総大将に任じ、南都へと大軍を送り込むことを決めた。知盛は件《くだん》の流れから家での待機を命じられており、この軍議に加わってはいない。

「すぐに参内する」

報を聞くや否や、知盛は身支度を整えた。

この一件に関しては知盛もまた時期尚早、じっくりことに当たるべきだと考えていたからである。

他の反平家勢力と異なり、南都だけは厄介極まりない。ただ倒せばよいというものではない。平家悪行と糾弾《きゅうだん》され、さらに多くの敵を生む危険を孕《はら》んでいる。

知盛はすぐに父の屋敷へ入ったが、面会は叶《かな》わなかった。

――武衛が来るだろう。来たら心配ないと追い返せ。

父は予《あらかじ》めそう郎党に申し付けていたのだ。こちらの行動を全て読んでいる父に舌を巻くと共に、抱いていた不安は強まった。

――何処かお躰が悪いのではないか。

と、いうことである。全てにおいて急ぎすぎているように思えるのである。

十二月二十八日、平家の軍は南都へと雪崩れ込み、東大寺、興福寺《こうふくじ》を始めとする諸寺を焼いた。興福寺では五重塔、二基の三重塔が紅蓮《ぐれん》の柱となって天を焦《こ》がし、東大寺では聖武《しょうむ》天皇により造像された四百年来の大仏が朱に染まった。

平家の旗の色は赤。まるでこれまで南都に苦しめられてきた怨《うら》みが焔《ほのお》と化し、全てを塗り潰さんとしているような光景であったという。

この苛烈な処置に恐れ慄《おのの》き、畿内での反平家の芽は一斉に成長を止めた。だが同時に清盛は仏敵として激しく恨まれることとなった。不思議と平家という集団より、清盛ひとりへの怨嗟の声のほうが大きい。清盛の権が絶大で、平家一門は添え物だということを、皮肉にも世の人たちは皆解っているのだ。こうして押されていた平家が年の終わりに猛反撃を仕掛け、激動の治承四年は暮れていった。

第二章

相国墜つ

行歩《ぎやうぶ》にかなへる者は、吉野《よしの》十津《とつ》河《かは》の方《かた》へ落ちゆく。

あゆみもえぬ老僧《らうそう》や、尋常《じんじやう》なる修学者《しゆがくしや》、児《ちご》ども、女《をんな》、童《わらんべ》は、大仏殿《だいぶつでん》の二階の上、山階寺《やましなでら》のうちへわれ先にとぞ逃げゆきける。

大仏殿の二階の上には、千余人登り上がり、敵《かたき》の続くを登《のぼ》せじと、階《はし》をば引いてんげり。

猛火《みやうくわ》はまさしう押しかけたり。

喚《をめ》き叫ぶ声、焦熱《せうねつ》、大焦熱、無間阿鼻《むけんあび》の炎の底の罪人も、これには過ぎじとぞ見えし。

今宵《こよい》もまた西仏《さいぶつ》に平家物語を伝授する。五の巻を締めくくる南都炎上の件《くだり》。激しく琵琶《びわ》を掻《か》き鳴らす手、朗々と唄《うた》う喉《のど》が熱を帯《お》びる。比喩《ひゆ》ではない。真《まこと》に躰《からだ》の中に火が宿ったが如《ごと》く熱くなる。

焼かれた南都の人々の無念がそうさせているなどとは言わない。その無念を音曲で、唄で表そうとすれば、自然とそうなるのである。

一つの区切りを迎えると、そっと琵琶の弦から手を離した。躰は強く火照《ほて》っており、頰《ほお》は戸の隙間《すきま》から吹き込む僅《わず》かな風さえ感じ取っていた。

「今宵はここで……」

吐息混じりに言うと、西仏は深々と頭を下げた。暫《しば》しの沈黙の後、西仏は我が両眼《りょうめ》を覗《のぞ》き込むようにして訊《き》いた。

「このようなものを残してもよいのでしょうか……?」

南都を焼き払ったことは、平家が行った数多《あまた》の「悪行」の中でも最たるものの一つだと世に伝えられている。多くの民草が死んだ。いくつの屋宇《おくう》が灰となったであろうか。平家の名を貶《おとし》めることを、わざわざ残す必要があるのか。いや触れぬ訳にはいかぬとしても、ここまで生々しく、凄惨《せいさん》に表してもよいのかという意であろう。

「よいのです」

「これもやはり……」

「新中納言《しんちゅうなごん》様がそのようにと」

この南都焼き討ちを、知盛《とももり》は諾《だく》としてはいなかった。

清盛《きよもり》が言うように南都の僧は武器を手に暴れ回り、時として安寧《あんねい》を願うべき民から米を取り上げるなど狼藉《ろうぜき》を行っていた。そのような者たちを、知盛もまた許し難《がた》く思っていたという。

だが焼き討ちとなれば、罪もない女子ども、老人まで巻き込むことになる。これを良しとすることはどうしてもできないと知盛は語っていた。

同時にこれは、当時の平家がそこまで追い込まれていたことをも意味する。源氏の諸勢力が東西南北から攻め寄せて来る中、畿内《きない》に安定を揺るがす者がいれば、あっという間に平家政権は崩壊してしまう。

その最たるものが南都の諸寺であったのだ。

――父上は汚名を負《お》うと決められたのだ。ありのままに残すべきではないか。

生前、知盛はそのように語り、物語の中にこのことを編《あ》み込んだのである。


いつの間にか外の風が止《や》んでいる。

口をつぐんだ己を、西仏はただ静かに見つめている。

そして知盛が関与したのは、平家物語のこの辺りが最後である。

「以後はそれどころではなく」

ぽつんと言うと、西仏は深く頷《うなず》いた。

「戦に次ぐ戦でしたからな」

この後、平家は激動の荒波の中を進んでいく。その中でこの眼で見たこと、あるいは人から聞き取ったことを纏《まと》め、己は平家物語を結末まで導いたのである。

「お疲れでなければ、続きを聞かせて頂いても？」

西仏の口元が微《かす》かに緩んでいる。己から聞く知盛の話が極めて興味深いらしい。

「はい」

「新中納言様が鎮《しず》めた近江《おうみ》は、その後どのように？」

知盛が鎮圧した後、清盛は近江の武士を直に支配すべきだと考え、清盛の嫡男《ちゃくなん》で、知盛の兄である宗盛《むねもり》を、畿内と近江に加え、丹波《たんば》、伊賀《いが》、伊勢《いせ》の惣管《そうかん》に任じた。これはこれ以上の乱を防ぐ意味のほか、

――東より迫る諸源氏と徹底的に戦う。

という意志を示したことでもある。

「治承《じしょう》五年が明けて間もなくのことです」

「その年は確か高倉上皇《たかくらじょうこう》が……」

西仏は彫《ほ》りの深い眉間《みけん》に太い溝を作った。

「はい。お隠れに」

高倉上皇が崩御された。京は哀しみに包まれたが、平家一門にとってはそれを上回る衝撃が待っていた。

「さらに閏《うるう》二月四日に相国」

清盛が世を去った。

平家を恨《うら》む者の呪詛《じゅそ》であるとか、あるいは妖《あやかし》の仕業《しわざ》であるとか、さらには暗殺の噂《うわさ》まで流れたが、実際は病が原因であったことを己は知っている。年が明けて暫《しばら》くは健《すこ》やかにしていたのだが、一月の終わり頃に風邪《かぜ》を引いて数日寝込んだ。

一度は床《とこ》を払ったものの、病み上がりに無理をし過ぎたのか、それからまた一月《ひとつき》後に不調を訴えて床に就《つ》いた。それからは日に日に衰《おとろ》えていき、遂に本復できぬまま帰らぬ人となったのである。

平家一門が右往左往する中、知盛は冷静であった。いや、少なくとも周囲にはそのように見せていた。だが知盛もまた動揺していたことを己は知っている。今後の平家一門のことを考え、努《つと》めて落ち着き払ったように見せていただけである。

「その証左に相国が倒れたと聞いた時、新中納言様の手は小刻《こきざ》みに震えておりました」

知盛の手は女子《おなご》のように白く、指はすらりと美しく長い。その手で敵を斬《き》り、あるいは軍を破る指揮を執《と》ったとは到底思えぬほどの嫋《たお》やかさなのだ。その手を固く握りしめていたのを、昨日のことのようにまざまざと思い起こすことができた。

一

知盛は自らの右の拳《こぶし》を見つめた。ただでさえ白い肌は、冬晴れの日差しを受けて色を失ったようになっている。厳密には見ているのは拳ではない。それで相手との距離を測っているのだ。

知盛の拳の先にいるのは、木剣を握った長男知章《ともあきら》。年が明けて齢《よわい》十三となっている。この一年でぐんぐんと背が伸び、五尺四寸（約一六二センチメートル）を超えた。

己も身丈《みたけ》がかなり高いほうだが、このままならあと数年もすれば抜かれるかもしれぬ成長ぶりである。

その知章から武芸の上達ぶりを見て欲しいとずっとせがまれており、久しぶりにこうして庭で手合わせをしているのだ。このような時、知章は弓馬ではなく、いつも太刀《たち》の鍛錬《たんれん》を、と言う。その方がより多く語り合えることを知っているのだろう。

「来ぬのか？」

知盛は僅《わず》かに首を傾けた。

「隙を探しております」

「そうか」

口元を綻《ほころ》ばせた。すでに知章は十数度打ち込んで来ていた。その全《すべ》てを知盛は弾《はじ》き、いなし、躱《かわ》している。これでは埒《らち》が明かないと知章は考えたらしい。

「兄上、頑張って下され！」

甲高《かんだか》い声で声援を飛ばしたのは、縁に腰かけた三男の知忠《ともただ》。齢は六となった。次男は病弱であったことで、平家の今後を鑑《かんが》みれば世俗に置いておくのは忍びなく、妻の希子《きこ》と重々相談した上で、仏門に入れることを決めた。故に知忠は、この屋敷で実質的には次男のような扱いを受けている。

「ああ」

知章は知忠に応え、踵《かかと》をにじるようにして若干《じやつかん》立ち位置をずらした。知忠だけではなく、郎党、屋敷の奉公人も数人集まっている。彼らは知章を応援するというより、御曹司《おんぞうし》が怪我《けが》をしないかとはらはらし、落ち着かない様子である。

「やっ！」

知盛が木剣を僅かに傾けたその時、知章が気合と共に踏《ふ》み込んで来た。乾いた音が響き、木剣が宙を舞う。それが地に落ちて跳《は》ねた時、知盛の持つ木剣は知章の首筋にぴたりと当てられていた。

「これまでだ」

「……参りました」

知章は口惜《くちお》しそうに歯を食い縛《しば》ったが、すぐに姿勢をただして深々と礼をした。

「腕を上げた」

「まだまだでございます。先日も能登守《のとのかみ》様に三つ数える前に敗れましたので」

「あやつと比べるな」

知盛は苦く笑った。教経《のりつね》の武勇は平家一門でも随一《ずいいち》。東国の荒武者どもにもあれほどの者はいないと確信している。

「もう少しで俺より強くなる」

知盛は木剣を納めつつ続けた。知章の武芸は確かに上達している。器用なところは受け継《つ》ぎつつ、腕力は当時の己よりも遥《はる》かに強い。あと数年もせぬうちに己を超えるだろう。

「励《はげ》みます」

知章は嬉《うれ》しそうに微笑《ほほえ》んだ。一門の重鎮となる己の後継ぎとして、恥ずかしい男にはなりたくないと、知章は常々周囲に漏《も》らしているらしい。

「気負い過ぎるなよ」

知盛もまた頬を緩めて頷いた時、縁側で見ていた知忠が声を上げた。

「父上、次は私と立ち合って下さい」

「お主は散々、立ち合って頂いたであろうが」

知章が呆《あき》れ顔で窘《たしな》めた。知盛は先に知忠の稽古《けいこ》をつけている。まだ幼いだけあってすぐ負けるのだが、知忠は今一度、今一度と、結果七度も挑んで来た。そうしてようやく知章に代わった次《し》第《だい》であった。

「兄上は一度が長いから」

知忠はふてくされて言い返す。

「聞き分けのないことを……それはお主の腕が未熟だからであろう」

「構わぬ。今一度やるとするか」

知盛が言うと、知章は苦笑して生真面目《きまじめ》に一礼し、知忠は勢いよく立ち上がった。

「そろそろ父上にもお休み頂いたら如何《いかが》ですか？」

丸みを帯びた声が屋敷の中から飛んできて、庭先で親子の稽古を見守っていた家の者たちが一斉に振り返る。そこに立っていたのは笑みを湛《たた》えた妻の希子であった。

「母上、もう少しだけです」

頬を膨《ふく》らませて知忠は駄々をこねる。

「唐菓子《とうがし》もありますのに」

「えっ……真ですか」

知忠がさっと頬を紅潮《こうちょう》させた。

「餲餬《かっこ》ですか？　それとも桂心《けいしん》？」

身を乗り出して知忠は尋《たず》ねた。挙《あ》げたのは八種《やくさ》唐菓子の内に含まれるものである。餲餬、桂心、梅枝《ばいし》、餢䬳《ひら》、鎚子《ついし》、桃枝《とうし》、黏臍《てんせい》、団喜《だんき》など代表的な唐菓子のことを、俗にそのように呼ぶ。

「いえ」

希子はゆっくりと首を振る。

「ま、まさか……」

「団喜です」

希子は不敵な笑みを見せた。

穀物《こくもつ》の粉を捏《こ》ねた皮で餡《あん》を包み油で揚げた唐菓子で、知忠が最も好物としているものである。

目を輝かせる知忠に向け、希子は首を捻《ひね》って尋ねた。

「でも、知忠は太刀の稽古をするのでしょう？」

「父上、稽古はまたに……」

「そうするか」

ぎこちなく首を回して訊く知忠を見て、知盛は耐えているのが限界になって噴き出してしまった。

知忠は慌てて履物《はきもの》を脱《ぬ》ぎ、気の早いことに奥へと駆け込んでいく。

「全くあいつは」

弟のことを可愛《かわい》がっている知章は、苦笑しつつも好もしげに見送る。

「知章も頂くでしょう?」

「はい」

知章は嬉しそうに頷く。もう立派な若武者であるが、心はまだ多分に子どものところがあるのだ。

「作ったのか?」

知盛は尋ねた。公家《くげ》の奥方が自ら唐菓子をこさえるなど普通はあり得ない。ましてや希子は自身も官位を授かる女官なのだ。普通ならばこの問いもおかしかろうが、当家においては何ら不思議なことではない。

「いいえ、近衛《このえ》様から頂戴しました。沢山《たくさん》頂いたので、皆も食べましょう」

希子は侍《はべ》っていた従者たちにも声を掛ける。

こうして家人、郎党にまで振る舞うのもまた、希子をよく知っている者からすれば普通のこと。己もそれを許しているため、

——別当《べっとう》殿の家は不思議なものよ。

などと世間でいわれているのである。

「先に行け」

知盛は恐縮する郎党たちに向かって頬を緩めて言った。

知章と郎党たちが頭を下げ、歓談しつつ屋敷の中へ引き揚《あ》げていく。父上にはまだ敵《かな》わぬ、なんの若様はとうに拙者《せつしや》を抜かれましたぞ、などといった会話である。知章もまた希子の気風を受け継いでいる。主従のけじめこそあるものの、身分の分け隔《へだ》てなく接するように育っているのが知盛は嬉しかった。

自然、一人だけ残る形となった希子に向けて知盛は言った。

「穏《おだ》やかなものだな」

「はい」

「今日も何処《どこ》かで戦が起こっているとはとても信じられぬ……このような時を過ごしていることが、申し訳なくなってくる」

近江源氏を鎮圧した後、知盛は暫しの休息を取るように申し付けられた。続いて美濃源氏の討《とう》伐《ばつ》を命じられると思っていただけに、拍子《ひようし》抜けしたものである。

従来の武士らしい戦をしない己に、麾下《きか》の中には最後まで不満を持つ者もいた。それを和《やわ》らげようというのが父の考えである。時を置けば不満が消えるとも思えず、京に戻った知盛は、そのことを父にぶつけた。

——いや、暫し待てば、お前の意図《いと》を解《わか》る者は一気に増える。

父は間髪容《かんはつい》れずに答えた。

このところ、平氏は各地で敗戦を重ねてきた。富士川《ふじがわ》の戦いなどはその最たるものである。そもそも平氏の旗色が悪い理由は幾つかある。

一つは兵糧《ひょうろう》の不足。反乱軍は決起した地で兵糧を徴発《ちょうはつ》している。対してそれを追討しようとする平氏は、反乱軍によって兵糧の運搬を妨害《ぼうがい》されたり、奪われたりして分配に滞《とどこお》りが出ている。その状態で、四方八方の敵を相手にしなければならないのだ。すぐに兵糧が枯渇《こかつ》するため長陣《ながじん》が出来ず、性急に判断を下さざるを得ないことが失敗を招いている。

二つ目は得手不得手のこと。馬の産地が多い東に地盤を持つ源氏は、伝統的に陸での戦に強い。一方、瀬戸内《せとうち》の海運を支配している平氏は海戦に強い。この間、行われているのは陸戦ばかり。やはり陸での戦は源氏に一日の長があると言わざるを得ない。

そして最後――これが一番大きい。

平氏の旗色が悪い、最後にして最大の理由。それは練度の違いである。

天下の権を握ってからというもの、武芸の鍛錬《たんれん》を怠《おこた》る者は確実に増えた。教経の如《ごと》く弛《たゆ》みなく鍛錬に勤《いそ》しむ者は、今ではむしろ物珍《ものめずら》しい目で見られている。それに対して源氏は、いつか平氏へ復讐《ふくしゅう》を果《は》たさんと、厳しい鍛錬を重ねて爪《つめ》を研《と》ぎ続けて来たと聞く。その差がこうして顕著《けんちょ》に現れているのだろう。

ともかく平氏は勝ちよりも、多くの負けを重ねて来た。それでも、

――卑怯《ひきょう》な振る舞いをしてまで勝っても意味がない。

と、真剣に言う者も多かった。だが父清盛に言わせれば、多分に強がりも含まれているという。戦の本質は勝ち負けのみ。大勝の味を覚えれば、次も勝ちたい、二度と負けたくないという感

情も湧《わ》き出る。なればこそ、知盛の戦のやり方に賛同する者は、今少し時を置けば必ずや増えるというのが父の見込みである。

「相国様のお優しさでしょう」

希子が発した言葉は、白い靄《もや》となって宙に漂った。空は抜けるような冬晴れだが、今日は朝から一段と冷え込んでいる。

「そうだな」

この先、源氏との戦がさらに激化するのは明らか。妻や子と過ごせと父が己にわざわざ命じたのは、それも鑑《かんが》みてのことであろう。

「だが、父上の方が心配だ」

知盛は縁に腰かけると呟《つぶや》いた。

「南都のことですね」

「ああ、急ぎすぎているようだ」

近江源氏が鎮圧され、今しか機がないのは解る。だが昨年末の南都焼き討ちは、知盛の目から見てもやり過ぎであった。南都を攻めるとの命《めい》が発せられた時、知盛は参内《さんだい》して父を止めようとしたが、面会すら叶わなかった。

正気を失ったのかとまで訝《いぶか》しんだが、今は何も考えずに希子らと過ごせと追って伝令が来たことで、父が一定の平静を保っていることだけは解った。

「寝込まれたと聞いた時、焼き討ちを急《せ》いたのはそのせいかと思ったが……」

「本復されて私も安堵《あんど》致しました」

知盛が言うのを引き取り、希子はゆっくりと頷いた。

治承五年が明けた一月の末。父は躰の調子が優れず床に就いた。最近の性急な処断も、それを自身で解っていたからではないかと考えた。だが結果、七日ほどで本復して、政務に戻ったので安心した次第であった。

「父上に改めてお目にかかる日が決まった」

近江に向かう前に父と面会した時、知盛は何故、源 義朝《みなもとのよしとも》の遺児を見逃したのかと訊いた。すると父は、

――一つ言えるのは、源氏は必要だということ。その考えは今も変わっておらぬ。

と答え、近江から戻るまでに考えてみろと言ったのである。そのことについても話したく、知盛は一月の終わりに父と二人で語らう約束をしていた。だが高倉上皇の崩御があり、取り止めになっていたのである。

父はこの国で最も多忙を極める人である。いつ眠っているのかというほど働き、此度《こたび》の病の折も床中から様々なことを決裁したと聞いた。幾ら息子とはいえ、突然出向いたとて、おいそれと会える訳でなし、無理を通すのも憚《はばか》られる。そのため、再び約束を取り付け、十日後の閏二月一日にと、ようやく決まったのである。

「親子水入らずでございますね。ゆっくりとお過ごし下さい。相国様も楽しみにしておられることでしょう」

希子は口元を綻ばせ、知盛は頷いた。

父が何故、義朝の遺児を助命したのか。近江の陣の間にもずっと考えていた。遺児が成長すればこのような戦いが起こるかもしれぬことを、聡明《そうめい》な父が解らぬはずはない。連戦の最中、新たな反乱が起きていないか、他の追討軍が敗れていないかと、京《みやこ》まで配下を走らせた時、

――もしやこれか。

と、知盛の脳裏《のうり》に閃《ひらめ》くものがあった。父に会った時には、直にそれをぶつけて確かめるつもりでいる。

「父上、母上！」

軽快な跫音《あしおと》が近付き、知忠の呼ぶ声が聞こえた。早く共に食べようと急かすために来たのだと察した。

希子と視線が交わり、どちらからともなく共に噴き出す。どうやら己はまだ、父のように偉大な背を子どもたちに見せられてはいないらしい。

「今、行く」

知盛がこめかみを搔きつつ苦笑して知忠に答えると、希子は口元に手を添えたまま目だけで笑っていた。やはり家族のいるここだけが別天地の如く、穏やかな時が流れている。

二

父との面会が三日後に迫った二月二十七日の夜半。知盛の屋敷に一人の使者が駆け込んできた。遅い刻限である。重大な事態が出来《しゅったい》したのだと確信し、知盛は起きたままの形《なり》で使者に会った。そこで使者は衝撃の一言を口にした。

「父上が倒れられただと……」

その日の夕刻、父は鴨川《かもがわ》に面した九条《くじょう》大路の東端にある平盛国《もりくに》の屋敷を訪ねた。盛国は父よりも五つ年上の六十九歳。主馬正《しゅめのかみ》の官職に就いていることから、世間では「主馬判官《はんがん》」などと呼ばれている。

盛国は十三年前から第一の郎党となり、平氏宗家の家令も務めている。近江の陣で力を貸してくれた平田入道《ひらたにゅうどう》が武で平家を守る忠臣ならば、盛国は政《まつりごと》で平家を支える忠臣といえよう。

父はその盛国と政の相談の最中、気分が悪いと訴《うった》えて間もなく倒れ込んだ。すぐに盛国が介抱したが、煮え返るような高熱を発して昏睡《こんすい》している。とてもではないが場所を移すことは出来ず、盛国の屋敷に床を作り、医者を呼んだ次第だという。

「このことは」

知盛は声を落として使者に尋ねた。誰が知っているのかということである。

「主馬判官様は、まず相国様ご嫡男の金吾《きんご》様に」

金吾とは左衛門督《さえもんのかみ》の唐名のこと。知盛の上の兄で父の後を継ぐことが決まっている三男宗盛のことである。万が一の時にはそうするようにと事前に父が申し付けていたらしく、盛国は宗盛の元へ使者を送ったという。

「しかしその後、相国様はほんの一時ですが目を覚《さ》まされ、譫言《うわごと》のように別当様にも伝えろと……」

「解った。すぐに向かう」

知盛が身支度《みじたく》を整えるために一度奥へ戻ると、すぐに希子が姿を見せた。

「皆は？」

「私がお手伝いします」

普段ならば奉公人が主人の着替えを行うが、大事だと察した希子が奉公人には自室にいるようにと命じたらしい。

希子は流れるような所作で着付けを行っていく。暫しの間、部屋の中に衣擦《きぬず》れの音だけが満ちる。

「心配ない」

言葉とは裏腹に、無様に声が震えているのが己でも解った。

「はい。こちらはお任せ下さい」

「頼む」

知盛はそう言い残して部屋を後にすると、使者と共に盛国の屋敷へと向かった。世の全ての寒気が流れ込んでいるのではないかと思うほど、京の夜は躰を芯《しん》まで冷やす。途中、粉雪までちらつき始めた。嚮導《きょうどう》する使者は小ぶりの松明《たいまつ》を掲げている。その焦熱に跳ね返されるように、雪が舞い上がっていた。

燃え盛る炎が消えたならば、降りかかる雪を弾いてくれるものはなくなるだろう。頭を過《よぎ》ったそのような思いを振り払い、知盛は漆黒《しっこく》の闇の先を見つめることだけに努めた。

鴨川沿いにある盛国の屋敷は、他の平家一門のそれに比べれば豪奢《ごうしゃ》ではない。だからといって貧相という訳ではなく、外から見ても手入れが行き届いているのが解る。分相応を弁《わきま》えようとする盛国の心を表しているかのようである。

「別当様」

盛国がすぐに姿を見せて知盛を出迎えた。保元、平治の二つの乱では侍大将として父の下で活躍した武者であった盛国は、今なお矍鑠《かくしゃく》としている。とはいえ、ここ数年で随分と肉が落ち、黒白が入り混じった髪は光の加減によっては銀色に見える。細い口髭《くちひげ》もまた白く、年を経《へ》た鯰《なまず》を彷《ほう》彿《ふつ》とさせる相貌《そうぼう》である。

「すぐに」

知盛が駆け込もうとするのを、盛国はすっと手で制した。

「相国様はまたお眠りに。別間を用意しておりますので、そちらで目を覚まされるのをお待ち下され」

「解った」

盛国に直々に案内されて、奥の一室へ通された。すでに燭台《しょくだい》に灯《あか》りが点《とも》されており、火桶には炭が熾《おこ》されて暖が取れるようになっている。家中の一事にすら盛国の沈着さと、手回しのよさが窺《うかが》えた。

「ご容体は」

襖《ふすま》が閉められるなり、知盛は短く訊いた。

「正直なところ、あまりよろしくはございません」

とにかく尋常《じんじょう》ではなく躰が熱い。食事を口に出来ぬどころか、水を呑《の》んでも嘔吐《おうと》してしまうという。

「瘧《おこり》か」

「医者もそのように」

盛国は細い首を縦に振った。

瘧は此度《こたび》の父のように高熱を発するのが特徴である。恐ろしいほどに蔓延《まんえん》することもあれば、ぴたりとなりを潜《ひそ》めることもある。だがいつの時代でも、この病は人々を脅《おびや》かしてきた。

原因は一切解らず、医者も手を尽《つ》くすが確実に治る手立てはいまだない。これに罹《かか》ればただ快復を祈るしかないのである。

「瘧ならばこれは始まりか」

「左様です。あともう一度、あるいは二度、峠《とうげ》が来ます」

瘧のもう一つの特徴としてそれがある。まず高熱を発して寝込むが、数日のうちに嘘《うそ》のように熱は下がる。平癒《へいゆ》したかと安堵しかけたところで、また躰が焼けるような熱を発するのである。二度、三度の高熱を乗り越えて、ようやく真に完治するのだ。

「相国様のお力を信じましょう」

盛国の視線の先にある己の手に目をやり、初めてそれが震えていることに気付いた。いつからか。己では平静を保っていたつもりだが、やはり躰は正直で動揺を抑えられずにいたらしい。

「そうだな」

「瘧は他者にうつるとも申します。別当様はこちらでお待ち下さい。相国様がお目覚めの際には必ずお伝え致します」

盛国は諭《さと》すようにゆっくり話すと、一礼して部屋から出て行った。知盛はそこでようやく畳《たたみ》の上に腰を下ろし、糸を吐くように細く溜息《ためいき》を零《こぼ》した。

どれくらいの時が経《た》ったであろうか。屋敷の中で人が慌ただしく動き出す気配があった。父の容態に変化があったのかと腰を浮かせかけたその時、襖が勢いよく開いた。

「兄上……」

そこに立っていたのは、兄の宗盛であった。元々人の好《よ》さそうな垂《た》れ眉《まゆ》をさらに下げ、今にも泣き出しそうな顔をしている。

「……知盛」

己の名を喉から絞り出し、宗盛は膝を折るようにして座り込んだ。

「お気を確かに」

知盛は傍《かたわ》らに寄り添う。

「父上に万が一のことがあれば……」

「滅多《めった》なことを。相国様はお強い方でございます」

先月、父が病に臥した時も兄は酷《ひど》く狼狽《ろうばい》していた。ようやく本復して安堵した矢先、さらに重い症状で倒れたのだ。それを聞いて卒倒するほど仰天《ぎょうてん》したに違いない。

宗盛も外ではいつも父のことを相国様と呼んでいる。それを忘れているあたり、酷く動揺しているともいえるし、童のごとくただ純粋に父を心配しているともいえる。

父の気性の内、優しいところだけを受け継いだ、気の優しい、優しすぎるほどの兄なのだ。

「何か、父上をお救いする手立ては何か……畿内中から腕の良い医者を探すというのは……」

「恐らく瘧だという話は？」

「主馬から聞いた……」

「ならば誰が診《み》ても同じ。それに京には最も優れた医者が集まっております」

「ではどうすればよい……そうだ。坊主どもに祈禱《きとう》させよう！」

「それは……そうですな。私が手配いたしましょう」

「頼む」

宗盛は知盛の手を取ると、懇願《こんがん》の目を向けた。

しかし知盛は、兄の目を見ながら、社寺に祈禱をさせることは絶対に避けねばならぬと考えていた。

社寺に祈禱をさせれば、父が病に倒れたことを公《おおやけ》にしなければならない。それが伝われば各地の反乱はさらに勢いづくこととなろう。

加えて過日の南都焼き討ちの件がある。平家の威光をもってすれば表向き従う仏僧は多いであろうが、心中では自業自得、仏罰《ぶつばつ》などと思うどころか、そのようにまことしやかな風説を流布《るふ》しかねない。これもまた反平家勢力の恰好《かっこう》の餌《えさ》になる。

それと同時に知盛はあることに気が付いていた。

過日の病は世間に公表した。大局を視《み》るに長《た》けた父のことである。あれはたいした病でないことを本人もよく解っており、

――儂《わし》が倒れたと聞き、支度も半《なか》ばで慌てて起《た》つ者もいよう。

などと、自身の不調を利用したのではないか。事実、病に臥したと公表してから数日の間、近江や美濃ほどの規模ではないものの小さな反乱が全国で発生した。これらの反乱軍は互いに連携《れんけい》を取ることもなく、全てその地の親平家の武士によって瞬《また》く間に鎮圧されている。

だが今回は秘匿《ひとく》の構え。盛国ならば独断はせず、形だけでも我ら兄弟に諮《はか》るのは間違いない。そして兄と己ならば、必ずこの事実を隠すはず。そう、父が朧《おぼろ》な意識の中で、考えたということになる。

つまり病状は前回よりも極めて悪く、それを父自身も解っているということだ。

「取り乱してすまぬ。ちと、落ち着いた」

宗盛は深く息をしながら言った。

──兄上に今後のことは話せぬな。

自らの胸のあたりを摩《さす》る宗盛を見つつ、知盛は心中で呟いた。

父が本復することを願っているし、信じてもいる。だが瘧に罹れば三人に一人は死ぬといわれ、しかも歳《とし》を重ねるほどに生存は難しくなる。父はすでに齢六十四。考えたくはないものの、そうなることも想定しなければならない。

元来、これは家督を継いだ宗盛の役目であり、己はその補佐に過ぎぬ。だが今の兄に冷静な判断は出来ないだろうし、そう指摘すればさらに狼狽させることになるだろう。

「兄上、白湯《さゆ》でも呑まれてはどうですか?」

落ち着いたとはいえ、依然として宗盛の顔色は悪く、唇《くちびる》は乾いてひび割れている。

「ああ……そうしよう。誰か──」

「私が」

腰を上げかけた宗盛を手で制し、知盛は廊下に出て人を呼び、白湯を持ってくるようにと命じた。

暫くすると下男が白湯を運んできて、宗盛はそれを口に含み、嚙《か》むようにする。

──なるほど。

その姿を見ながら、知盛はもう一つのことに思い至った。

己も明らかに動揺していたが、それ以上に動顚《どうてん》する宗盛を見て、いつの間にか今後のことを考えられるまでに落ち着きを取り戻した。

宗盛の性根の良さは、時に茫洋《ぼうよう》とした性格として受け取られ、

――平家一門を率《ひき》いていくのに相応《ふさわ》しくない。

と、陰口《かげぐち》を叩《たた》かれることもある。対して己は感情を殺すのが兄より上手《うま》いこともあって、周囲からは冷静という印象を持たれている。加えて父の最愛の子などともいわれているせいで、己を当主にしたほうが良いのではないかという声もあったと聞く。

宗盛が当主と決まった時、そもそも知盛は兄に取って代わろうなどという気はなかったし、何ら不満もなかった。だが次代のことを考えざるを得なくなった今の段になって、ようやく本当の意味で腑《ふ》に落ちた。

父は、兄を支える使命を背負ってこそ、己が冷静でいられると見通していたのではないか。常に深慮遠謀を巡らせる父ならばおおいに有り得る。現に宗盛と対面して己の気持ちは落ち着いた。もし己が家督を継いでいたならば、父が倒れたと知った途端、その重責に押しつぶされ、とてもまともではいられなかっただろう。

宗盛に気付かれぬほど小さく、知盛は畳に溜息《ためいき》を落とした。同時に、あることに気付いたのである。このような時に先々を考えてしまう己より、ただ父の快癒を祈る宗盛のほうが、子としては余程孝行なのではないか、と。

「どうかしたか……?」

宗盛に呼ばれてふと我に返った。何か良くないことを思案していると思ったのだろう。

兄の顔にはまた不安の色が滲《にじ》み始めている。

「いえ、相国様のお加減がよくなればと念じておりました」

知盛は精一杯平静を装《よそお》って答えた。

「お主は昔から躰があまり強うない。無理をしてはならぬぞ」

「お心遣いありがとうございます」

知盛は目尻を下げて頷いた。

心配で噎《む》せ返りそうなはずなのに、己の躰を慮《おもんぱか》る兄はやはり優しい人である。兄弟といえども相打つことすら珍しくない世にあって、このことだけでも兄は己の誇りであると知盛は改めて思った。

その日は結局、父が目を覚ますことはなかった。宗盛に加え、己まで不在となればいらぬ疑いを生むかもしれない。

特に平家の棟梁《とうりょう》の座に就いたばかりの兄は一挙手一投足に注目が集まるところ。父の容体に大きな変化があれば、盛国からすぐに報《しら》せるということで、一度それぞれの屋敷に戻った。

朦朧《もうろう》としていた父が、意識を取り戻したという報せを受けたのは、閏二月一日の朝のことである。

宗盛がすぐに駆け付けた一方、知盛は動くことが出来なかった。知盛は職掌《しょくしょう》に纏《まつ》わる、重大な責務を負っていたのである。

今の知盛は「別当殿」と呼ばれているが、これは新院の御厩《みうまやの》別当に任じられているからである。新院とはすなわち、昨年の二月に安徳《あんとく》天皇に譲位《じょうい》し、太上《だいじょう》天皇となった高倉上皇のことだ。

その高倉上皇は治承五年一月十四日に崩御《ほうぎょ》されていた。

そもそも高倉上皇は昨年より床に臥せりがちであったのだが、いよいよ病状が芳《かんば》しくないとの報が入って間もなくのことであった。

知盛としては、高倉上皇が崩御されたとなると、他の廷臣《ていしん》たちと共に葬儀《そうぎ》を取り仕切らねばならない。崩御したその夜、東山《ひがしやま》の清閑寺《せいかんじ》に移し、火葬に奉《たてまつ》った。が、その後もやらねばならぬことは山積で、己が離れる訳にはいかぬ状況であった。父の病は世間に公にしていないのだから猶《なお》更《さら》である。

知盛は焦《あせ》りを押し殺し、必死に冷静を装って務《つと》めを果たした。だが、その手が震えるのだけは、止めることができなかった。傍《はた》からは、余程上皇を失い苦しんでいるように見えたことだろう。

翌二日になると、嘘のように父の熱は引いた。が、これはむしろ瘧の症状のひとつであり、病状が進んでいるとみて間違いない。父もそれを重々解っているらしい。楽観するどころか宗盛を呼び、遺言めいたことまで口にしたという。

——そのようなことを仰《おつしや》らないで下さい。

宗盛は涙を浮かべて訴えた。だが父は病人とは思えぬほどの大声で、

——しかとせい！　お主が狼狽《うろた》えて如何《どう》する。

と、一喝《いっかつ》したという。

そこから一転して優しい口調で、回復するかどうかはともかく、己ももう歳である。そろそろ全てを任せる時が来たし、お主ならばやれると信じている。知盛を一番頼りにするがよいと付け加えたらしい。

「父上は……？」

知盛は、報せて来た盛国の郎党に小声で尋ねた。己が馳《は》せ参じぬことについて何か言っていたか、ということである。

「それで良い。そのまま来るな……と」

父は今の知盛の状況をよく解っている。盛国が呼ぼうとした際も引き留めたらしい。

「左様か」

知盛は短く答えて、役目へと戻った。


父の容体が再び急変したのは、閏二月三日の夜のこと。前回にも増して、凄絶《せいぜつ》な高熱を発しているという。今回はそれでも父は意識をかろうじて保《たも》ち、

——落ち着け。

と、盛国に言って眠りに落ちたらしい。

夜を徹《てつ》した看病が続けられた。触れると火傷《やけど》しそうなほど躰は熱い。眠っていてもその吐息は荒々しく、豪雨に打たれたかの如き汗を流している。

その中、盛国の郎党が再び伝言を携《たずさ》えて来た。その内容というのは、

――もう一度目を覚ますか、覚まさないかというところかもしれませぬ。

と、いうものである。

それを口にするのも己に伝えるのも、胸が張り裂《さ》けそうな想《おも》いに違いない。だが、この平家指折りの忠臣は、楽観して真実を伝えぬことこそ不忠と考えたのだろう。

「解った。行く」

「承知致しました」

郎党はその返事を予期していたようだ。己がそう答えるであろうこと、またそう答えて欲しいと盛国は願っており、郎党に言い含めていたのだと解った。盛国にとって、父の命に逆《さか》らうのは恐らくこれが最初で最後になるだろう。

「一度、家に戻る」

知盛は下役たちに言った。当然、反対する者ばかりである。父の病を隠している以上、何の言い訳をしても仕方がないし、するつもりもなかった。

お役目の途中に離れるなど不敬極まりないとも解っている。

それでも、一刻先に息を引き取るかもしれぬと思えば、どうしても父の元へと向かいたかった。

知盛は迷いを振り切るように、盛国の屋敷へと向かった。

すぐに姿を見せた盛国の顔は険しい。知盛は囁《ささや》くように訊いた。

「どうだ」

盛国はゆっくりと首を振る。口に出すのも憚《はばか》られるのだろう。

「兄上は」

「すでに面会を果たされました。二人纏《まと》まると人目にも付く。別当が来るならば、己は自らの屋敷に戻ると」

「そうか……」

父からの言葉で棟梁としてそうすべきだと自覚したのであろう。加えて、己を父と二人で過ごさせてやりたいという元来の優しさも窺えた。

「主馬、傍《そば》に付いていてよいな」

「やむを得ませぬ」

瘧は人にうつるかもしれない。だがいつ目を覚ますかしれず、それがどれほどの時かも判らない今、傍にいるほかない。

知盛は案内されて父の眠る部屋の襖を開けた。

父の躰から発する熱ゆえか、外よりも僅かに部屋は温《ぬく》く、重たげな湿気を感じた。

枕元にゆっくり腰を下ろす。盛国は少し離れた襖の前に座した。

父は苦しそうに顔を歪《ゆが》め、額には玉のような汗が幾つも浮かんでいる。付き添う医者が時折布で拭《ぬぐ》うが、すぐにまた滲み出て来る。汗を流し過ぎているせいか、唇は潤《うるお》いを失ってひび割れている。眼窩《がんか》の窪《くぼ》みも随分と深くなったようで、最後に会った時よりも十は年老いたように見えた。

――心配を掛けました。

幼い頃から躰が弱く、知盛は何度も寝込んだ。その度に父は駆け付けて、薬師《くすし》を、祈禱を、と必死に本復を願ってくれた。

己も父となった今、その時の父の気持ちは解っているつもりだった。

立場は逆であったが、家族が苦しんでいる姿を見るにつけ、この時ほどありがたみを感じたことはない。

胸に様々な想いが込み上げ、涙として流れ落ちそうになる。だが、知盛は唇を強く嚙みしめて懸命にそれを堪《こら》えた。

父のことに加え、高倉上皇のこともあり、ここのところほとんど眠っていない。床には入らず、座ったまま長くともほんの一刻（約二時間）ほど眠るだけである。だが今、眠気は一切無かった。

盛国も恐らく同じだろう。しかも歳が歳である。時折、うつらうつらとしており、はっと頭を勢いよく擡《もた》げることの繰り返しである。

やがて鶏《にわとり》の鳴き声が聞こえ、障子《しょうじ》が淡く青みを帯びる。部屋の中も薄っすらと明るくなり始めた。

襲ってきた睡魔から逃れるためか、盛国が高灯台《たかとうだい》の灯《ひ》を吹き消しに立ったその時である。

父の睫毛《まつげ》が震え、微かに目を開いた。

「お目覚めに！」

知盛が鋭く言うと、すぐに盛国も駆け寄る。医者も膝でにじり寄り脈を取ろうとするが、父は手を震わせながら引っ込め、

「よい」

と、掠《かす》れた声で言った。

口が渇《かわ》いて話しにくいだろうと医者は水を勧《すす》めるが、父はか細い声でそれも断った。飲む力すらもう無いのだと察し、知盛は布を水で湿らせて唇を潤すように頼む。それには逆らうことなく、父は暫しの間、目を瞑《つむ》って心地よさそうにしていた。

やがてそれも終わると、父は再びゆっくり目を開いた。

「武衛か……」

「はい。お申し付けに背《そむ》き、参りました。勝手に振る舞ったこと、申し訳ございません」

「拙者が別当様を無理やりお呼び立てしたのです」

すぐに盛国が横から庇《かば》う。

それが嘘だと解ったようで、父はふっと小さく息を漏らした。

「よく来てくれた」

「何を……」

知盛は込み上げる嗚咽《おえつ》を堪えた。

「このような仕儀となった」

父の目の奥に自嘲《じちょう》の色が滲んだ。自身でも意味が解らぬまま、知盛は小刻《こきざ》みに首を横に振る。

「答えを聞かねばならぬな」

嗄《か》れた声で父は続けた。

もはやその話が出来るとは思ってもいなかったが、父は己との問答を覚えており、想像を絶する苦しみの中でもそれを続けようとしている。

知盛は震える声で答えた。

「愚考《ぐこう》致しました」

「聞かせてくれ」

目の動きだけ。それだけで耳元で話せと言っているのが解り、知盛は父に顔を寄せる。そしてゆっくりと、小声でも明瞭《めいりょう》に父から授かった宿題の答えを伝えた。

顎《あご》を僅かに引く程度だが、父は話の合間に何度か頷いた。己なりに考えた全てを話し終えた時、父は視線を己へと移して口元を緩めた。

「その通りだ」

「やはり。しかしそれを成し遂《と》げるためには——」

「そうだ。平家のみではならぬ。奥州《おうしゅう》の藤原《ふじわら》は何とかなろう。だが……」

この程度の会話を交《か》わすのもつらいのだろう。すでに息切れし、薄くなった胸の辺りが上下している。

「源氏にも同じことを考える者がおらねばならぬということですな」

「左様。しかし頼朝《よりとも》は呑まぬ」

「常ならばそうでしょう。しかし頼朝は賢《さか》しい男に思えます。このことを理解すればあるいは……」

当然、知盛は頼朝と対面したことはない。ただ平家に端《はな》から挑む危険を冒《おか》さず、着実に東国の地盤を固めようとしていることからも、決して阿呆《あほう》ではない。故に知盛は源氏の中で、頼朝のことを最も警戒していた。

「いや、無い」

父は間髪を容《い》れず答えた。父は頼朝とかつて会ったことがあるというが、その頃の頼朝はまだ子どもである。

何か根拠があるのかと次の言葉を待った。

「あの者は全てを欲する」

さらに呼吸を荒くしつつ父は言った。

「近頃の動きを見て……そのような気がする。勘に過ぎぬが」

たかが勘といって馬鹿には出来ない。これまでも父の勘は恐ろしいほどに当たった。武士の身ながら太政大臣まで昇るという快挙を成し遂げた、様々な経験に裏打ちされた勘である。

「では、他に誰か源氏の中に」

「よしよし」

幼子をあやすように父は優しく応じる。

「他の兄弟を」

「誰がよいか」

己は頼朝を説得し得ると考えていた。だがそれが叶《かな》わなかった時のことも当然想定し、すでに考えを巡らせていたのである。

「六……あるいは九かと」

父は目を細め、満足げに少し顎を引いた。

「よく見た……流石《さすが》、相国最愛の子だ」

口元の綻びは僅かなれども、悪戯《いたずら》っぽさが滲んでいるような気がした。

知盛は口を真一文字に結んでなおも耐《た》えようとしたが、目からは一筋の涙が零れて頬を伝い、すぐにそれを袖で拭った。

「父上」

知盛は呼んだ。蓮《はす》の花が弾けるが如き小声である。

父は何ひとつ揺らすことができぬほど微かな息を漏らして微笑む。

そのまま、ゆっくり瞑目《めいもく》すると眠りについた。


父が世を去ったのは、その日の夕刻のことであった。

知盛は職務に戻ったため看取《み》ってはいない。

最期《さいご》まで苦しかったはずだが、全てを話して安堵したからか、息は荒いがその表情は穏やかなものであったという。

その日、春という季節を特に好んだ父を労《ねぎら》うように、嘘のような暖かい風が京を吹き抜けていった。

第四章

平家一門

さる程に、その頃信濃国《しなののくに》に、木曾冠者義仲《きそのかんじやよしなか》といふ源氏ありと聞こえけり。

*

やうやう長大するままに、力も世にすぐれて強く、心も並びなく剛なりけり。

「ありがたき強弓勢兵《つよゆみせいびよう》、馬の上、徒立《かち》ち、全《すべ》て、上古《しやうこ》の田村《たむら》、利仁《としひと》、余五将軍《よごしやうぐん》、致頼《ちらい》、保昌《ほうしやう》、先祖頼光《らいくわう》、義家朝臣《ぎかのあそん》といふとも、いかでかこれにはまさるべき」とぞ人申しける。

この節を吟《ぎん》じる時、己でも気付かぬうちに躰《からだ》が強張《こわば》ってしまう。平家存亡を懸《か》けた戦いの、最初の強大な敵であるからであろう。

当時、京《みやこ》にこの男の一挙一動が伝わる度《たび》、平家一門はもとより、そこに住まう全ての者が震撼《しんかん》した。

唄《うた》っているとその頃の日々がまざまざと思い出されて喉《のど》がひりつき、途中、声が裏返りそうになってしまったほど。その緊張が伝わるのだろうか。いつになく西仏《さいぶつ》の顔は険しく、額《ひたい》にも汗が滲《にじ》んでいる。

全てを唄い終えた後、重い溜息《ためいき》を零《こぼ》して琵琶《びわ》を置いた。西仏もまた細く息を吐き、少し間を空けて琵琶から手を離した。

「申し訳ございません」

西仏は何故《なぜ》か詫《わ》びた。己を疲れさせたと考えたのだろうか。

「いえ、お気になさらずに。不安なれば何時《いつ》でも仰《おつしや》って下さい」

今、唄ったのは清盛《きよもり》の死が含まれる「入道死去《にゆうどう》」より二つ前の章段、「廻文《めぐらしぶみ》」である。ここに木曾義仲が平家打倒に立つ描写が含まれているのだ。この後、平家物語には木曾義仲について触れる箇所が増えていく。いや、暫《しば》くはこの男を一つの中心として物語は進むのだ。

その辺りを伝授するにあたり、西仏が今一度、初登場のところを復習したいと申し出た。故に少し前に戻って、再度教えていたという訳であった。

「疲れた訳ではないのです……ただ、その時のことを思い出してしまったので」

取り繕《つくろ》わず、素直に西仏に伝えた。

西仏は自らも危険を冒《おか》し、こうして毎夜、唄を学ぶために通ってきてくれているのだ。何事も正直に話すのが、今の己が示せる最大限の礼儀であると思い定めている。

木曾義仲が世に注目され始めた時の平家一門、京の民の様子を詳《つまび》らかに話した。義仲と謂《い》う男は精強極まりなく、平家に味方する武士だけでなく、追討軍も次々に破っていった。義仲が京に近付く度、平家一門の顔が絶望に染まっていったのを覚えている。

それらを語り終えた時、西仏は俯《うつむ》き加減になり、

「私もそうです」

ぽつりと畳《たたみ》に落とすように言った。

「それは……?」

意味を解しかねて首を傾《かし》げる。だが思い当たることがあって重ねて尋《たず》ねた。

「もしや西仏様も京に?」

己は西仏の来し方を何も知らない。西仏の師である法然《ほうねん》に此度《こたび》のことを相談した時、

——良き者がいます。

と、紹介されただけなのだ。

だが法然の紹介ならば間違いないと、一も二もなく頼んだ。そうして西仏に出逢《であ》っただけなのである。もっとも、やはり法然の目には狂いはなかった。こうして触れ合う中で、西仏の人品は極めて優れていることが解《わか》り、頼みにして良かったと安堵《あんど》している。

「そのようなところです」

西仏は顔を上げて微笑《ほほえ》んだ。

それが無理やり作った笑みのように思え、少し気に掛かった。だがあの争乱である。誰しも口にしたくない思い出の一つや二つはあろう。無理やり語らせるつもりはなかった。だが今、西仏は己に力を貸してくれている。その事実だけで十分であろう。

「始められますか?」

そう尋ねる西仏はすでに普段の雰《ふん》囲《い》気《き》に戻っている。

「そうですね」

平家物語も中盤へと差し掛かる。ここからは己が思い出したくないことも増えて来る。それに向き合い、乗り越えて行く覚悟を改めて固め、光沢《こうたく》を放つ琵琶の撥面《ばちめん》にそっと手で触れた。

一

京の六波羅館《ろくはらやかた》。平家一門の主だった者たちで評定《ひょうじょう》が行われる中、知盛《とももり》は一座を見渡して細く吐息を漏《も》らした。

——これは厄介《やっかい》なことだ。

当初からそう簡単に意見が纏《まと》まるとは思っていなかったが、想像以上に難儀であると痛感している。侃々諤々《かんかんがくがく》と意見が交《か》わされている。いや、各々が自らの意見を吐き散らしているだけで、他人の言葉になど耳を貸してはいない。

そのような者の大半は、父が存命の時は進言の一つも行わず、諾々《だくだく》と従っていた連中である。その時は父の言うことならば間違いないと思考を止めていただけだろうに、まるで溜《た》まっていた鬱憤《うっぷん》を晴らすかのごとく、持論を撒《ま》き散らすのに辟易《へきえき》する。

彼らは今、父が亡くなったということを実感できておらず、ただ、この一大事に浮足立っているのだ。

この評定で議論されているのは、

――今後、平家は如何《いか》にするか。

という漠然としたものである。どの切り口からでも話せるため、余計に収拾がつかなくなっていた。

「頼朝討伐《よりともとうばつ》の軍を再度編成し、東国に攻め入るべきだ」

と、勇《いさ》ましく吠《ほ》える者もいる。

「いや、今最も勢いのある木曾を叩《たた》くのが先決」

そう反論する者もいる。

「待たれよ。今は各地で飢饉《ききん》が起こっており、とてもではないが兵糧《ひょうろう》が賄《まかな》えぬ。まずは力を養うことこそ肝要《かんよう》ではないか」

そのような慎重《しんちょう》な意見も出る。故に議論は堂々巡りになっており、すでに二刻（約四時間）も話が進んでいない。その間、知盛はずっと黙っていた。一門のうち、誰がどのような意見なのかをしかと見極めるためである。

「御屋形《おやかた》様は如何《いかい》に」

遂《つい》に一人が焦《じ》れて宗盛《むねもり》に迫った。宗盛は困惑の色を見せるも、

「頼朝だけは討たねばならぬ……」

と、何とか声を絞り出す。

病床にあった父は枕元にいた宗盛に、

――頼朝だけは必ず討て。

と、言い残した。

さらに清盛は、一門最後の一人になるまで頼朝と戦えとまで付け加えたらしい。

知盛は、兄にその言葉を遺《のこ》した父の意図を正しく読み取っていた。

父が己に言ったことを成すためには、それがどのような形であれ、頼朝とだけは必ず決着を付けねばならない。

気の弱い宗盛が頼朝との戦いの途中で和議に傾いてしまい、己に言い残した構想の足を引っ張らぬようにと考えたのだろう。

「それは尤《もっと》もなことですが、そのために如何にすべきとお考えか」

重ねられた問いに、宗盛は明らかに動揺していた。宗盛はこの件に対し、具体的な方策を立てていない。事前に己に相談してきたが、知盛は、

——まずは一門の動きを見定めましょう。

と、答えるに留《とど》めたのである。

実際、父が存命の頃は曲がりなりにも一枚岩だったが、その面影《おもかげ》は微塵《みじん》もない。今後は一門の動向にも常に気を配らねばならない煩《わずら》わしさと共に、改めて父の偉大さを実感した。

加えて、知盛自身も迷っているというのが本音である。具体的な策はあるにはあるが、これが皆に受け入れられるかどうか、確信を持てていないのだ。

「如何に」

「御屋形様」

さらに数人が迫る中、盛国《もりくに》が鋭く一喝《いっかつ》した。

「性急に過ぎますぞ。亡き相国《しょうこく》様でさえも判断に迷われた大事。一門皆で支える気概《きがい》を持たずに何とする」

盛国は一門の中で決して身分が高くはないが、父の側近を務《つと》めていただけあり、その発言には重みがある。逸《はや》る者たちは渋々ながら黙り込んだ。

「別当《べっとう》様は如何なるお考えか」

末席から低い声が響いた。近江《おうみ》鎮圧の折に大いに力を貸してくれた平田《ひらた》入道である。此度は大評定ということもあり、任されている伊賀《いが》を離れて京まで出て来ていた。平田入道は真剣な眼差《まなざ》しをこちらに向けている。

「是非ともお聞かせ願いたい」

「そうですな。別当様のご意見を」

一座の者たちが続けて言う中、知盛は静かに話し始めた。

「政《まつりごと》も戦も人の行うこと。まずは臨機応変。これに尽《つ》きるかと存ずる」

皆は頷《うなず》くが、多くの者の顔には何を当たり前のことをと、淡い落胆の色が浮かんでいるのが見て取れた。

「これを踏《ふ》まえた上で私が考える方策は二つ。まず一つ目は、この京を捨てるということ」

「なっ――」

皆の吃驚《きっきょう》の声が揃《そろ》った。唖然《あぜん》とするのは宗盛も同じである。僅《わず》かな例外といえば平田入道、盛国、そして亡き長兄重盛《しげもり》の子、知盛から見れば甥《おい》に当たる維盛《これもり》くらいであろうか。

平田入道は瞑目《めいもく》して腕を組み、盛国は話の続きを窺《うかが》うようにこちらの顔を覗《のぞ》き込む。維盛はよくぞ言ってくれたとばかりに目を輝かせている。

「まずこの京は攻めるに易《やす》く、守るに難しい地です。ここで戦うのは避《さ》けたい。福原《ふくはら》に遷《うつ》り、西方にて戦えば我らの勝ちはまず間違いないかと」

反論する暇《ひま》を与えず、知盛は流れるように一気に捲《まく》し立てた。

まず京の守りにくさは古来いわれており、何より歴史が証明している。加えて福原ならば陸戦に強い源氏との平野での合戦を避け、瀬戸内《せとうち》近郊で平家が得意とする海戦に持ち込むことができる。

仮に海戦に乗ってこずとも、西方で戦う利はある。海岸線での戦いならば船から矢を射かける、あるいは船で背後に回り込むなど、海から支援をすることで、陸での合戦も有利に運べると考えている。こちらが多くの船を有しているのに対し、源氏はそもそもまともに船を持ち合わせていないのである。

「確かに山猿の如《ごと》き木曾などは、特に海戦に慣れてはいないでしょうが……」

一門の一人が声を上げたが、知盛はすっと手で制した。

「いや、木曾との戦は避けたいと考えている」

先ほどとは別の者が、些《いささ》か呆《あき》れた顔ですぐに返した。

「お話はご尤もですが、幾ら我らが避けようとしても、向こうは我らを打ち倒さんとしているのですぞ」

「こちらに構っていられぬよう追い込むのよ」

と、目を細めつつ知盛が言ったので、皆は訝《いぶか》しげに次の言葉を待った。

「木曾と頼朝をぶつける」

「ばっ――」

思わず暴言を吐きそうになったのだろう。口を手で押さえて呑《の》み込んだ一門の一人は、興奮した様子で声を大にして言った。

「同じ源氏ですぞ？」

「それに何の意味がある」

「と……申しますと？」

下座から若い者が訊《き》いた。評定はいつの間にか知盛ひとりに皆が問いを投げかけるという恰好《かっこう》になっている。

「我らは同じ平家一門、しかも互いに見知った仲にもかかわらず、評定一つ中々纏《まと》まらずにいる。同じ源氏とはいえ、生まれた土地も育ちも異なり、顔も合わせたことのない木曾と頼朝が相容《あいい》れる道理もなかろう」

この場の纏まりの悪さを引き合いに出されたことで、一門皆がぐっと押し黙る。

ただ平田入道だけは、愉快《ゆかい》げに呵々《かか》と笑った。

「ご尤もなこと。で、別当様。一つお尋ねしても？」

「ああ」

「如何にして木曾と頼朝を対立させるのですか。幾ら本心では相容れぬと申しても、互いに源氏ということは事実。平家打倒のためならば手を結び続けると思いますが」

知盛はゆっくりと一座を見渡し、丹田《たんでん》に力を込めて言い放った。

「政を朝廷にお返しする」

皆は呆気《あっけ》に取られていたが、すぐ我に返って口々に悲鳴に似た声を上げた。

「そんな！　あり得ぬ！　幾ら別当様といえども聞き逃す訳には参りませぬ」

「亡き相国様に何と申し開きをすればよいのです」

「そもそも頼朝と木曾の話と、それに何の関《かか》わりがあるのです！」

「し、し、鎮《しず》まれ！」

宗盛が詰まりながらも叫ぶ。何とか非難の声は一旦《いったん》収まった。

しかし、場には異様な熱気が残っていた。

単なる言い間違えならばすぐに正さねばならぬと考えたのであろう。宗盛が声を上擦《うわず》らせながら知盛に訊いた。

「別当、それはどういうことだ。何かの間違いではないか……？」

「間違いではござらぬ」

「それでも平家の御曹司《おんぞうし》──」

知盛がなおもはきと言い切ったことで、罵声《ばせい》が上がりそうになったその時である。再び盛国が鋭く制した。

「黙らっしゃい！」

「主馬《しゆめ》……」

知盛を罵倒しようとした者は、歯軋《はぎし》りをしながら浮かしかけた腰を沈ませた。

「別当様、ご所存を詳しくお教え下さい。ただ相国様のご遺志を蔑《ないがし》ろにされると仰るならば、この主馬も覚悟がございますぞ」

盛国は地を這《は》うが如く低い声で言った。

知盛はそれを静かに受け止め、応《こた》える。

「相国様のご遺言は二つ。一つは、兄上を皆で助けて平家を守《も》り立てよということ。今一つは、兄上が先ほど仰ったように頼朝を断じて赦《ゆる》すなということ。政を返すのはご遺志に反すまい」

「確かにそうかもしれませぬ。しかし何のために」

「政をお返ししても、実質的に兵と官を押さえるのは我ら。故に、我らは先刻申したように再び福原へ遷る。しかし、院政を行おうとする後白河《ごしらかわ》上皇様やそれに従う者、我らに反する者は京に残ろう。さすれば木曾、あるいは頼朝の手勢がこの京に入る……頼朝は東国の地盤を固めることを優先するので、恐らくは木曾となる」

木曾義仲には当然会ったことはない。が、これまでに伝わる話から凡《おおよ》その人品は解《わか》る。意気揚々《ようよう》とこの京に入って来る姿が、脳裏《のうり》にまざまざと浮かんでいた。

「な、なるほど。そこから逆襲して京を奪い返すということですかな」

一座のうちに手を打って言う者があった。守りにくい京を敢《あ》えて木曾に渡せば、立場が逆転して攻めやすい。

確かにそれも一つの策には違いないが、知盛の思惑《おもわく》とは違っていた。

「いや、平家は福原より西方を固めるに専念する」

「では、西方に引き入れて討つということですか」

別の者が訊いたが、これにも知盛は首を横に振った。

「攻めてくれば撥《は》ね除《の》けねばなるまい。だが先程申したように、木曾とは極力ことを構えぬようにすべきである」

「では、どうやって木曾を討つのですか」

「木曾と頼朝をぶつけると申したであろう?」

「故にそれをどう——」

さらに質問を投げかけようとした者は、あっと声を上げて続く言葉を呑み込んだ。

政を返上するという話、その前の木曾と頼朝を対立させる話、さらに福原へ遷っても後白河上皇などは京を動かぬであろうという話、全てが頭の中でようやく繫《つな》がったのだろう。

「後白河上皇は院宣《いんぜん》を出し、木曾に京の守護をさせようとする。頼朝はこれを脅威《きょうい》に思うはず。必ずや木曾を取り除くため上洛《じょうらく》の軍勢を送るだろう」

「なるほど。そして我らは傍観《ぼうかん》を決め込む訳ですな」

一座から続々と感嘆の声が上がった。頼朝と木曾が争って疲弊《ひへい》したところで、平家が漁夫の利を得るという策だと考えたのだ。

「いや」

知盛は鋭く制した。己の考えは少し違う。

木曾が勝った場合でも、背後の己たちを警戒《けいかい》して東国には攻め込まず、動きは止まるだろう。

問題は、反対に頼朝が勝った場合である。そうなったら、頼朝は木曾の軍勢を取り込み、さらに強大になって西方に進軍して来る。これが厄介なのだ。回避するための方策は一つである。

「木曾と和議を結ぶ」

木曾義仲は東に頼朝、西に平家と二つの軍勢に挟まれる。前門の虎《とら》、後門の狼《おおかみ》といった有様で、義仲は進退窮《きわ》まる。この時に和議の手を差し伸べれば、必ずや義仲は飛びつくと見ている。

「この策ならば頼朝も二、三年のうちに討ち果たせるかもしれませぬな」

己の案に乗り気になってきたようで、先程まで慎重論を張っていた者も大きく頷く。

「二、三年も掛けられぬ。一年……いや、半年のうちに決着を付けたい」

知盛はこれにも訂正を加えたので、皆が不可解な面持《おもも》ちで首を捻《ひね》った。

頼朝は東国で着実に地盤を固めている。仮に平家が木曾義仲と手を組み、平家は源氏に与《くみ》する武士を降《くだ》しつつ東海《とうかい》筋から、義仲が信濃から攻め込んだとしても、彼《か》の者が言うように二、三年は掛かるだろう。

だがこれにはまずい点が二つある。一つ目は窮地《きゅうち》を脱した義仲が再び反旗を翻《ひるがえ》す恐れは十分にあり得るということ。そうなる前に、時を掛けずに頼朝と雌雄《しゆう》を決したい。

二つ目は兵糧の不足である。飢饉《ききん》が続いており米の備蓄は心許《こころもと》なく、今年の秋も豊かな実りを得られるとは限らない。三年も戦が続けば、民にも甚大《じんだい》な被害が出るのは明らかであった。

「兄上、流石《さすが》に半年は無謀かと。平氏への恨《うら》みが未《いま》だ大きい寺社からの反発が行く先々で予想されます……」

そう口を開いたのは一つ下の弟、五男の重衡《しげひら》である。眉目秀麗《びもくしゅうれい》で性格は闊達《かったつ》。昔から音曲に興味を示し、よく己の元に教えてくれだの、共に演奏しようだのと言ってやってくる。その笛の腕はすでに一流で、最近では琵琶の演奏にも熱心らしい。

この重衡が昨年の南都焼き討ちの総大将を務めた。父が企図した時、己が引き受けようと思ったところ、

——兄は近江を平らげたばかり。こちらは私が背負《せお》います。

と、父に進言したのだと後に聞いた。

そのような重衡だからこそ、寺社の怨嗟《えんさ》の強さを誰よりも知っている。進軍した先々で寺社が反発してくれば、その度に妨《さまた》げにもなるだろう。

「寺社に付け入る間を与えず、一気に片を付けるつもりだ」

「それは……」

「藤原秀衡《ふじわらのひでひら》を動かす」

知盛が凛《りん》とした表情で言うと、皆が絶句するのが解った。

藤原秀衡——奥州《おうしゅう》藤原などと呼ばれる陸奥《みちのく》の大勢力である。藤原姓を名乗っているものの、

その出自ははっきりとしないところもある。

ともかく清衡《きよひら》なる者が陸奥に確固たる勢力を築き、現在の秀衡はその孫で三代目に当たる。

陸奥は良馬の産地である上、膨大《ぼうだい》な量の金も産出する。それらが生み出す富を背景に、奥州藤原氏は陸奥の地を支配していた。とはいえ、朝廷にも馬や金を献上《けんじょう》しており、特段逆《さか》らう姿勢を見せる訳ではない。盤踞《ばんきょ》という言葉が最も相応《ふさわ》しいだろう。

この藤原秀衡に頼朝の征伐《せいばつ》に加わって貰《もら》う。そうなれば東海筋から平家、信濃路からは木曾、奥州からは秀衡と三方からの攻撃に晒《さら》され、いくら頼朝が関東に地盤を築いたといえども、三月《みつき》もせぬうちに勢力は瓦解《がかい》するであろう。

「それならば成るやもしれませぬな」

「一気呵成《いっきかせい》に擂《す》り潰《つぶ》せる」

皆の顔に喜色が浮かび、前向きな言葉が場を飛び交う。

——このまま行け。

知盛は余裕の表情を崩してはいないが、内心では祈るような想《おも》いであった。この策自体には自信を持っているし、平家の将来のためにもやらねばならぬと確信している。

だが先ほどからの皆への説明には、重大な穴が幾つかあるのだ。その穴を埋める手段というのも当然考えてはいるのだが、これは京を放棄する策以上に、今の平家一門には到底受け入れ難《がた》いと見ている。

それというのはもとは父の望みであり、遺言で己に教えたことでもあった。だが父は生前には一度もそれを口にしたことがない。裏を返せば絶大な権力を有する父でも、すぐに一門を説得出来ないだろうと考えていたということだ。

棟梁《とうりょう》ですらなく、一門への発言の重みが父とは天地ほども違う己が提案したところで、到底受け入れられるはずはない。そこで知盛が考えたのが、

——皆を騙《だま》し通す。

ということであった。

この策が受け入れられたならば、時流は動き出す。一度動き出せば、流れというものはどんどん加速して止まるところを知らない。奔流《ほんりゅう》の如くなってしまえば、一門はもはや抗《あらが》うどころか、そもそも疑問を持つことすらないかもしれない。つまり今、この時にこそ、知盛は勝負を懸けていた。

宗盛もにこやかに頷いている。人の好い兄を騙すことは胸が痛んだが仕方がない。宗盛一人ならば、懇々《こんこん》と説得し、さらに父が望んだ構想であると明かせば納得してくれるのではないかと思う。だが宗盛は素直な性格であるが故、感情が表に頗《すこぶ》る出やすい。それで皆に怪しまれれば全ては水の泡である。

さらに途中で露見した時、その責を背負わせたくもなかった。故に知盛は一人でやり切る覚悟を決めたのである。

「皆の者、よいのではないか?」

宗盛が尋ねると、各人が頷く。このまま話が纏まるかと思ったその時である。宗盛に次ぐ上座、

知盛の向かいに座る男から声が上がった。

「ちと、よろしいか」

「修理《しゅり》様……」

一門が口々に言う。

平経盛《たいらのつねもり》。官位は正三位《しょうさんみ》、現在の官職は修理大夫《しゅりのだいぶ》。亡き父の弟、つまりは己や宗盛、重衡から見れば叔父《おじ》に当たる。

父清盛は長男で、家盛《いえもり》という次男がいたが、これは若くして世を去った。そして経盛が三男であるため、叔父の中では長老格となっている。

この経盛、父とある一点において、考えが決定的に違うことから不和であった。故に清盛の子たち、特に最愛の子とまで呼ばれた己のことも快《こころよ》くは思っていない。その証左に、正面の己が話しているにもかかわらず、その間、経盛は腕を組みながらずっと瞑目《めいもく》していた。

何か口を挟むならば、この叔父だろうという予感を持っていたが、それが見事に的中してしまったのである。

「どうぞ」

知盛は努《つと》めて穏《おだ》やかな口調で言った。

「二つほど尋ねたい。一つは藤原秀衡のこと。奥州から出ず、踏み込ませずを貫いてきた男。果《は》たしてそう容易《たやす》く動かせるものかの」

知盛は表情を変えないが、

――痛いところを。

と、内心では舌打ちをしていた。

「我らと木曾が同時に攻め掛かれば、こちらが圧倒的に優勢です。次に自分が狙われぬためにも、こちらに靡《なび》くものと思いますが」

己で言っておきながら、根拠が弱いことは重々解っている。ただこれで通す以外に道はないのだ。

だが経盛はこの話の穴を見逃さず、鈍《にぶ》い唸《うな》り声を上げて反論した。

「その通り。次は自分が狙われるかもしれぬと考えるだろう。だからこそじゃ。頼朝と手を組んで我らに対抗して来るということは考えられんか?」

経盛は自らの顎《あご》を摩《さす》りながら続けた。

「手を組むまではいかずとも、先程も申したように自らの地盤を堅く守る秀衡じゃ。静観の構えを見せることは十分に考えられる。さすれば一気呵成に頼朝を討つという訳には参るまい」

経盛が賢《さか》しらに言い終えると、

「なるほど」

「確かにそうかもしれぬ」

「あり得るな」

などと、一門の中からも経盛の論に賛同の意を示す者が現れ始めた。流れを引き戻さねばならぬ。不安げに見つめる宗盛に小さく頷いてから、知盛は口を開いた。

「こればかりは蓋《ふた》を開けてみねば解らぬというのは確かです。だからといって、何も手を打たぬ訳には参りますまい。仮に秀衡が動かずとも、時こそ掛かるかもしれませぬが、我らと木曾で頼朝は討てるものと思うております」

時を掛ければ木曾が考えを翻すかもしれない、故にすぐ攻めるべき。先刻、己はそう言った。それを舌の根の乾かぬ内に変えている矛盾《むじゅん》を紛《まぎ》らすため、知盛は一気に捲《まく》し立てた。経盛は眉を下げ、嫌味たらしく口をへの字に歪《ゆが》める。知盛の言説の矛盾に気付いており、

——前言を翻すか。

と、言いたげなのだ。

「何か?」

知盛は顎を引き、睨《にら》みつけるようにして低く訊いた。

「いいや、よい。二つ目に移ろう」

経盛は苦笑を浮かべて、手を目の前でひらりと振った。軽妙に振る舞ってはいるが、先程よりも明らかに場がひりついている。

経盛は小さく溜息をついて一拍空《あ》け、再び口を開いた。

「木曾はどうする」

「それは心配ないかと。同じ源氏とはいえ……いや同じ源氏だからこそ、木曾と頼朝が手を結ぶことは有り得ないでしょう」

頼朝にとって平家は、確かに父義朝《よしとも》を滅ぼした仇《かたき》である。だが頼朝は平家を討つだけでなく、

その先を見据えていると確信している。

その先――。つまり、自らが源氏の棟梁として、天下を統《す》べることこそ真の目的であろう。

とすると、同じ源氏の木曾は、平家以上に邪魔な存在に成り得る。

動向を見ている限り、木曾も頼朝に易々と従うとは思えない。それどころか頼朝と同様、自らが源氏の棟梁として君臨しようとしているのではないか。仮に木曾本人にその気がなくとも、それに付き従う者たちが焚《た》きつけぬとも限らない。故に木曾も、頼朝より平家と手を結ぶ見込みが高いと見ているのだ。

「儂《わし》もそれは同じ考えじゃ」

経盛が同調したので、知盛は眉根に皺《しわ》を寄せた。

「では……」

「そうではない。頼朝を討てたとしよう。その後、木曾をどうするつもりかと訊いておる」

一座がざわつく。今の今まで誰も考えておらず、議論も交わされていない。いや違う。敢えてそうならぬように知盛は進めていたのである。

「用済みとなれば木曾も討ってしまえばよい」

「いや、その時には木曾の力も強大となっていよう。しかも秀衡と結べば厄介だぞ……」

「それでは、頼朝が木曾に代わるだけではないか」

などと、口々に隣の者と囁《ささや》き合う。場が一気に乱れる中、経盛は無理やり口角を上げたような笑みでこちらを見つめる。知盛は口内の肉を噛《か》んだ。

――この人は……。

父が生きていた頃は飄々《ひょうひょう》とした印象で、このような貌《かお》は一切見せなかった。思いのほか厄介だと認識を改めざるを得ない。

「別当殿ならば、そこまでお考えのことだろう。ご意見を伺いたい」

そう続ける経盛は笑みを崩さぬままである。宗盛は眉《まゆ》を垂らして己を窺《うかが》っている。知盛は畳に目を落として細く息を吐いた。

藤原秀衡を動かす餌《えさ》、木曾とのその後、どちらも父の描いた構想に大きく関わっているのである。

その構想は、父が武家の頂点に上り詰める直前に始まった。

――武家が政を執《と》ったほうが遥《はる》かによい。

そう実感したそうである。

この国の政を担《にな》ってきた朝廷という仕組みは、時を経て劣化《れっか》しているとまでは言わぬが、時代にそぐわぬようにはなっている。

特に京から離れた地ではその衰退《すいたい》が顕著《けんちょ》である。貴族たちは官職の争奪戦に明け暮れ、各地の国司などは彼らにとって出世の足掛かりの一つ、あるいは左遷《させん》される先の職に過ぎず、その地の民の安寧《あんねい》を考える者など皆無《かいむ》だ。また、その志《こころざし》がある者がいたとしても、凄《すさ》まじい早さで入れ替わり、長きを見据えて政を進める余裕などはない。

また、どうせ来年には次の官職に就く見込みだからと、理由を付けて任地に赴《おもむ》かない者すらいる。故に荘園《しょうえん》で横領が蔓延《はびこ》り、己たち武士が勃興《ぼっこう》する一因にもなったのである。

朝廷にとっては嘆《なげ》かわしいことであろう。だが民にとってはどうだ。武士が横領して運営する土地では、飢饉が減っているのは事実なのだ。理由は簡単で、何の権威の裏付けもなく土地を獲《と》った武士は、民に反発されれば支配が儘《まま》ならないからである。結果、良き政が行われ、民の暮らしが向上する場合が極めて多いのだ。

もっとも全ての武士がそうだという訳ではない。中には圧政を敷き、民に貢物《みつぎもの》を要求するような輩《やから》もいる。だがそのような領主がいれば、他の者と首をすげ替えればよいし、反発するならば武力でもって排すればよい。そんな至極当然のことすら、朝廷は出来なくなっていて、しようともしないのだ。

父は武士が堂々と政を行える道を模索したが、これがあまりに、

――難しい。

といわざるを得ない。

己が、平家が権力を握ることが出来たとしよう。そこで徐々に武士の権限を拡大するよう手を講じたとすれば、朝廷は必ずそれに気付いて反発するであろう。

朝廷はいつか誰かに詔《みことのり》を出し、平家の追討を誘うに違いない。一門はそれを朧気《おぼろげ》にでも解っているからか、あるいは単純に源氏の報復を恐れてか、平治の乱の勝利の折には、源氏の遺児を全て殺したほうが良いと主張した。

だがそれは無駄というもの。仮に源氏を根絶《ねだ》やしにしても、必ずまた権力を奪おうとする者が

現れる。朝廷はそれを焚《た》きつけて平氏追討の流れを加速させるだろう。これこそが、

――盛者必衰《じょうしゃひっすい》の理《ことわり》。

といっても過言ではない。

つまり平家もいずれはその道を辿《たど》ることになってしまう。平家一門の無事を祈る思いもあるが、それ以上に朝廷がこれまでの政を続け、この国がやがて立ち行かなくなってしまうことへの恐れがあった。

散々悩んだ父の胸に、ふとあることが過《よぎ》った。

――戦を続ければよいのだ。

これだけなら壮絶で、恐ろしいことのように聞こえよう。だが父の真意は別にあった。

まず一つの勢力が天下を牛耳《ぎゅうじ》ることで泰平が訪れるというが、果たしてそうであろうか。

もしこのまま平家が勢力を伸ばし朝廷を乗っ取ろうとも、それは単に平氏が今の朝廷の立場になるだけ。己らを倒そうという新たな平氏、源氏が現れよう。

そして世を見れば、平家一強で泰平と呼ばれようと、塗炭《とたん》の苦しみを強《し》いられる民は限りなく存在している。彼らを救うため己がこの国を富ませようとしても、権力を失うことを恐れる朝廷はきっと妨害してくる。

だが、すべての権力者が息を殺す時というものがある。それこそが戦の最中なのだ。負けた勢力に与《くみ》してしまえば、貴族たちは立場が危うくなる。戦の決着がつくまでは、裏での暗躍はあるものの、傍観《ぼうかん》に徹《てっ》するのが朝廷、その中に生きる貴族の常なのだ。

戦と聞けば太刀や弓矢で死闘を演じるものを想像するだろう。

だが父の考える戦は、それとは様相が異なる。

互いの陣営の力が拮抗《きっこう》して、実際に衝突することなく、何年、あるいは何十年、何百年も睨《にら》み合うのもまた、戦ではないかと父は考えた。そしてその状態を、意図的に作り出そうと模索したのである。

——二つの勢力だけならば必ず刃を交《まじ》えることになる。

父は誰にも相談せず、独《ひと》りでさらにそう考えを進めた。

源平の関係がよい例である。片方の力がもう一方に勝《まさ》るようになれば、相手側を倒して全てを手に入れようとするのが、人という生き物であろう。

先例がないかと、父は唐土《もろこし》の歴史を漁《あさ》り、一つの結論に辿《たど》り着いた。

——三つ巴《どもえ》ならばよい。

かつて漢《かん》王朝が衰退《すいたい》した後、群雄割拠《ぐんゆうかっきょ》を経《へ》て、魏《ぎ》、呉《ご》、蜀《しょく》の三国が誕生した。三国は国境を接し、互いに睨み合う三すくみの状態になった。

実際、歴史では魏が蜀を滅ぼし、魏の後継である晋《しん》が呉を倒して天下を統一した。これは魏の国力が、残る二国を足《た》したよりも、いつしか大きくなっていたのが原因である。それでも数十年に亘《わた》る膠着《こうちゃく》を生んだのだから、さらに拮抗する状態を作り続けることができれば、百年の間、血を流さぬ「戦」も実現し得る。

かといって父は魏が漢王朝に禅譲《ぜんじょう》を迫ったように、帝《みかど》を廃《はい》すつもりは毛頭なかった。まず帝がいて、そのもとで三つの勢力がそれぞれその地に即した政を行う。そうすれば、やがて今の朝廷、貴族たちは、放っておいても帝に纏《まつ》わる祭事だけを司《つかさど》る存在になっていくだろうと考えたのだ。あまりに突飛な発想である。人が聞けば妄言《もうげん》と思うだろう。

だが父はこれ以外、平家が、武家というものが、後世まで生き残る道はないと思い定めたのだ。この国において、鼎《かなえ》の足の如《ごと》き三つの勢力は何であるべきか。一つは己たち平家。そして今一つは奥州に盤踞《ばんきょ》する藤原氏。そして最後の一つが、

――源氏の他はない。

と、思い至った。だが、当時の源氏の棟梁である義朝は、平家とあまりに長く対立していた。武家が生き残るにはこれしかないと平家の父が言ったところで、何かの罠《わな》としか思わず、到底聞き入れる耳を持たなかっただろう。

だからといって、源氏を根絶やしになど出来ない。ならば遺恨を最小限に止《とど》めるため、遺児たちは生かしておいたほうが良いと判断した。

それでも己への怨《うら》みは消えないかも知れないが、己の子たち、あるいは孫の代ならば、それも薄れて手を取り合うことが出来るかもしれない。

そして源氏の中にも、互いの存続のためにはそれしかないと、この構想を理解する者が現れるかもしれない。

どちらにせよ平家の命脈は長くないと悟《さと》った父は、武家が拮抗した状態で互いを生かすことに望みを繋ぐ決心をした。

しかし、その頃の平家一門は権勢を増し、この世の春を謳歌《おうか》し始めていた。一門にとって、天下の大半を手放すなどということは到底容認出来ず、猛反発を受けることが目に見えている。このことも父の頭を悩ませる種であっただろう。

――源氏は必ず来る。

武力をもって平家を討とうとする。平家としては決して負けてはならぬ。だからといって容易く源氏を討てるとも思えない。この両者の合戦に奥州の藤原氏を引き込み、泥沼の戦いを意図的に作る。そして膠着《こうちゃく》した状態に皆が疲弊《ひへい》し、厭戦《えんせん》へと武士たちの心が流れたその時こそ、千載一遇《せんざいいちぐう》の機となると父は考えたのである。

「別当殿のお考えは如何に」

こちらが黙しているので、経盛は再び迫った。

「木曾のことはその時に考えればよい……」

妙案が思い付かず、知盛は苦し紛れにそう答えた。

「そういう訳には参らぬ。そもそも別当殿の策には無理がある。木曾がここぞという時に寝返り、頼朝と手を結ぶかもしれぬ」

頼朝を窮地に追い込み、そこで木曾が手を差し伸べれば自らが優位に立ち、源氏の棟梁の座に就ける。それに木曾が気付けば容易に寝返るのではないかと、経盛は語った。

「まさしく……」

「危ういですな」

などと、一門の中で経盛に同調する者がさらに増える。

——その通りだ。

と言わざるを得ず、知盛は奥歯を噛みしめた。

頼朝を討つその時までに、知盛は木曾義仲と藤原秀衡に、この三分構想を打ち明けるつもりでいた。奥羽《おうう》、越後《えちご》、越中《えっちゅう》までを藤原氏、関東から美濃《みの》までを木曾へ、残る西国を平家にて分割して統治するという具体案まで考えている。

越後、越中などの木曾の勢力範囲を藤原に譲《ゆず》る代わり、東海筋を木曾へ明け渡すというのも、三つの勢力それぞれの領国が接するようにするため。幾ら日ノ本を三分しようとも、木曾だけが両勢力に接すれば挟み撃ちを受け、圧倒的に不利になる。あくまで知盛が狙っているのは無理のない均衡《きんこう》である。

奥州支配だけを目標にする秀衡は必ず乗って来ると見ている。木曾も説得し得ると見ていたが、これを呑まなければ、頼朝を討った後に木曾も滅ぼして、新たな源氏の棟梁を立てるつもりでいた。

——六……あるいは九かと。

知盛は父の枕元でそう答えた。それは木曾を滅ぼした時には、源義朝の六男範頼《のりより》、九男義経《よしつね》あたりを立てるのが適当かというのが真意である。

「別当殿の策は実に面白い。しかし如何せん綱《つな》渡りに過ぎる……やはり京をしかと固め、反乱軍を一つずつ潰していくのが常道かと存ずる。幸いにも西国は安泰。東国だけを見ればよい」

経盛の声が熱を帯《お》び始め、皆の頷きが重なった。

「西国もこのままでは一気に崩れ得ます」

押し込まれるのに抗《あらが》おうと、知盛は絞るように言った。

九州、四国では平家の影響力は確かに強い。だが伊予《いよ》での蜂起《ほうき》に続き、九州の各地でもまださほど激しくはないものの反乱が起こりつつある。もし木曾や頼朝と激突して大敗を喫《きっ》したならば、雪崩《なだれ》をうって反平家に靡《なび》く者どもが現れるとも考えられるのだ。

「それは法皇様が院宣《いんぜん》を出して抑えて下さる」

経盛が堂々と言い放つと、一座から感嘆の声が上がった。

――やはりそうか。

知盛は目を細めて経盛を睨みつけた。

父とこの叔父が相容れなかった理由。

後白河法皇と昵懇《じっこん》の間柄《あいだがら》であったからである。

当初、父と後白河法皇の関係は悪くはなかった。だが平家が政を掌中《しょうちゅう》に収めて後、両者の仲は悪化していく。後白河法皇が急に平家に知行国《ちぎょうこく》の返還を求めたのに始まり、父が推挙した公卿《くぎょう》を退《しりぞ》け、僅《わず》か八歳の幼子を採用するなど、態度の変化は徹底していた。これに業《ごう》を煮やした父は、遂に武力をもって後白河法皇の院政停止を迫った。

それと前後して、後白河法皇は平家一門に接近し、父とは別の者を自らの直属である院司《いんし》に取り立てようとしていた。父を排除し、代わりの者を平家の棟梁にするための画策か、あるいはそこまでいかずとも牽制《けんせい》の意図があったのだろう。

まず近づいたのは知盛の兄である嫡男《ちやくなん》の重盛《しげもり》。知勇兼備で慈《いつく》しみ深く、将来を嘱望《しよくぼう》されていた兄である。この兄ならば、父を十分に抑え込めると考えたのだろう。だが重盛はこれを慇懃《いんぎん》に断った。その時に重盛が、

——法皇様には困ったものだ。

と零したのを知盛は覚えている。その時はさして気にとめなかったが、重盛は後白河法皇の魂《こん》胆《たん》を見抜いていたのだろう。また父も、この構想を優秀な嫡男にだけは全て打ち明けていたのかもしれない。ただ、重盛は二年前に病で没しており、父も他界した今となっては、真相は知る由もない。

兄重盛の次に後白河法皇が接近した者。それこそが眼前の経盛なのである。

父は重盛の時と異なり、すぐに経盛を呼び出し、

——辞退せよ。

と命じた。流石に父に正面から釘《くぎ》を刺されれば、経盛としても受ける訳にはいかない。

院司は辞退したものの、それ以来、後白河法皇と親密にしているという話を耳にするようになった。以降、父は経盛を政の中枢《ちゆうすう》には入れず、両者の間には深い溝が出来ていたのである。

いや、父と経盛の関係はそれ以前から微妙なものであった。まず父と経盛は母が異なる。そのため幼少の頃はあまり関わりがなかったという。だがこれだけが理由ではない。父には他にも異母弟がいたが、とりわけ頼盛《よりもり》という叔父は一門の中でも厚遇されている。

経盛の母方の血族が、保元《ほうげん》の乱で対立する崇徳《すとく》上皇側に立っていたこともあり、乱の後も深く関わりを持ち続けたこと。反平家の姿勢が強く、後に兵を起こした以仁王《もちひとおう》とも親交を結んでいたことなど、父からすれば全てが苦々しかっただろう。

もっともそういったことすら表面的な理由に過ぎず、ただ元来、相容れない性格だったというほうが腑《ふ》に落ちるところもあった。

ともかく経盛は後白河法皇と親密で、京を守れ、木曾を討てなど、法皇の意向を伝えられており、己の策に断固反対なのは、それを実現するためなのだろう。

「亡き相国が福原に京を遷したのは深いお考えがあってのことでしょう。しかしここ平安に京を戻したのも相国。それを捨てるなど相国への裏切りにもなるのではないか」

経盛は皆をぐるりと見渡して言い放った。一度の発言で、三回も相国と口にするあたり、経盛の魂胆が透《す》けて見える。経盛の言に一門も得心したように大きく頷く。

「お待ちを。今一度――」

「別当殿」

名を呼んで制したのは、これまで一切口を開かず、経盛の横に座っていた男。髪は雪の如く白く、たっぷりと蓄えた鬚《ひげ》は太い白筆のように見える。

名を平教盛《たいらののりもり》。参議に列した頃より邸宅が六波羅総門脇にあったことから「門脇宰相《かどわきさいしょう》」などと呼ばれるようになった。この人も父の異母弟で、知盛からすれば叔父に当たる。だが知盛からすれば、別の立場のほうがしっくりくる。己のことを頗る《すこぶ》慕《した》ってくれている従弟《いとこ》、教経《のりつね》の父なのである。

教盛はゆっくりと噛みしめるように口を開いた。

「修理殿が申されることも尤も。木曾、藤原、共に我らが思うように動くとは限らぬ」

――門脇殿まで……。

知盛が下唇を噛みしめたその時、教盛は錆《さ》びた低い声で続けた。

「しかしながら別当殿の申されることにも一理ある。今の荒れ果てた西国、果たして院宣だけで抑えられましょうや」

「門脇、必ずや――」

経盛が顔を曇《くも》らせて声を発しようとするのを、教盛は鋭く遮《さえぎ》る。

「それもあくまでも予想に過ぎぬのでは？」

「む……」

「ともかく今の段階では見えぬことが多すぎます。まずは修理殿の言うように京を守り、木曾を攻め、西国を安んじるように努める。それに見込みがないとなった暁《あかつき》には、別当殿の策に移るというのはどうであろうか」

一座から、なるほど、それならば、という声が次々に上がる中、教盛はこちらを見つめて小さく頷く。

教盛は経盛の味方をしているのではない。むしろ己の味方であると直感した。ただこの評定の流れでは、経盛の案だけが採択され、知盛の案は完全に潰されてしまう。そうさせぬために早めに落としどころを作ってくれたのだと察した。

「別当殿、ご納得頂けますな」

教盛は穏やかに尋ねた。

「解りました……」

ここらが潮時《しおどき》だと知盛も感じていた。教盛の助け舟に乗る恰好で引き下がることにする。

今後の平家の方策が決まり、評定はこうして幕を閉じた。

二

そもそも皆を容易く説得出来るとは思っていなかったが、それでも経盛がここまで頑強に反対するとは予想していなかった。

知盛は鬱々《うつうつ》としながら六波羅からの帰路に就いた。その途上、名を呼ばれて振り返る。追い掛けて来たのは門脇殿、教盛であった。

「先刻は……」

「ちと共に行くか」

礼を言おうとする知盛を手で制して、教盛は軽く顎をしゃくった。

近頃、平家一門の多くは許される限り乗り物を使う。だが知盛はどうも好きになれず、自らの足で歩くのを常としている。この教盛もまたそうであると、教経から聞いていた。

「力になれずすまなかった」

教盛はまずそう言った。やはり己が思った通り、助けてくれようとしていたらしい。

「門脇殿は……」

どうお考えなのか。そう訊くより早く、教盛は唸りつつ答えた。

「どうだろうな。儂《わし》には別当殿の申すことも、修理殿が申すことも正しく思える」

「では何故」

「教経は、別当殿こそ名将の器と。平家の希《のぞ》みであると常々な」

教盛は白い鬚をしごいて片笑んだ。

「能登《のと》の買いかぶりです」

「あれは猪《いのしし》のような息子だが、その分、獣《けもの》の如く人の真《まこと》を嗅《か》ぎ分けるから馬鹿に出来ぬ」

ふふ、と教盛は頬を緩めたが、一転して真剣な面持ちになって続けた。

「別当殿、今の一門では、何を成すのも容易くはない」

「承知しています」

一門にとって父の存在はあまりに大きかった。いや、父は平家の全てを担い続けたといっても過言ではない。その父を失った今、一門がばらばらなのは当然のことだと教盛は言いたいのであろう。

「兄上は兄弟の中でも別格。恐るべき智嚢《ちのう》をお持ちだった。まるで百年先を見通すかのような目で、天を仰《あお》いでおられたのをよく覚えている」

教盛は目を細めて同じように天を見上げた。やはり兄弟だけあり、目元が父に似ている。

教盛は苦く頬を歪《ゆが》めて言葉を継ぐ。

「苦悩を少しでも分かち担いたいと望んだが……我らが頼りなかったのだろう。それどころか自儘《じまま》を通してご苦労も掛けてしまった」

教盛のその一言で、あることが蘇《よみがえ》った。

今から四年前の安元《あんげん》三年（一一七七年）、鹿ケ谷《ししがたに》で平家打倒の謀議が行われていたことが解った。その密談に加わった一人、藤原成親《ふじわらのなりちか》の息子は教盛の娘の夫、つまり婿《むこ》であったのだ。娘が身重であったことから、教盛は命乞いをしたが、父はそれを頑として許さなかった。

教盛は聞き入れて貰えないならば、出家して隠棲《いんせい》するとなお迫った。これで父も遂に折れ、成親の息子を預けることで落としどころとした。

以後、教盛とそれに連なる者は一門の中で不遇な扱いを受けるようになる。単純に父が腹を立てていたのか、あるいは世間の手前もあって遠ざけたのか。知盛は後者だと思っていたが、これもまた今では真相は解らない。

ともかく教盛の子である教経が、「王城一の弓取り」とまでいわれながら、いくら望んでも出兵の際の大将に任じられない要因がこれであった。

――己は間違っていたのかもしれない。

教盛の言葉を聞き、表情を見て、知盛はふとそう思った。これまで一門は父に頼り切りで、父の指示に諾々と従っているだけだと考えていた。だがその構造を生み出した責任は父にもあるのではないか。

一度の失態が命取りになると、父自らが全てを取り仕切ったのも理解出来る。ただ何処《どこ》かで、何処かの時点で誰かを頼りにすれば、この教盛などは懸命《けんめい》に応えてくれたのではないかと思わざるを得ない。

「今からでも……」

遅くはない。父の代わりに、兄に力を貸して欲しい。知盛はそう言おうとしたが、それより早く教盛は首を横に振った。

「いや、もう遅い。相国はおらぬ」

口を真一文字に結ぶ知盛に、教盛は頬を緩めつつ続けた。

「だが御屋形様と別当殿はまだまだここから。儂らと同じ過《あやま》ちを犯さぬようにして下され」

知盛は返す言葉が見つからなかった。ひとまとめに平家一門などというが、それぞれに思惑があり、願いが、祈りがあり、人生がある。そんな当然のことを今更ながら感じずにはいられなかった。

「では、儂はここで」

知盛が往来を右に折れるところで、教盛は左に折れようとした。真っすぐ帰路に就くならば、とっくに曲がるべきであった。今の今まで連れ立って歩いてくれたのが教盛の想いなのだろう。

「願わくば、その中に能登も加えてやって下され。あれは戦場ではよく働くと思います」

教盛は改まった口調で言うと、深々と頭を下げて去っていった。暫《しばら》く進んで知盛は振り返った。

親指ほどに小さくなった教盛は、また足を止めて、誰かと会話をするように蒼《あお》い空を見上げていた。

知盛が屋敷に戻ると、すぐに希子《きこ》が出迎えた。希子が戯《おど》けたように眉を開く。それだけで知盛には何を意味しているのか分かった。

「来ているのか？」

「もう昼を過ぎた頃から」

教経のことである。教経は一門の趨勢《すうせい》を決める大評定に加わる資格を有していなかった。故に、大評定が終わればすぐにその結果や内容を教えて欲しいと、事前にせっつかれていた。だがまさか今日、しかもすでに屋敷に来て待っているとは思っていなかった。

「ずっと部屋にいるのか」

「いえ、知章《ともあきら》と知忠《ともただ》に稽古《けいこ》をつけて下さいました」

教経が来たと知って、知章は太刀《たち》の稽古を熱望したという。知忠は学問の師匠が来ていたのだが、打ち合う木刀の音を聞きつけ、今日の分は必ず次にやるからと駄々をこねたらしい。希子は必ずと約束させた上で許したので、途中から知忠も加わってずっと三人で稽古をしていたとのことだ。

「そうか。飯を……」

「それもすでに」

三人で水浴びをして稽古の汗を流した後、夕餉《ゆうげ》も共に済ませたという。

「能登守様は十杯ほど平らげておられました」

希子は大袈裟《おおげさ》に腹が膨《ふく》れたという手振りをするので、知盛はふっと軽く噴き出した。希子は評定の結果を聞こうとしない。だが己が失意のうちにあるのは一見して気付いている。それを少しでも和《なご》ませようとしているのが胸を締め付けた。

「心配ない」

「何も心配はしていません」

希子は透《す》き通るような笑みを浮かべた。

「さて、能登の小言を聞きに行くか。酒を頼めるか?」

知盛は飄々《ひょうひょう》とした調子で尋ねた。

「それもすでに」

「出来たことだ」

知盛は頬を緩めつつ、教経の待つ一室へと向かった。

「兄者、帰ったか。どうだった」

襖《ふすま》を開けるなり、教経は巨軀《きょく》を乗り出して食いつくように訊いた。

「落ち着け。一杯やらせろ」

希子の言った通り、酒肴《しゅこう》が整えられており、しっかりと己の分の盃《さかずき》も用意されている。

話し出すのを今か今かと待っている教経の前で、知盛は手酌《てじゃく》で酒を盃に満たす。二人で飲む時はいつも面倒な盃事はせぬが、教経は酒を注《つ》ごうともしない。悪気がある訳ではなく、このあたりの如才《じよさい》のなさはごっそり抜け落ちている男なのだ。

「と、いう次第だ」

半刻（約一時間）ほどかけ、知盛は全てを語り終えた。

「修理め。俺が今から夜討ちを掛けてやる」

話の途中から教経の顔には怒気が漲《みなぎ》っていたが、遂に気炎を吐きつつ片膝を立てた。

「止めよ。それに何という言いざまだ。お前にとっても伯父《おじ》なのだぞ」

「元からあの伯父は好かぬ」

「ほう。何故だ？」

「何かじめじめとして、谷地田《やちだ》を思い出す」

「谷地田とは、また何という譬《たと》えだ」

そう窘《たしな》めつつも、陰険に己に詰め寄る経盛の顔を思い出し、存外上手《うま》く言い表していると、知盛は苦く笑った。

「父上も父上だ。評定のことをお尋ねしても、お前が聞いても詮《せん》なきことと、いつも何も教えてくれぬ。兄者をもっと助けてくれてもよいものを」

教経は憤懣《ふんまん》やるかたないといった様子で目を怒らせる。

「十分助けて頂いた。門脇殿にもお考えがあるのだ。努々《ゆめゆめ》、責めてはならぬぞ。そのようなことをすれば、俺はお前を見限るわ」

「む……」

教経の顔にはそれは困ると書いてある。知盛は盃を傾けつつぼやいた。

「まあ、少し急ぎすぎたのだ」

取りかかるのが早ければ早いほど、策はより完璧《かんぺき》に近づく。故に己にも焦りがあったと認めざるを得ない。

幾ら血の繋がりがあるとはいえ、人とは容易く思い通りに動かせるものではなく、だからこそ父も手を焼いたのである。

「兄者、木曾が真にここまで来るのか？」

教経は酒を水の如く流し込んで訊いた。すでに瓶子《へいし》を空にしている教経だが、酔いは全く感じられない。

「来ないと思うか？」

知盛は問いに問いで返した。

「かなりの大軍を擁《よう》しているとはいえ、まだ信濃辺りをうろうろしているのだろう。それを京に引き込めといっても、なかなか得心しない者がいるのも解る」

「お前も修理殿と同じ考えか」

「ち、違う。兄者が言うことは正しいと信じているが……そこまで大層な輩《やから》なのかとな」

教経は目の前で大袈裟に手を横に振った。

「木曾について話そうか」

これまで教経にも詳しいことは話していなかった。

「話は市原《いちはら》合戦の頃に戻る」

知盛はそう前置きして話し始めた。

木曾義仲が初めて大きく動いたのは昨年の九月のことである。

信濃国で平家方に属する豪族、笠原頼直《かさはらよりなお》がまず木曾義仲討伐のために木曾谷へ軍を進めた。それを木曾に味方する村山義直《むらやまよしなお》、栗田寺《くりたでら》の僧兵が遮《さえぎ》り、信濃国水内《みのち》郡市原の地で合戦が始まった。戦況は互角か、やや笠原が優勢であったという。このままでは圧《お》し切られると窮《きゅう》した村山は、木曾義仲に援軍を請《こ》うた。

間もなく木曾勢が出来《しゅったい》し、吃驚した笠原は即座に退却を決めて合戦は幕を閉じた。このため平家一門の中では、笠原の不甲斐《ふがい》なさを罵《ののし》る者が多く、武勇を重んじる眼前の教経なども、その一人といってよかろう。

「俺は笠原殿と度々、書簡の往来をしている」

「笠原と?」

教経は眉間に皺を寄せた。

笠原氏は、諏訪社《すわしゃ》の大祝《おおほうり》を務める諏訪氏に連なる一族である。信濃は良質な馬が育つことから多くの牧があり、左馬寮《さまりょう》に属するその一つを笠原氏は管理する役目を担っていた。

その左馬寮の頭《ごんのかみ》と権頭を、先の評定で己に反対の意を示した修理殿こと経盛と、門脇殿こと教盛が歴任していた。父は軍に欠かせない馬に関するこの役を要職と見て、自らの兄弟を任命していたという訳である。

そのように関係が深いこともあり、笠原が平家に味方するのはごく自然なことであった。

「笠原殿は決して惰弱《だじゃく》などではない」

木曾の軍勢を見ただけで尻尾《しっぽ》を巻《ま》いて逃げたように語られているが、笠原頼直は信濃国でも指折りの侍である。齢《よわい》は五十ほどで、大小二十六の合戦に出たが、それまで一度たりとも不覚を取ったことはなかった。

「笠原殿の話だと木曾軍は突如現れた。平野に砂塵《さじん》を巻き上げて騎馬武者が、同時に山から森林を縫《ぬ》うように徒《かち》武者が、夥《おびただ》しい数だったとのことだ」

眼前の敵さえ崩し切れていないのに、木曾の後詰めが加われば味方は粉砕《ふんさい》される。そう頭で考えるだけでなく、笠原は背筋に得体の知れぬ寒気も覚えたそうだ。多くの戦で培《つちか》った直感だろう。

笠原が即刻退却の命を出したのはそれが理由であった。

「木曾軍の速さは尋常《じんじょう》ではない」

敵が援軍の要請をしたことは、笠原も気付いていた。だがまだ三日程度の猶予《ゆうよ》があり、それまでに敵を崩せると踏んでいたという。しかし木曾軍は予想より遥かに速く、たった一日で戦場に駆け付けた。

「それより恐ろしいのは……」

「すでにそれほどの兵を有していることか」

知盛の話の途中、教経が応じた。

「その通り。そしてそれを隠せていたことだ」

通常、反乱の首謀者は己の勢いを誇示するものだ。そうすることで新たに加わろうとする者が増える。

また、敵の手の内を知っておかねばならぬため、当然ながらこちらも斥候《せっこう》を放つ。

だが木曾軍はその瞬間まで全容を明らかにせずにいた。むしろ自ら弱小と思わせ、力を蓄《たくわ》えていたのであろう。

「世の人は木曾を猪武者の如く言うが、思いのほか慎重で頭も切れるらしい」

木曾は笠原を破った後、美濃に進出する構えを見せていた。木曾谷は信濃国の西端にあり、美濃は目と鼻の先である。美濃へ出れば、近江を経て、京へと最短で到達する。

しかし木曾はある時を境に、その動きをぴたりと止めた。その時というのが、己が近江源氏の反乱を鎮圧した昨年の暮れのことである。

近江の反乱が長引いていれば、美濃源氏はさらに勢力を伸ばしていただろう。木曾は美濃に出てそれを吸収して近江へと乱入、そこで近江源氏も傘下《さんか》に入れて、一気に京を落とそうとしていたのではないか。

だが近江源氏が早々に鎮圧されたことで、美濃源氏も平家の追討に耐《た》えられぬと見たのではないか。木曾から美濃は近いとはいえ、峻険《しゅんけん》な山々に挟まれた細い道を行かねばならない。平家が美濃を完全に掌中に収め、木曾からの細い入り口を押さえられれば勝ち目がない。その危険を察して方針を転換したのであろう。

これらを包括《ほうかつ》して考えた末、知盛は一つの結論を導き出した。

「木曾という男は相当に手強《てごわ》い」

断言すると、教経は顎に手を添えてむうと唸った。

「兄者が言うのだから間違いないだろうな。兄者はそこまで見越していたから、近江の鎮圧を急いだのか」

「まあ、そうだ」

「ならば、やはり兄者のほうが一枚上手だな」

教経は、にかりと白い歯を覗かせた。

「また買いかぶりだ。しかし木曾討伐の大将となれば、並の将では務まるまい」

「誰が追討する？」

知盛になるのか。ならば己も参陣したいという期待を隠さずに、教経は目を輝かせた。

「城《じょう》になるだろう」

「あの独活《うど》か」

教経は両肩を落とし、忌々《いまいま》しそうに舌を鳴らした。

城氏一族は桓武《かんむ》平氏である平維茂《これもち》の流れを汲《く》み、越後平氏などと呼ばれる。越後に土着していつしか、城と謂《い》う一文字の姓を名乗るようになった。

城氏の棟梁はつい先頃まで資永《すけなが》と謂う男であった。齢はは きとは知らぬ。だが資永は今より二十五年前の保元の乱で、父清盛に従って戦っている。その時は二十余歳の若武者だったというから、四十路《よそじ》以上であったことは確かであろう。

資永は保元の乱で大いに活躍した功が認められ、一時期は京で検非違使《けびいし》として勤めていたこともあった。その頃の知盛は幼少であったため、まったく覚えてはいないが、父からの信頼が篤《あつ》かっただけでなく、叔父の教盛とも懇意《こんい》にしていたと聞いている。さらに件《くだん》の笠原も市原合戦で敗れた後、この城氏を頼って越後に逃れている。そのため木曾討伐は城氏に任せようと大筋で決まっていた。

さらに資永は昨年末、生前の父に、

――越後の城太郎資永、甲斐、信濃の両国に於《お》いては、他人を交えず、一身にして攻落すべき由。

と、願い出ていた。その言葉からも、隣国の反乱は越後平氏で片付けるという自負が感じられる。事実、資永は越後、会津《あいづ》、出羽《でわ》などから一万もの兵を参集せしめた。これならば木曾とも互角以上に戦えるだろうと、平家一門が期待に沸《わ》いた。

しかし父が他界する八日前の治承五年二月二十四日、出陣を目前に控《ひか》えていた資永は突如として倒れた。どうやら卒中であったらしい。資永は翌二十五日、そのまま目を覚ますことなく逝《い》った。

資永の死は平家にとっては痛手であったが、それでも一門の多くは悲観することはなかった。その訳は資永の弟、城長茂《ながもち》の存在である。

長茂は仁平《にんぴょう》二年（一一五二年）の生まれと判《わか》っており、当年で三十歳と、兄と年が離れている。

長茂の特徴としてまず挙げられるのが、その体軀《たいく》の大きさであった。大きいといっても尋常ではない。身丈《みたけ》は七尺（約二〇〇センチメートル）にも至るのだ。

幼かった城長茂は、保元の乱、その後の平治《へいじ》の乱にも加わっていないが、越後で起こった小規模の反乱の鎮圧には兄に従って参加している。常人では扱えぬほどの大薙刀《おおなぎなた》を振るって、数十の敵を叩き斬ったという。そのことから、

――城には仁王《におう》がいる。

などといわれ、越後国のみならず、京まで勇名が轟《とどろ》いている。その長茂が兄の跡を継ぎ、木曾征伐を行うのだから安心、むしろ資永よりも勝つ見込みは大幅に増えたのではないかと期待されているのだ。

「城の仁王を摑《つか》まえて独活とは、また痛烈な」

知盛は苦く歪めた頬を指で搔《か》いた。教経と共にいると、こうして苦笑ばかりしている気がする。

「真のことさ」

教経は鼻から息を漏らした。

「お前は会ったことが？」

口振りからそう感じ、知盛は尋ねた。

「三年前、城資永が京に来たことがあっただろう。その時に長茂も来ていた」

「その頃は確か……俺は病で寝込んでいたな」

確かにそのようなことがあった。予定では己も出迎えるはずだったが、急遽《きゅうきょ》その役を外れたこ

とも思い出した。

「その時に会った」

「初耳だ。たまたまではなく、どうせお前から会いにいったのだろう？」

「お見通しだな」

教経はにやりと笑った。世間は城の仁王などと持て囃《はや》すが、一体どれほどの男か。自らの武に絶対の自信がある教経としては、どうしても確かめずにいられなかったらしい。

城資永が教経の父、門脇殿に挨拶《あいさつ》しに訪れた時、件の仁王が控えの間にいると聞いて教経は足を向けた。

——おい、仁王。相撲《すもう》を取るぞ。

教経は藪《やぶ》から棒に長茂に言い放った。長茂も決して穏やかなほうではないらしく、教経が門脇殿の息子だと知らされても退《ひ》こうとはしなかった。そのまま庭で組み合うこととなった。

教経も身丈六尺三寸（約一八九センチメートル）と常人離れしているが、長茂はそれよりまだ高い。教経が大人になってから人を見上げた経験は、その時だけだという。

巌《いわお》の如き筋骨を持つ教経とは躰つきも異なり、長茂は薄く肉が乗っており、肌の色も白い。そのことから教経は「独活」と揶揄《やゆ》したのだと、知盛は判った。

「どちらが勝った？」

興味をそそられた知盛は前のめりになって訊いた。

「引き分けだ」

取っ組み合いになったものの、すぐには決着が付かなかった。そのうち騒ぎを聞きつけた門脇殿、城資永が駆け付けて引き離されたという。

「固い肉が付いていないから、たいしたことはないと思ったが存外手強かった。ただもう少し時があれば、俺が間違いなく組み伏せていたさ」

教経は悔しそうに口を歪めた。教経が負け惜《お》しみを言っているのか、あるいは真にその通りかは分からない。ただ教経と組み合って、少しの間でも耐えられる者を知盛は知らないので、長茂もまた剛力の持ち主であるのは確からしい。

「ともかく……その城長茂が木曾討伐の大将に任じられるだろう」

知盛は話を引き戻した。

個の武勇と、戦の采配《さいはい》の上手さとは違うと知盛は考えている。だがそれは異端の考えで、未だに個の武勇を重んじるのが武士というものである。故に近江の反乱鎮圧では、卑怯《ひきょう》だと己も身内に陰口を叩かれた。初めに一騎打ちを行い、それで勝った側が勢いを得て、負けたほうはそのまま総崩れになることなども間々ある。

世上の評判でも、実際に会った教経の話を聞いても、長茂の武勇は申し分ない。案外、

——長茂は木曾を討ち滅ぼすのではないか。

という気もしてくる。ただし木曾もまた従来通りの武士であるならば、という話ではあるが。笠原との市原合戦で見せた木曾の動きは偶然か、はたまた全て考えつくされたものか。

「何故、城が大将で、俺は戦に出てはならんのだ……」

いつになく哀《かな》しげに愚痴《ぐち》を零す教経に酒を注いでやりながら、
——お前はどちらだ。
と、知盛は想像の中の木曾に語り掛けた。

第五章

木霤と謂う男

親落せば子も落し、兄落せば弟も続く。主《しゅ》落せば家子郎党《いえのころうとう》落しけり。

馬には人、人には馬、落ち重なり落ち重なり、さばかり深き谷一つを平家の勢七万余騎でぞ埋めたりける。

巌泉《がんせん》血を流し、死骸岳《しがいをか》をなせり。されば、その谷の辺《ほとり》には、矢の穴、刀の疵《きず》、残つて今にありとぞ承《うけたまわ》る。

＊

西仏《さいぶつ》、そして己の鋭い琵琶《びわ》の音が部屋中を激しく弾《はじ》け回る。天井に、襖《ふすま》、欄間《らんま》に、当たって音が跳《は》ね返り、やがて勢いを失って畳《たたみ》に沈んでいく。

指が攣《つ》りそうになり、額にもじっとりと汗が滲《にじ》む。ようやく章段の終わりまで辿《たど》り着いて琵琶を置いた時には、息も荒々しいものになっていた。

「……ここで」

今宵《こよい》、西仏の琵琶の音色は冴《さ》えわたっており、唄《うた》う声も特に熱を帯《お》びていた。確かにこの段は力が籠《こも》りやすいが、西仏の場合は特に気持ちが声に出やすいのかもしれない。

その証左に、西仏は肩で息をしており、己よりも遥《はる》かに疲れているようにみえる。西仏は細く息を吐いた後、

「ありがとうございます……」

と、絞るように言って頭を下げた。

暫《しばら》くして息が整った頃、下女が白湯《さゆ》を運んで来た。

こうして教えた後、二人で物語るのはもはや恒例のことだ。下女にはよき時を見計らって運んで来るように命じていた。

白湯を口に含んで転がすようにして飲み下した後、西仏は切り出した。

「横田河原《よこたがわら》の合戦のこと、新中納言《しんちゅうなごん》様は何か仰《おつしや》っていましたか？」

過去の話をするにしても、これまでは他愛のない日常の話から入ることばかりであった。こうして西仏が知盛《とももり》のことを単刀直入に訊《き》くのは初めてのことである。

「木曾《きそ》殿は己と同じらしい。そう仰っていました」

「……それは？」

「これまでの武士という殻《から》を破ろうとしていると」

横田河原の合戦とは、件《くだん》の城長茂《じょうながもち》と、木曾義仲《よしなか》が激突した戦いのことである。

平家一門は評議の上、長茂に木曾追討の命を発した。

それを受け、長茂は越後《えちご》、出羽《でわ》、会津《あいづ》四郡の兵を参集した。その数は四万余騎と号していたが、実際のところは一万余りではないかと知盛が語っていたのを覚えている。もっとも、それでも大

軍であることに変わりはない。長茂は軍勢を率《ひき》いて信濃《しなの》へ発向し、横田河原に陣を布《し》いた。

一方、木曾義仲は依田《よだ》城にいたが、その数は三千余騎。長茂の手勢が一万としても、実に三分の一にも満たない数である。

長茂が横田河原に陣を布いてまもなく、赤い旗を手に持った軍勢が四方八方から集まって来た。赤い旗を掲《かか》げるのは平氏の味方である証《あかし》、反対に白い旗を掲げるのは源氏の味方であることを意味する。

——ああ、この国にも平家に味方をする者がいたか！

と長茂は歓喜し、勇《いさ》み立った。

近づいて来る軍勢は七つ。もし天から見下ろしたならば、長茂の陣が扇《おうぎ》の要《かなめ》、七つの軍勢は中骨の如《ごと》く見えたことであろう。

だが七つの軍勢は長茂の陣に駆け込むのではなく、その直前で一つの大きな軍勢になった。そして一斉に鬨《とき》の声を上げると、赤い旗を下ろし、代わりに白い旗を掲げたのだ。

いつの間にか依田城を出た木曾軍だったのである。

これに長茂はおおいに取り乱した。たった三千余騎の木曾軍を見て、

——どういうことだ？　欺《あざむ》いたのか？　卑怯《ひきょう》な！　武士の風上にも置けぬ！　ええい、敵は何十万騎いるのだ！　どうすればよい？

と口走って、左右の者を見比べるほどだったという。

大将が狼狽《ろうばい》してしまえば、瞬《また》く間に全軍に伝播《でんぱ》して浮足立つ。

途方もない巨軀《きょく》と膂力《りょりょく》を持ち合わせている長茂である。もし長茂がここで大薙刀《おおなぎなた》を手に取って奮戦していたら、幾ら虚を衝《つ》いたとはいえ、精強な木曾兵も相当手を焼いただろう。それを見れば味方も奮い立って踏《ふ》み止《とど》まり、越後勢は数に勝っていたのだから、木曾軍を押し返したかもしれない。

だが実際はそのようなことにはならなかった。長茂は兵を置き去りにして、真っ先に逃げ出したのである。それを見た兵たちは色を失った。慌てふためいて逃げ出し、木曾軍に狩られるように次々と討たれていった。木曾軍の刃《やいば》を逃れたにもかかわらず、川に落ちて溺《おぼ》れ死ぬ者も続出したという。

長茂はどうなったかというと、躰《からだ》に幾条かの矢を受けて手傷を負《お》ったものの、這《ほ》う這《ほ》うの態《てい》で逃げおおせた。後ろを顧《かえり》みることなく、一気に越後まで逃げるという醜態《しゅうたい》を晒《さら》したことで、長茂の武名は失墜《しっつい》した。

——木曾はやはり並ではない。

この報が入った時、知盛は神妙な顔付きで零《こぼ》していた。

兵を七手に分けるのはともかく、赤旗で偽装するなど、武士からすれば卑怯と罵《ののし》られるような戦い振りである。

だが木曾義仲はそれを臆面《おくめん》もなくやってのけた。

勝つことが本分と考えているのか、あるいは兵を損じぬことを何より大事にしているのか。ともかくこれまでの武士の戦い方の常識を打ち破ろうとしている。

しかも木曾軍が手強《てごわ》いのは、木曾がこの戦術を採《と》ったことに、兵たちが反発した形跡が見られぬこと。余程、配下の者たちは木曾に心服しているようだ。

ここが、一枚岩ではない平家一門とは大きく違う。

これらのことから、木曾軍は想像以上に厄介《やっかい》で周到で、必ず脅威《きょうい》になるだろうと知盛は語っていた。

「そして、それは現実のものとなった……」

西仏は宙を眺めながら静かに言った。

木曾軍の勝利に勇気を得たこと、越後の城氏が没落《ぼつらく》したことにより、北陸の反平家の豪族たちが蜂起《ほうき》した。

これに平家は軍勢を派遣したがなかなか鎮圧には至らず、兵糧《ひょうろう》が切れたこともあり撤退《てったい》を強《し》いられることになった。これにも知盛は、

――飢饉《ききん》の最中、これ以上の戦いは無謀である。

と評定で進言したものの聞き入れられなかった。北陸は平家にとっても重要な米の産地であり、飢饉であるからこそ手放せないという意見が大勢を占めたのである。しかし結果は、知盛の見立てが的中した。

その翌年の養和《ようわ》二年（一一八二年）、飢饉はさらに深刻なものとなった。流石《さすが》に平家も大軍を動かせず、西方の鎮圧のみに終始し、北陸方面は放置せざるを得なかった。だがこれは木曾義仲や源《みなもとの》頼朝《よりとも》も同じで、この年はいずれの勢力も力を温存する一年となる。

さらにその翌年の寿永《じゆえい》二年（一一八三年）、ようやく長く続いた飢饉の状況が好転しはじめた。この年は稲の実りもよく、豊作の兆《きざ》しが見え始めたのである。

平家は長らく放置した北陸への再出兵を決め、平維盛《たいらのこれもり》を大将として大軍を送った。これに越前、加賀《かが》の豪族たちの半数近くが降《くだ》り、残る半数は一つずつ潰していった。

中でも川を堰《せ》き止めた人工の湖に囲まれた堅城、火打城《ひうちじょう》を陥落《かんらく》させたことで、越前と加賀を平家の掌中《しょうちゅう》に取り戻すことが出来た。

これを受け、平維盛はさらに越中へと軍を進めることとなる。実のところ、維盛自身は慎重な人でこれには反対であった。だがこの勢いを逃してはならぬと、一門の大半が捲《まく》し立て、その背を押したのである。

――中将《ちゅうじょう》殿の申す通り。ここは自重したほうがよいかと。

知盛は維盛の意見を推《お》し、ここでも一門の意見と対立した。維盛は度々《たびたび》、大将に任じられ、戦場の現実を知っている。その維盛が言うのだから、京で安穏《あんのん》と暮らす一門の意見よりも遥かに聞くべきところがあると考えたのだ。

だがこれも容《い》れられなかった。

この頃の知盛は一門の中で身分こそ高いものの、多数派に属してはいなかった。棟梁《とうりょう》となった兄宗盛《むねもり》は、一門の統制のために知盛の意見を退《しりぞ》けざるを得ないというのが実際のところだった。

進攻の命を受けた維盛は軍を進め、寒原《かんばら》の路に陣を布くと、まずここで一門の平盛俊《もりとし》に五千の兵を与え、物見も兼《か》ねて先に進軍させた。

しかし木曾義仲はこれを完全に読み切っており、四天王とうたわれたうちの一人、今井《いまい》兼平《かねひら》に軍を与えて奇襲を掛けさせた。まさかこんなにも早く来るとは露《つゆ》ほども思っていなかった平家軍は押され続け、いきなり加賀まで退くことになった。

後に般若野《はんにゃの》の戦いと呼ばれる一戦である。

「やはり待ち構えるべきです」

維盛は京に早馬を走らせてそう進言した。木曾勢は竜駒《りょうく》を多数有していることで、機動力でこちらより数段勝る。般若野で敗れたのもこれが要因であった。故に維盛は天然の地形に拠《よ》って、木曾軍を迎え撃つべきだと考えたのだ。

だが平家軍が十万に近い軍勢を擁《よう》しているのに対し、木曾軍は五千ほどということもあり、堂々と進軍し会戦すべきだという、

――いかにも武士らしい

意見が大半を占め、同時に維盛の臆病《おくびょう》さを罵る声も多かった。

知盛はここでも維盛と同意見であった。だがこれまでの流れから、評定で意見を通すのは諦《あきら》めていた。その代わり、知盛は書状を認《したた》め、急ぎ郎党に預けて加賀の維盛のもとへ届けさせた。

書状の内容を要約すると、

「中将殿、決して無理はするな」

というものであった。戦というのは刻一刻と状況が変化する。孫子《そんし》の兵法書に、

――三軍の事を知らずして、三軍の政《まつりごと》を同じうすれば、則《すなわ》ち軍士惑《まど》ふ。

とあるように、出陣した軍の采配《さいはい》は大将に任せるべきで、遠く離れた安全な京に身を置きながら、それ以外の者が口を出すべきではない、というのが知盛の信条だったのだ。

知盛の心配をよそに、維盛は京から矢継《やつ》ぎ早に届く命に抗《あらが》えず、再び軍を進めることになった。

維盛は軍を二つに分け、麾下《きか》の将に預けた三万の兵は能登《のと》国の志雄山《しおやま》に置き、残る七万余騎を率いて越中へ入ろうとした。

木曾軍には義仲の叔父《おじ》に当たる新宮十郎《しんぐうじゅうろう》こと源行家《ゆきいえ》がいる。彼《か》の者は幾度となく反平家の兵を挙げ、その度に平家の追討軍と戦って敗れ、各地を逃げ回っていた。知盛が近江《おうみ》で起こった乱の平定に臨《のぞ》んだ折、美濃《みの》源氏が近江の反乱軍を助けようと大挙したことがあった。その美濃源氏を煽動《せんどう》したのは、この源行家だと考えられている。美濃源氏の乱が鎮圧されてからは、今度は木曾義仲の下へ逃れていたのだ。この男、自らは決して戦が強い訳ではないが、機を見るに敏《びん》で、他者に寄寓《きぐう》し、煽《あお》ることに頗《すこぶ》る長《た》けている。

義仲はこの行家に兵を預けて三万の平家軍を牽制《けんせい》する一方で、自身は越中方面に赴《おもむ》いた。が、七万の大軍に恐れおののいたか、そこで動きを止めていた。

しかし、維盛の軍が加賀と越中の国境に聳《そび》える砺波山《となみやま》に陣を布いた時である。

夜半、突如《とつじょ》として地鳴りの如き轟音《ごうおん》が鳴り響いた。

木曾軍の夜襲であった。牽制に兵を割《さ》いているため、木曾軍の数は五千、維盛はそのように報告を受けていたが、それより遥かに多い。山肌を埋めつくすほどの松明《たいまつ》がこちらに向かって来ていた。

維盛は急いで迎え撃つように命を出したものの、兵たちは混乱して統制が取れない。しかも近付くにつれて、敵軍の異様さに気が付いた。

——あれは何だ。

維盛は茫然《ぼうぜん》としたと後に述懐《じゅつかい》している。

蠢《うごめ》く敵軍は人ではない。比喩《ひゆ》という訳でもなくまことに人外のもの。牛なのである。

二つの角に松明を括《くく》りつけられ、後ろから木曾軍に追い立てられてこちらに猛進してくる。その数は優に百を超えていた。

支えきれぬと判断した維盛は退却の命を下した。いや、命を出す前から兵たちは我先にと逃げ出している。

しかし、退《しりぞ》こうとしたところでまた変事があった。味方の先が詰まって一向に進めないのである。早く行け、押すなと、罵声《ばせい》が飛び、人の圧で窒息《ちっそく》する者も出る。

——樋口兼光《ひぐちかねみつ》が道を塞《ふさ》いでいる！

やがてそのように後方にも伝わった。これも木曾四天王の一人に数えられる男。木曾は日中のうちに、樋口にぐるりと峠《とうげ》を回り込ませ、退路を断《た》たせていたのである。

進むも退くも出来ぬ平家軍七万余騎は、敵軍から見れば横に、天から見たならば大きな火箸《ひばし》につままれるかのように押し出されていく。

その先こそ、倶利伽羅峠《くりからとうげ》の峭絶《しょうぜつ》たる切岸《きりぎし》だったのである。将も兵も後ろから押されて次から次に谷底へと落ちていった。阿鼻叫喚《あびきょうかん》の有様であったという。

「私の見知った方も幾人かは」

薄光りする琵琶を撫《な》ぜつつ、西仏に向けて言った。平家軍七万のうち、ここから逃れることができた者は僅《わず》か二千騎という大敗であった。

大将の維盛、副将の通盛《みちもり》は這う這うの態で遁《のが》れた。だが上総大夫判官忠綱《かずさだゆうほうがんただつな》、飛騨大夫判官景高《ひだかげたか》、河内判官秀国《かわちひでくに》などといった名だたる勇壮の士の命が谷底に露と消えた。

維盛の軍には、京から出征《しゅっせい》した者も当然いる。他家の郎党など顔見知りの者も何人かいたのである。その報を京で受けた時、あまりの凄惨《せいさん》さに息が荒くなったのを覚えている。故にこの章段を唄う時、知らぬうちに力が籠るのだ。

「私も」

西仏はぽつんと言った。

「倶利伽羅峠で知己《ちき》が……?」

思い切って訊いた。やはり今日の西仏は様子がおかしかった。琵琶を奏《かな》でる指に狂気の如《ごと》きものを感じ、声に悲哀が滲《にじ》み出ていたのは、それが理由ではないかと思った。

静寂《せいじゃく》の中、細く息を吐く西仏は、何か葛藤《かっとう》しているように見えた。

「お話しせねばならぬことが」

暫《しば》しの間を置き、西仏は絞り出すように続けた。

「私はその場におりました」

あまりの衝撃で即座に声が出なかった。

己は西仏がどこで生まれ、どこで暮らし、これまで何をしてきたのか全く知らない。

平維盛のもと、平家七万騎のうちの一人として倶利伽羅峠で戦い、何とか生き残ったということなのか。そこまで考えた時、脳裏《のうり》に閃《ひらめ》くものがあり、恐る恐る口を開いた。

「まさか」

「はい」

西仏は意を察して頷《うなず》く。己は今、どのような顔をしているのか。恐ろしさから顔が引き攣《つ》っているのかもしれない。無意識のうちに自らの頬《ほお》をそっと撫でていた。

物語の伝授を始めて、今ほど重苦しい雰囲気《ふんいき》が漂ったことはない。ただ西仏からは憎悪《ぞうお》のようなものは微塵《みじん》も感じない。それどころかその表情には苦渋《くじゅう》と悲哀が感じられた。

「私の俗名は海野幸長《うんのゆきなが》と申します」

西仏は静かに言った。鼓動が速くなる。その名に覚えがある。いや、覚えがあるどころではない。この平家物語にも登場する名なのである。

「信濃の……」

「左様。滋野氏《しげのうじ》の嫡流《ちゃくりゅう》。十三代海野幸親《ゆきちか》は木曾公の乳母父《おんば》中原兼遠《ちちなかはらかねとお》の兄弟。その幸親の次子として生まれました」

こちらははきと記憶していた。

幸親は保元《ほうげん》の乱において三百騎を率いて源義朝《よしとも》、つまり頼朝の父の下で戦って名を馳《は》せた。木曾義仲の挙兵当時から従い、先に話した横田河原の戦いで獅子《しし》奮迅《ふんじん》の働きを見せた。そしてそのまま義仲の上洛《じょうらく》にも従ったはずである。

「故に西仏様も」

「はい。父や兄、弟と共に」

海野幸親には三人の息子がいた。嫡男の幸広《ゆきひろ》、次男の西仏こと幸長、三男の幸氏《ゆきうじ》。一族郎党と共に義仲に付き従い、倶利伽羅峠でも戦ったという。

これだけ聞けば、西仏は平家の仇《かたき》ともいえる。だが話がそう単純でないのは、その後の木曾義仲のことを知っているからである。

平家は義仲に猛反撃をすることになる。そしてその総指揮を執《と》ったのが、己が心より敬愛する新中納言平知盛なのだ。己の記憶に間違いがなければ西仏の兄、幸広を討ち取った者もまた、己に深く馴染《なじ》みのある人のはずである。

そのことを口にすべきかどうか、惑っているのを察したのだろう。西仏は先んじて、

「解《わか》っています」

と、短く言って首を横に振った。

今では源平合戦などと呼ばれるあの戦の間、今日の敵が明日の味方になることなどは日常茶飯《さはん》事《じ》、当然その逆も珍《めずら》しくはなかった。時を追うごとに混迷を極め、もはや誰が誰と、何のために戦っているのかさえ見失うほどであった。

「誰かを恨《うら》む者もまた、誰かに恨まれている。そのような時代でした」

西仏は遠くを見つめながら丸い息を吐いた。

この後、伝授が進めば、西仏の兄の死にも触れねばならない。その段階で西仏の俗名を打ち明けられれば、己は、西仏が今この物語を伝授されようとしていることも恨みからのものと思ってしまったかもしれない。敢《あ》えて今、これを吐露《とろ》したのは、西仏の本心がそこにないことを明白にしたかったのだろう。

「倶利伽羅峠の戦を忘れたことはございません」

西仏は当時のことをぽつぽつと語り始めた。松明を括りつけた牛に薙《な》ぎ倒された平家の兵は、踏み潰されて絶命し、あるいは撥《は》ねられて谷底に消えた。運よくそれを躱《かわ》した者も、続く木曾軍の荒武者に悉《ことごと》く討たれていった。

幸長と名乗っていた若き頃の西仏も、太刀《たち》を手に、逃げ惑う平家の兵を追い回した。逃げる者の背を斬《き》り、立ち向かう者は頭を断ち割った。命乞《ご》いをする兵の喉《のど》を貫き、呵々《かか》と嗤《わら》いながら谷底に蹴落《けお》としもしたという。

「この時の私は社稷《しやしよく》を恣《ほしいまま》にし、民を顧《かえり》みぬ平家の者は死んで当然……それを討つ己は正しい……本気でそう思っていたのです」

西仏が嗚咽《おえつ》を呑《の》み込むように続けた。

「しかし、後に己は間違っていたと痛感しました……倶利伽羅峠で私が蹴落とした者にも父母が、妻が、子が、兄弟姉妹がいる……そんなことさえ考えもしなかった。奈落に落ちていく若武者の顔が今も目に焼き付いて離れないのです……」

西仏の声の震えは次第《しだい》に大きくなっていった。

「はい……」

己もまた生涯《しようがい》忘れ得ない光景がある。それが目の前に蘇《よみがえ》り、相槌《あいづち》を打つのがやっとであった。

「申し訳ございません……」

西仏は畳に額を擦りつけた。こうして詫《わ》びるということは、未《いま》だ己は西仏には、

――平家の人。

と、見えているということの証《あかし》である。良い悪いではない。人は時を経《へ》ても萌《も》え出たところから逃れられはしないのだ。

「もうよいのです」

「よくはありませぬ……」

西仏は下げたままの頭を横に振った。

自らが受けた非道より、自らが為《な》した非道のほうが、人の心を蝕《むしば》むものなのかもしれない。西仏の姿を見てそう感じた。

「よくぞお話し下さいました」

そっと西仏の肩に手を添えて囁《ささや》くように言った。

だがその通りならば、人という愚《おろ》かな生き物にも、まだ希《のぞ》みがあるともいえるのではないかとも思う。

西仏はゆっくりと顔を上げると、少しずつ、ほんの少しずつではあるが息を整える。そしてようやく落ち着きを取り戻し、力の籠った声で言った。

「法然上人《しようにん》が何故、私にお声を掛けて下さったのか、今はっきりと解りました」

法然は西仏の抱えている苦悩に気付いていた。そこから目を背《そむ》けていることも。だがそれでは決して苦しみから逃れられない。向き合うことこそ乗り越える唯一の法だと伝えるため、こうして己に引き合わせたのではないか。

「西仏様でよかった。私も心からそう思います」

そもそも何故、知盛の残した物語を引き継ぎ、己は平家物語と題して世に広めようとしたのか。その始まりを思い起こした。

知盛は確かに生きていた。平家の者たちは生きていた。だが今、その事実さえ消そうとする者がいる。つまり二度殺され、時代に葬《ほうむ》りさられようとしている。

しかしそれは何も平家の者たちに限ったことではない。噎《む》せ返るほど哀《かな》しく、憐《あわ》れなほど美しいあの時代を、多くの者たちが懸命《けんめい》に駆け抜けたのだ。

——この物語は平家だけのものにあらず。

知盛が言った真の意味が、ようやく今になって解った気がして、胸の辺りがじわりと温かくなるのを感じた。

一

平家一門で初めて討ち死にした者が出た。名を平知度《とものり》と謂《い》い、清盛《きよもり》の七男。つまり知盛の弟である。

倶利伽羅峠で平家本隊は壊滅したが、別動隊は志雄山で源行家を相手に善戦を繰り広げていた。むしろ此方《こちら》が押し捲《まく》っており、あと少しで撃滅出来るところであったという。

だがそこに木曾軍二万が援軍として現れた。倶利伽羅峠の勝利から時を置かず、疾風《しっぷう》の如き速さで駆け付けたのである。人の熱気で火が出るのではないかというほどの猛攻であったらしい。

この平家別動隊の大将は清盛の異母弟である忠度《ただのり》。知度は副将という立場であった。忠度は齢《よわい》四十。一方の知度はまだ二十一歳という若さであった。

両者ともに、もはや劣勢は覆《くつがえ》せぬと判断して撤退《てったい》を考えた。撤退する場合、誰かが殿《しんがり》を務《つと》めねば、追撃を受けて鏖《みなごろし》の憂《う》き目にあう恐れがある。木曾軍の尋常《じんじょう》ならざる速さと強さを、戦場にいた者は痛感していたのである。

——叔父上、ここはお任せを。

と、知度は言うやいなや、忠度の乗った駒の尻をぴしゃりと叩《たた》いた。

自らの意志で志雄山に留まった知度の奮戦ぶりは、凄《すさ》まじいものだったと、木曾軍から奇跡的に逃れた者が後に語っている。

ひたすら押せ、押せと連呼し、自身も太刀を抜いて雲霞《うんか》の如く迫る敵軍に駆け入った。これには木曾方もかなり手を焼いたようである。

平家の公達《きんだち》だと知り、源親義《ちかよし》、重義《しげよし》の父子が同時に知度に攻めかかった。知度は親義を斬り伏せたものの、その隙《すき》を衝いた息子の重義の太刀で喉を貫かれた。

――押せ……。

知度は口から滝の如く血を溢《あふ》れさせながらなおも言い、躰ごとぶつかって重義の脾腹《ひばら》を貫いたという。相打ちである。

「知度……」

この報が屋敷にもたらされた時、知盛は震える声で名を呼んだ後に絶句した。知度は三河守《みかわ》の官職にあり、知盛も日頃は三河守とか、三州《さんしゅう》などと呼んでいたが、この時ばかりは不思議と名が零れ出たのである。

その場に居合わせた希子《きこ》は気丈に振る舞おうとしていたが、耐《た》えきれなかったようで頬に一筋の涙を伝わせたのをきっかけに、口を押さえて嗚咽《おえつ》を漏《も》らしていた。

「木曾を殺す」

それから間もなく、同じく知度の死を知った教経《のりつね》が屋敷に来て低く呻《うめ》いた。普段ならば落ち着けと宥《なだ》める知盛であるが、この時ばかりは頷くことしか出来なかった。

知度は、己とはまた違った形の、

――変わった弟。

であった。

その昔、こんなことがあった。父がとある領地を一門に分け与えようとし、戯《たわむ》れに誰がよいかと尋《たず》ねたことがある。幾人かが手を挙《あ》げた中に、僅《わず》か十歳の知度も含まれていた。まだ知度には早いだろうと一門の誰もが笑う中、知度は己こそが最も相応《ふさわ》しいと主張する。父

は面白がって知度にその訳を訊くと、

「私が最も長生きをするからです」

と、堂々と言い放ったのである。領地を治めるのは容易《たやす》くはない。管轄《かんかつ》する者が死ねば、代替わりの際にいざこざが起こることも珍しくない。その点、己はあと三、四十年ほど生きるだろうから心配ないというのである。

清盛の子といえども、まるで他の者は早く死ぬのだから遠慮《えんりょ》しろともとれる知度の言いざまに、一門の者たちは流石に眉《まゆ》を顰《ひそ》めた。その場は父がうまく取りなしてうやむやになったが、知盛は面白いと感じ、後にさらに詳しくその真意を尋ねた。すると知度は、

「若いというのはそれだけで力です」

と、平然と答えた。

世には年長者を敬い、重宝する風潮《ふうちょう》がある。それは年長ならではの経験や知恵があるからこそ。ところが、碌《ろく》な分別も身に付いていないのに、年を重ねていることだけを誇る者の何と多いことか。若いということは、それだけ学ぶ余白が多いということ。その尊《とうと》さを上回るほどの知恵を有している年長者は少ないというのである。もともと子どもらしくなく、理知的で、人とは変わった思考を持つ弟であった。

「一理あるかもしれぬ。ならば俺も……」

言いかけた知盛に対し、

「兄上はその限りではない御方《おかた》かと」

と、知度が首を横に振って苦笑したのを、よく覚えている。

そのような知度が自らを犠牲にして、年長者である忠度を逃がしたのは、己も長じる中で心境に変化があったのだろうか。いや、

――忠度様は私より役に立つからです。

などと、沈着に言い放つような気がしてならなかった。

そんな知度が命を賭《と》して逃がした志雄山の別動隊は倶利伽羅峠で敗れた平家本隊に無事合流を果たし、その数は四万騎となった。

追い縋《すが》る木曾軍は五千余騎。数だけ見ればまだ平家方が優勢ともいえるが、実際にはそれほど単純ではない。

まず大敗を喫《きっ》したために平家軍の士気は頗《すこぶ》る低い。また二つの戦いは共に奇襲によって崩れたため、兵糧の大半を置き捨てて退却《たいきゃく》するほかなかった。後方に残してきた荷駄は回収出来たものの、もう十日ほどの余裕しかない。一方、木曾軍は平家軍が残した荷を奪って十分過ぎるほどの兵糧がある。長陣《ながじん》となれば木曾軍の勝ちは明白である。

兵糧が足《た》りないからといって、近隣から徴発《ちょうはつ》することも出来ない。もししてしまえば、民からの反抗にあい、戦はさらに苦しくなる。

その上、平家の惨敗《ざんぱい》は早くも近隣に知れ渡り、越中のみならず、加賀でも木曾軍に味方しようとする者が続出していた。さらに一度は鎮圧した越前の反平家勢力まで息を吹き返し、退路を塞がんとする始末。そのような事情から、維盛には退却以外の選択肢《せんたくし》がなかったのである。

その後も続々と木曾軍の動向が京に伝わって来た。その仔細《しさい》を聞き、知盛は血の気が引くのを感じ、

「まずい」

と、一言漏らした。

これまで反平家として蜂起《ほうき》する者たちは、

——より多く。

の兵を集めることを第一に考えて行動していた。此度《こたび》のように大勝したならばなおさら、同調する者を各地から迎え入れることに終始したはずである。

だが木曾軍は違った。兵が増えるのは望むところだろうが、それに頼ることなく平家の追撃を開始したのである。

寿永《じゅえい》二年（一一八三年）六月一日、逃げる平家軍は木曾軍に、加賀国篠原《しのはら》で追いつかれた。その時、平家軍はすでに這う這うの態であった。身軽になって逃げるため、鎧《よろい》をつけた武者は数騎しかいない有様であったという。

もはや是非《ぜひ》もなし。維盛は戦うことを決意したが、志雄山で散った知度と同様の副将格にいた平盛俊、藤原景家《かげいえ》、その甥《おい》の藤原忠経《ただつね》の三人が、その命を無視して一戦もすることなく遁走《とんそう》してしまったから堪《たま》らない。これは臆病からではなく、軍内での不和が原因らしい。ものごとが上手《うま》くいっている時は多少の不和も問題にならないが、反対に危機の時にはそれが大きな綻《ほころ》びとなる。まさに今の平家一門の縮図のようなものである。

総崩れとなる中、奮闘した男もいた。斎藤実盛《さいとうさねもり》と謂《い》う、齢七十三の老将である。

斎藤実盛はもともと木曾義仲の父、源義賢《よしかた》の麾下にいたことがあった。だが義賢はその勢力を恐れられ、同じ源氏である頼朝の父義朝、兄義平《よしひら》に討ち取られてしまう。この時、斎藤はすでに義朝に降っていたが、幼い義仲を憐《あわ》れんで信濃へ密《ひそ》かに逃がしたという噂《うわさ》もあった。

後に斎藤は保元、平治《へいじ》、二つの乱で源氏方として武勇を示した。これを見た清盛は敵方にいた斎藤の勇猛さをいたく気に入り、麾下に加えたという。

「ここは」

斎藤は維盛に短く言って殿を買って出た。そして老軀《ろうく》を奮い立たせ、怒濤《どとう》の勢いで襲いかかってきた木曾軍の前に立ちはだかり、死んだ。それによって僅かに時を得て、維盛を始めとする平家軍は戦場を離脱出来たのである。

斎藤の胸中は如何《いか》ばかりであったか。

義仲という禍根《かこん》を残してしまったことを詫びていたのか。いや、そのような単純なものではない気もする。人それぞれに一生がある。それが様々な、己ですらも想像しない形で、死の間際に光芒《こうぼう》を放つのではないか。知度、斎藤の死に、知盛はそのように感じた。

平家軍が京に辿《たど》り着いたのは、それから五日後の六月六日のことであった。帰ったのは出陣した時の半数。馬に乗っていた者は僅か。刀や弓を捨て去り、鎧を脱《ぬ》ぎ捨てた悲惨な有様である。

その不甲斐《ふがい》なさを罵る者も僅かながらにいたが、平家一門の反応は概《おおむ》ね同じであった。

一言で表すならば恐怖。

ここに来てようやく、己たちが追い詰められていることを実感したのである。

むしろ洛中の人々のほうが落ち着いて見えた。今すぐにでも木曾軍が攻めて来るのではないかと、早くも荷を纏《まと》めて逃げ出す者もいるにはいる。だがそれは裕福な者だけで、大多数は努《つと》めて変わらぬ日常を過ごそうとしていた。それは、恐れを抱きつつも為《な》す術《すべ》を持たず、逃げ込む場所も、持って逃げるべき私財も、そのための路銀も持ち合わせてはいないからかもしれない。だが、もしかしたら彼らは、木曾軍などよりも飢《う》えのほうが余程恐ろしいと知っているのではないだろうか。それとも、平氏も源氏も変わらないと思っているのかもしれない。


——評定を開くので急ぎ参集せよ。

宗盛から命があったのは、翌七日のことであった。

知盛は身支度《みじたく》を整え、最後に太刀を佩《は》くと、見送る希子に言った。

「行って来る」

「はい」

希子の頬は引き締まっている。今、この時が平家の命運を分けることを、日頃の己の発言を聞いて希子も解っている。

「二人を頼む」

知章《ともあきら》、知忠《ともただ》、二人の子のことである。知章は齢十五、知忠は齢八となっている。

昨日より洛中が俄《にわ》かに騒がしくなったことで、知忠は明らかに様子がおかしかった。普段は寝付きが良いほうなのだが、昨夜は五、六度も厠《かわや》に立ったという。

一方、知章は恐ろしいほど落ち着き払っていた。知忠に対して特別なことは言わないが、常よりも努めて穏やかに話しかけているようであった。今の平家が置かれている状況、そして最悪の場合はそれが死に繋《つな》がることまで、若くして全《すべ》てを悟《さと》っているのか。だがその目に諦めの色はない。むしろ気負うような闘志が宿っている。それは、怯《おび》える知忠よりも、知章のほうが心配であるということだ。

「お任せを。目を離しません」

知盛は頷くと、正面から照らす朝日に顔を向け、足を前へと踏み出した。

二

これまで幾度となく開かれてきた評定だが、此度は最も重苦しい雰囲気だった。一門の方針は大きく二つに分かれた。一つはこれまで同様、何としても京を死守すべきだという意見。もう一つはこれまで知盛が主張して来た、一度京を捨てて福原《ふくはら》まで退くというものである。当初は前者に同意する発言が大勢を占めていたが、この段になってようやく半数まで賛同者を増やすことが出来た。

――あまりに時が掛かった。

と言わざるを得ない。己が自説を披露してから、実に二年の歳月が流れている。もっと早く西方に退いて力を蓄えていれば、木曾と手を結び関東に攻め入って、すでに頼朝と雌雄《しゆう》を決していたかもしれない。

「修理《しゆり》様は如何に」

議論が紛糾《ふんきゆう》する中、話を振ったのは平家の家令を務める主馬《しゆめ》判官平盛国《もりくに》である。知盛の叔父である修理大夫平経盛《つねもり》は、未だに京を放棄《ほうき》することに徹底的に反対している。ここからはもう両派の首魁《しゆかい》どうしで話さねば、意見は纏まらぬと考えたのだろう。

「京を捨てるなど、やはり言語道断。亡き相国《しようこく》に顔向けが出来ようか」

「意見は変わらぬと」

「当然だ」

「では、新中納言は」

昨年の十月、知盛は権《ごん》中納言に任官した。その時、他に中納言が三人、権中納言七人の計十人がその席にあった。普通ならば平中納言と呼ばれるところだが、平家一門の者のうちでこの官に就《つ》いている者は、己を含めて四人もいた。

上席からいうと平時忠《ときただ》、平頼盛《よりもり》、平教盛《のりもり》。このうち最も早く任官した時忠が「平中納言」と呼ばれており、頼盛は池殿《いけどの》に邸宅《ていたく》を構えていたので「池中納言」と、教経の父である教盛は六波羅《ろくはら》の門の脇に邸宅があったので「門脇《かどわき》中納言」と呼称されていた。そして己が新たに権中納言に加わったからという理由で「新中納言」と呼ばれるようになったのである。

「兵が足りぬかと」

知盛が言うと、経盛はあからさまに苦々しい顔になった。

北陸には平家のほぼ全勢力を注《つ》ぎ込んだ。それが敗北して兵は半数に減り、残った者たちも満《まん》身創痍《しんそうい》で暫くは使い物にならない。

兵力という点で唯一期待していたのは平貞能《さだよし》。知盛が近江を鎮圧した時、大いに力を貸してくれた平田入道《ひらたにゅうどう》の弟である。貞能は西国の反乱の鎮圧を終わらせたところであったため、その地で兵を募《つの》って戻るように命じていたのだ。

だが、数万は率いて帰って来ると期待されていたのが、蓋《ふた》を開けてみれば千余騎程度であった。

「申し訳ございません……」

貞能は苦悶の表情で謝っていたが、他の誰でも同じであっただろう。平家が苦境に立たされていることは、もはや西方にまで伝わっている。その中で反乱を鎮圧出来たのも、貞能が優秀だったからである。

ともかくこの件によって、京を捨てて力を蓄えるべきという知盛の論に同調する者が一気に増えた。

「まだ数では上回っている」

経盛は鼻息荒く反論した。

「半《なか》ばが怪我人《けがにん》。しかも木曾の恐《こわ》さを目の当たりにした者ばかり。とてもではないがすぐには戦えますまい」

知盛は説得したが、やはり話は平行線である。これまでなら幾らでも論議していられたが、木曾軍はすでに越前に向かっているとの報も入っており、最早《もはや》残された時は少ない。三日後の十日までには宗盛が決断を下すということで、評定は幕引きとなった。

知盛がその宗盛に呼び出されたのは、九日の昼のことであった。

――法皇《ほうおう》様がお主と話したいと仰せだ。

宗盛は表立っては口にしないものの知盛の意見を容れ、京から退く方向に心が傾きつつあった。だがそれをするためには、安徳《あんとく》天皇、そして後白河《ごしらかわ》法皇に御動座《ごどうざ》して頂く必要がある。

それは何故か。天皇と法皇が木曾軍の手に落ち、平家が朝敵になるのを恐れていることもある。

同時に、両人の安全を保証出来ないことも大きな理由である。木曾軍は上洛を目指す中、各地の村々から略奪《りゃくだつ》を行っていた。木曾義仲が積極的に指揮しているのか、あるいは戦以外のことは好きにさせているのか。いずれにせよ、黙認しているのは確かである。高貴な方々にそうそう危害が加えられるとは思わないが、木曾軍が何をしでかすか判《わか》らないのも事実。後白河法皇のためにも、御幸《ごこう》をお願いしたいと宗盛は本心から思っていた。

だが後白河法皇は首を縦に振らない。かといって真っ向から突っぱねる訳でもない。のらりくらりと話を躱し、逸《そ》らし、煙に巻くという姿勢を続けている。

仮に京を捨てずに木曾軍と戦おうとも、負ければ結局は西方に退かねばならない。この段になって宗盛は、後白河法皇に決断を迫った。すると後白河法皇はこれまでのやんわりとした態度から豹変《ひょうへん》し、

――ならば新中納言に自ら話しに来いと伝えよ！

と、憤怒《ふんぬ》の形相《ぎょうそう》で激昂《げきこう》したというのだ。

知盛はすぐに束帯《そくたい》に着替えて屋敷を出た。途中、宗盛と合流する。

「新中納言……」

宗盛は顔を蒼白《そうはく》にさせ、顎《あご》も小刻《こきざ》みに震えていた。後白河法皇がここまで怒った姿を見たことがないので、完全に気圧《けお》されてしまったようだ。

「お任せを」

知盛は短く応じて院へと上った。


後白河法皇の院御所は譲位して上皇となった今から二十数年前、法住寺《ほうじゆうじ》に建てられた。故に法皇の御所は法住寺殿とも称されている。

この場所に一歩足を踏み入れた時から、宗盛の顔色はさらに悪くなっていった。後白河法皇の御簾《みす》の前に出た時には、青を通り越して白紙の如くという有様である。

儀礼的な口上が終わるなり、御簾の中から声が掛かった。

「よく来た」

初めてこの声を耳にした時のことを知盛は思い出した。想像とあまりにかけ離れていたので驚いたのだ。もっと重厚な、雷鳴の如き威厳のある声だと勝手に思っていた。だが実際は、須恵器《すえき》を鉄で引っ掻《か》いたような甲高《かんだか》い声だったのである。

「内府《ないふ》より聞いた」

御簾の隙間を縫《ぬ》うように声は続く。

内府とは、宗盛の官職である内大臣の唐名である。宗盛はこれに肩をびくんと動かした。ただでさえ宗盛は気弱なところがある上、前に激しく叱責《しっせき》されたことでかなり萎縮《いしゅく》している。何か話そうとするが、上手く言葉が見つからない様子である。

宗盛に代わり、知盛はまず短く応じた。

「はっ……」

「上げよ」

法皇はそう声を掛け、侍《はべ》る公家《くげ》に御簾を上げるよう命じた。元来、高貴な人はその姿を滅多《めった》にあらわにしない。しかし、この御方はすぐに御簾を上げようとする。亡き父はそれを、

——こちらの顔色をしかと御覧になりたいのよ。

と、語っていたことが思い出された。

「面《おもて》を上げよ」

言の葉が頭上を抜けていく。

一度促《うなが》されても顔を上げてはならない。再三促されたところで、ようやく上げるのだ。顔を上げた時も一旦視線を僅かに逸《そ》らす。これが、やんごとなき御方への決まりであった。が、知盛はすぐさま顔を上げた。しかも真っすぐに見据《みす》えたのである。これには驚きを隠せなかったようで、法皇は微《かす》かに頬を引き攣らせた。

相対した御方の顔が知盛の眼にしかと映る。

角張った輪郭《りんかく》をしており、頭頂部などは平らである。些《いささ》か目尻《めじり》は下がっているが眼光は鋭く、鼻梁《びりょう》も驚くほど高い。口はそれほど大きくないものの、下唇は厚く油を塗《ぬ》ったような光沢《こうたく》がある。世の武士よりも、よほど逞《たくま》しい相貌《そうぼう》といえよう。皇族らしいところといえば、あまり陽を浴びていない白い肌だけであろうか。

後白河法皇である。

「ほう」

暫し間を置き、後白河法皇が梟《ふくろう》の如き声を上げた。

「何か」

知盛は低く平然と返した。

父も相当この御方には苦しめられたが、それでも時に従い、時にいなし、時に脅《おど》しながら何とか付き合って来た。だがその父はもういない。誰かがこの御方と対峙《たいじ》せねばならず、それは己であると知盛は思い定めていた。

「いいや」

顔に似合わずやはり高い声である。後白河法皇は目を細めて続けた。

「一門を誑《たぶら》かして福原への行幸《ぎょうこう》を企《くわだ》てているらしいな」

「誑かすなど……滅相もないことです。間もなく、この京《みやこ》に木曾が攻め入って参ります。その難から逃れるため、御動座頂きたいと考えたまでです」

「何を弱腰な。木曾が恐ろしいか」

後白河法皇は鼻を鳴らした。この辺りもやはり皇族らしくはない。高倉《たかくら》上皇は、このような仕草は一切されなかった。

「いいえ」

「ならば戦うがよい」

「畏《おそ》れながら、お断り致します」

知盛はぴしゃりと言い放った。

不敬極まりないと思われるのは承知の上。横で頭を下げている宗盛の額からは、滝のような汗が流れている。

「何だと……」

後白河法皇は憤然とした表情で聞き返した。

「今の木曾軍と正面からぶつかるのは得策ではございませぬ。端的に申し上げれば、勝ち目が薄いかと」

「戯言《ざれごと》を……木曾など山猿に過ぎぬではないか」

「侮《あなど》ってはなりませぬ。木曾は勇猛なだけでなく、戦も巧《たく》みでございます」

知盛はそこで短く息を吸い、立て続けに言った。

「それに木曾だけではございませぬ。北陸の諸豪族、さらに一度は鎮圧した近江源氏も、木曾に味方する動きを見せておりますれば」

後白河法皇は呆《あき》れたような顔になり大袈裟《おおげさ》な溜息《ためいき》を零す。

「しかと息の根を止めておかぬからだ」

「よろしかったので……？」

知盛は静かに尋ねた。

宗盛は意味を解しかねており、眉間《みけん》に皺《しわ》を寄せる。一方、後白河法皇は柳葉《やないば》の如くさらに目を細め、冷ややかに言った。

「それは」

「そのままの意味でございます」

知盛は薄く微笑《ほほえ》むと、後白河法皇の口辺がぴくりと動いた。

――やはりそうか。

かねてよりそうではないかと思っていたが、今はっきりと確信した。

知盛がこのことに気付いたのは、今から二年半前、あの近江源氏と戦っていた時のことである。連戦の最中、知盛は配下の郎党を何度か京に送っていた。幾ら近江で勝ちを積み重ねようとも、他の地で新たに反乱が起これぱその影響を受けることになる。刻一刻と変わる状況を探らせるためである。

まだ父清盛が健在の頃でもある。その配下が持ち帰ってくる京の話を聞き、清盛の動きで気に掛かることがあった。清盛は後白河法皇に頻繁《ひんぱん》に会い、

――法皇、天下の政を知《しろ》し食《め》すべき由。

と、何度も申し入れていたのだ。

清盛と後白河法皇は度々対立していた。だが当時すでに高倉上皇の病状は思わしくなく、上皇が崩御《ほうぎょ》されて、残された幼少の安徳天皇が政を執れないとなれば、当座は法皇による院政再開しか道はない。清盛はそれを危惧《きぐ》して、後白河法皇に院政の再開を働きかけていると、世間の誰もが考えたであろう。

だが、知盛はこの話を聞くや否や、別の意味があると感じた。

安徳天皇が幼少であることは間違いない。だが平家は安徳天皇の外戚《がいせき》であるため利も大きい。その利を容易く捨てて、後白河法皇を引き込むであろうか。そこまで考えた時、脳裏に浮かんだことがあった。

――乱の裏に後白河法皇がいるのではないか。

と、いうものである。

清盛もまたそれに気付いていた。故に後白河法皇を取り込むことで、反乱者の梯子《はしご》を外そうとしているのではないか。

その証拠に、清盛に強く迫られた後白河法皇が渋々承諾《しょうだく》すると、すぐに近江の乱に協力している園城寺《おんじょうじ》の焼き討ちが裁可された。園城寺は後白河法皇が出家した昵懇《じっこん》の寺で、この時までなかなか許しが出なかったのである。

さらに清盛は後白河法皇に、讃岐《さぬき》と美濃を院分国《いんぶんこく》にするようにも働きかけた。あの当時、近江のほかに伊予《いよ》でも大規模な反平家の乱が起こっていた。隣国である讃岐にも飛び火しそうな気配が漂っていたし、美濃ではすでに反旗を翻《ひるがえ》す者が出ていたほどである。

この地を院分国にしてしまえば、後白河法皇は乱を鎮圧する立場にならざるを得ない。もし真に後白河法皇が裏で反乱の糸を引いているとすれば、蜂起した源氏は裏切られたと思うだろう。これも後白河法皇と反乱勢力の源氏を分断するための、清盛の策だったのかもしれない。

その後、これも後白河法皇と密接な関係にある東大寺《とうだいじ》への焼き討ちを指示したが、後白河法皇が口を出した形跡はない。いや、出せなかったのだ。

院政再開は後白河法皇の悲願であった。それを与える代わりに、支援する勢力を徹底的に削《そ》ぎ落そうとしたのだろう。

――父上が真に戦っているのは、源氏ではなくこの御方ではないか。

という考えが、知盛の頭をふと過《よぎ》った。

そして、そこに清盛が源氏を滅ぼさなかった真の理由が隠されているのではないかと。

そこまで考えた時、近江鎮圧に向かう己に清盛が出した、「宿題」の答えが見えた気がしたのである。

そして知盛は、病床にあった清盛にその答えをぶつけた。それが、

――朝廷が政を行う限り、武士は必ず滅びる運命にあります。

というものであったのだ。

これを聞いた清盛は、その通りだと満足げに頷いたのである。

清盛は武士が生き残る道を、生涯《しょうがい》を通してずっと模索し続けた。武士とは所詮《しょせん》、朝廷における「武力」に過ぎない。いや厳密にいえば、各地で暮らしていた元貴族たちを、朝廷が権力争いの

武力として用い、そのまま中央に取り込んだのである。この例に当て嵌《は》まらぬ者も存在するが、凡《おおよ》そそれで武士が中央に出た説明にはなる。

そのような中、僅かではあるが、ある真実に気が付いた人が出た。

――朝廷の政は必ずしも善《よ》くはない。

と、いうことである。

政は天皇、あるいは公家が行う高等なもの。武士の如き野蛮《やばん》な者には出来るはずがない。それまでは頭にそう刷り込まれており、そもそも疑問を挟む者すらなかった。

だが実際はどうだ。

朝廷が政を行っていても、多くの民が苦しめられている。確かにかつては善政が布《し》かれていた時代もあったかもしれない。だが、それが今どうしてこうなっているのか。

そう、さらに厳密にいえば、善政、悪政を布くに、公家や武士の身分の差はなく、ただ政を執る者の能力に拠ると気付いたのである。それが知盛の父、清盛であった。

――人がなすことが出来るのは、考え付いたことだけである。

愚かにも聞こえるが、これは真実である。

人は百里を一日で行くことは出来ぬかと考える。人は空を飛べればいかによいかと考える。人は遠くの者と話が出来ればと考える。

全くの夢物語である。だが百年、千年の時は掛かるかもしれないが、人が夢想したことは叶《かな》えることが出来るはずだと知盛は思っている。

だが世の誰も考えていないことを思い付くというのは、如何に凄まじいことであるか。互いに手を取り合う者もおらず、一門とて理解出来る者はいない。それでも清盛には諦める訳にはいかない理由があった。そのことに気付くと同時に、

――武士の末路。

も見えてしまったからである。

朝廷内の争いは幾度となく起こり、その度に武士が駆り出される。争いに勝てばよいが、負ければ一族郎党が鏖《みなごろし》の憂き目に遭《あ》うこともあり得る。常に勝ち馬に乗らねばならない。いや、自らが死に物狂いで働いて勝ち馬となり続けねばならないのだ。時の運も大きく作用する戦において、常勝など不可能と言っても過言ではない。だが、貴賤《きせん》によって人の欲に差があるわけではないらしく、戦というものはどこからでも湧《わ》き起こる。それは仮に武士が政を執ろうとも、変わらないだろう。

戦が起きぬ道はないか。戦が起こらぬようにする道はないか。昼も夜も考えに考え抜いたが、答えは一向に見えてこない。そもそも戦を絶《た》やす方法など存在しないのではないか。諦めかけたその時に光明が見えた。それこそが、

――ならばずっと一つの戦を続ければよいのではないか。

と、いうものである。戦といっても常に斬り合う訳ではない。互いに牽制《けんせい》して睨《にら》み合い、お互いの出方を探る。戦が終わらぬように戦力を拮抗《きっこう》させ続けるためには、己の陣営が負けていると思えば、味方を増やしたり、実力を磨いたりせねばならぬし、そのためには領地を富ませること

も必要である。むしろこちらの期間のほうが長く、実際に刀や弓矢を手に争うのは、全体から見れば一瞬のこと。互いに拮抗した勢力が、二つ、いや三つあればいよいよ状況は膠着《こうちゃく》する。

三つの拮抗した勢力が武士であればどうだ。

朝廷から独立した三つの国が出来上がるのではないか。

それならば一挙にすべてを解決出来る。故に源氏を根絶やしにしようとは思わなかった。

まず己が絶大な力を持つ。その上で源氏を水面下で復興させ、そこに奥州《おうしゅう》藤原氏を加えて天下を三分する。戦時下という理由で、朝廷から政を移譲させる口実にもなる。

口で言うのは容易いが、果《は》てしなく険しい道程である。それでも清盛は平家一門が生き残るには、ひいては武士という者が生き残るには、これしか道はないと思い定めた。

だがそれを成すには、どうしても除かねばならぬ者がいた。

――鵺《ぬえ》のような御方だ……。

知盛は眼前の後白河法皇を見ながら、清盛の言葉を思い出した。

これも病床で言っていたことである。死の訪れを悟り、もう憚《はばか》る気もなかったのだろう。法皇はこの構想までは気付いていない。だが清盛が何か壮大なことを企《たくら》んでいると気付いてはいたらしく、何かにつけて清盛の邪魔をしようとしてきた。

清盛はただ一人、この御方と戦い続けたのだ。

――如何に孤独であったか。

知盛は父から全てを聞き終えた時、胸が張り裂けそうになった。

清盛という人を語るならば、その根の部分にあるのは、家族への愛であると思う。仲睦《なかむつ》まじくじゃれ合っている己たち兄弟を見る清盛の目は、とても優しかった。今になって思うが、あれこそが清盛の本来の姿ではなかったか。

家族を、一門を守りたいという想《おも》いが清盛のこの構想の出発点であり、己が蛇蝎《だかつ》の如く嫌われようとも、そのために生涯を捧《ささ》げたのだ。

そして、それはこの国にとっても決して不利益なことではない。古びた政を刷新し、豊かな国を創り出せば、己と同じ想いを持つ多くの者を守ることになるのだ。

「何を言いたいのか、とんと解らぬ」

間をたっぷりと取った後の後白河法皇の一声で、知盛は胸の中の父との会話から引き戻された。

法皇はわざとらしく眉をつり上げて額に皺を作り、猫なで声で続けた。

「ともかく近江源氏が加わろうとも、たとえ西方から呼応する者が出ようとも、鎌倉の軍勢が来ようとも、帝《みかど》をお連れ申し上げることは罷《まか》りならぬ。お主らはただ戦えばよいのだ」

「無用な血が流れます」

平家一門の血が流れるのは覚悟の上である。というより、すでに倶利伽羅峠をはじめ各地は一門の血に塗《まみ》れている。だが負けると解っている戦に向かわせる訳にはいかない。

それに此度は平家だけではなく、京に住まう全ての者が血を流す。京が朱《あけ》に染まるのは明白なのだ。

「それでも京は守るべき地だ」

後白河法皇はさも当たり前のように言った。

「私はそうは思いませぬ」

知盛が改めて断ると、後白河法皇のこめかみに青い筋が浮かぶ。

「戦え……」

後白河法皇は、ぼそりと言った。

何かを答えねばならぬというように宗盛が己に顔を向けているのを目端に捉えている。だが知盛は何も答えない。ただ口を真一文字に結んで正面を見据えるのみである。

「戦え、戦え、戦え、戦え！」

繰り返す声は徐々に大きくなっていき、最後には唾《つば》を飛び散らすほどの叫《さけ》びとなっていた。

「し、承知――」

凄まじい剣幕に、宗盛が恐縮して応《こた》えようとするのを、知盛はさっと手を出して止めた。

「お断り致します」

「何と……不敬な……」

ここまで頑《かたく》なに断られた経験が無かったのだろう。後白河法皇は啞然《あぜん》とし、何か奇妙な生き物でも眺《なが》めているかのように、まじまじと見つめてきた。

「主上に万が一のことがあれば、それが一番の不敬。苦渋の決断でございます」

「朕《ちん》が動かぬと言ったら？」

後白河法皇は挑戦的な目で見下ろした。

衰弱《すいじゃく》した清盛の顔が再び知盛の脳裏に浮かんだ。清盛は全てを告げた後、己の耳元で、

——お主が最も俺に似ている。

と、囁くように言った。

清盛の夢は一門どころか、世の誰にも理解されなかった。

だが清盛はいつの日か、理解してくれる者が現れるのではないかと諦めずにいた。

そして、まだ幼い我が子にその光を見た。理由は無い。ただ言葉の通り、どこか似ていると感じたに過ぎない。清盛のその推量は、見事に的中したのである。

妖《あや》しい笑みを浮かべる後白河法皇に向け、知盛は凛然《りんぜん》と言い放った。

「この知盛には諸手《もろて》がございます」

後白河法皇は頬を引き攣らせて、絶句した。

諸手がある。つまりこの手で、引きずってでも無理やり連れて行くと暗に告《つ》げたのである。

「そっくりだな」

唸《うな》るように後白河法皇は言った。

「相国最愛の子にござりますれば」

己が平家の楯《たて》になり、全ての汚名を背負う。今、ようやく真にその覚悟を決めた。鉄の如き決意とは裏腹に、知盛は柔らかな笑みを浮かべて厳《おごそ》かに頭《こうべ》を垂れた。

法住寺殿からの帰路、宗盛は溜息ばかりを零していた。知盛が幾度となく命を突っぱねた後、

後白河法皇は、

——もうよい。

と、短く言って話を打ち切ってしまったのである。

「お主というやつは……」

宗盛は弱々しくつぶやいた。

「強すぎましたかな？」

「強すぎだ」

宗盛は眉間を摘《つま》んで続けた。

「しかし、やるしかないのだろうな」

頭ではもう京での防衛は出来ないと解っているものの、朝廷や院の意向に逆《さか》らうことに無条件に気が咎《とが》めるのは、別に宗盛に限った話ではない。権威と伝統にはそういう力がある。

そしてそれをそのまま人の形にしたものが、後白河法皇であった。

「はい。このままでは平家一門、滅びるしかありませぬ」

事態はのっぴきならないところまで来ている。このまま木曾軍を京で迎え撃てば、残った平家一門、郎党の大半が討ち死にするだろうと知盛は見ていた。

「全て私のせいにして下さい」

「しかし……」

「良いのです。汚名は全て引き受けます」

「先ほどの剣幕もそのためか」

知盛は口元を緩めて頷くと、力強く言った。

「私を信じて下さい。一門を、兄上を必ずお守り致します」

宗盛の目に薄っすらと涙が浮かぶ。優しい兄とはいえ、このようなことで涙する人ではなかった。両肩に掛かる重圧に押しつぶされそうになり、心が弱り切っているのだろう。

「解った。腹を決める」

宗盛はそう言うと、ぎゅっと唇を結んで頷いた。

三

十日になって再び評定が開かれた。ここで宗盛は方針を決めると言い渡してある。評定の場に現れた宗盛は一門の顔をぐるりと見回す。

宗盛の顔は常よりも引き締まって勇壮に見える。

席についた宗盛は深く息を吸い込むと、はきと宣言した。

「福原へ退く」

一座がざわつく。特に経盛を中心とした徹底抗戦派の連中である。

「ご英断です」

知盛が頭を下げると、続々とそれにならう者が出る。そうなれば経盛とていつまでも苦々しい顔をしているわけにもいかず、渋々といったように頭《こうべ》を垂れた。

「ただし、これは一時のこと。兵を休め、力を蓄え、必ずや京を奪い返す」

「はっ」

一同の声が揃《そろ》う。これまでは一日中論議することもあった評定だが、今回はあっという間に幕を閉じた。

福原に退くといっても、同時に戦の支度も進めねばならない。

木曾軍はこの評定があった十日にはすでに越前に入り、十三日には近江まで進出していた。

京を捨てようとしていることもやがて伝わるであろう。木曾軍がそれを好機と見れば、一気に雪崩《なだ》れ込んで来るかもしれないのだ。木曾軍にその機動力があることは、これまでの戦いで証明されている。

まずは女子どもなどを先に福原に移し、男たちは最後まで京に踏み止《とど》まらねばならなかった。

また、天皇にも早目にお移り頂かねばならない。安徳天皇は幼いため、許しを得ずとも無理やり御動座願えばよいという者も一門の中にはいた。

知盛は無理やりとまでは思っていないが、これに関してはその者たちと概ね同じ考えであった。話したところで理解は出来ぬであろうし、余計な心労を与えたくはないと考えたのである。

だが宗盛はこれをよしとはせず、

——真っすぐにお伝えすべきだ。

と、珍しく頑強に主張した。

相手は天皇なのだから、幾ら幼くとも正面から伝えるべきだと考えたのである。これも宗盛の優しさに起因しているといえよう。

宗盛は安徳天皇のもとへ赴くと、出来る限り嚙《か》み砕《くだ》いて誠心誠意説明した。すると安徳天皇は、

——流れる血が少なくなるならばそれがよい。

と、仰せになったという。

宗盛の考えが正しかったことになり、これには知盛もその過《あやま》ちを認めざるを得なかった。

あとはやはり後白河法皇である。法皇は何故か悠々と構え、

——心配せずともよい。

と、周囲に漏らしているという。

己が折れなければ、最後には平家は従うと思っているのか。いや、こちらの覚悟は十分に伝わったはず。それなのにこの態度は不気味であった。

後白河法皇には早々に福原への御動座を願ったが、朕は安徳天皇や公家たちが移ってからでよい。京の民たちを最後まで見届ける必要があると言い、首を縦に振らなかった。

ぎりぎりまで待てばこちらの気が変わると思っているのか。それともせめてもの嫌がらせか。ともかく移ること自体は受け入れているのだから、こう言われれば、平家側としても承服せざるを得ない。監視の目を増やすことくらいしか打つ手はなかった。

「来たな」

木曾軍が南近江まで進出し、遂に比叡山延暦寺《ひえいざんえんりゃくじ》と交渉《こうしょう》を始めたとの報に触れ、知盛は固唾《かたず》を吞

んだ。

延暦寺は膨大《ぼうだい》な数の僧兵を囲っており、その戦力は他の寺と比べても群を抜いている。故に木曾軍が京に入ったところで、延暦寺が平家に味方して背後から攻めかかれば、木曾軍は苦戦を強いられることになる。この脅威を取り除くため、味方に引き入れるか、せめて中立の立場で動かずにいるとの確約を取らねばならないのだ。

木曾義仲は祐筆《ゆうひつ》の大夫房覚明《だいぶぼうかくみょう》なる者に牒状《ちょうじょう》を書かせて延暦寺へ送った。それには平家、源氏、いずれに味方するのか旗幟《きし》を鮮明にせよ。仮に悪徒《あくと》である平家に付くというのならば、己たちは合戦も辞さない。合戦と相成れば、

——延暦寺は瞬く間に滅ぶであろう。

と、恫喝《どうかつ》の文言が躍《おど》っていたという。

延暦寺は対応を決めかねていたが、木曾の再三の要求に遂に屈した。

そして七月二十二日、木曾義仲は比叡山に上って東塔惣持院《とうどうそうじいん》に陣を布いたのである。

一方、平家がそろそろ殿を残し、完全に京から去ろうとしていた二十四日。知盛を震撼《しんかん》させることが起こった。

——全軍、木曾を迎え撃て。

宗盛がここに来て、突如として方針を転換させたのである。

「何が起こった」

知盛はすぐに宗盛に面会を求めようとした。だがそうするまでもなく、宗盛のほうからすぐに

来てほしいとの使者が来た。これだけで宗盛の意思に反した、何か重大な事件が出来《しゅったい》したのだと予測できる。

「途方もないことをなされた……」

宗盛は声を震わせた。それだけでなく今にも嘔吐《おうと》しそうなほど、何度もえずいている。

「一体何が」

知盛は兄の背を摩《さす》ってやりながら訊いた。

「主上が法住寺殿におわすのは知っているな」

後白河法皇からの要請で、安徳天皇が法住寺殿に行幸《ぎょうこう》することは決まっていた。このような時であるため、いつ何時、互いの身に不幸が降りかかるかもしれない。せめて顔を見ておきたいというのだ。

だがこれはあくまでも名目であり、実際のところ安徳天皇に福原への行幸を拒《こば》むよう、説得を試みようとしているのだろうと思われた。後白河法皇の最後の抵抗である。

故に面会の場には平家の者が立ち会うことになっており、僅かな時で終わらせるよう手はずを整えていたという。

ここで後白河法皇が暴挙に出た。

「主上を人質に」

「まさか……」

知盛は言葉を失った。

後白河法皇は隠していた兵を繰り出し、その場で安徳天皇を囲い込んだ。そしてお付きの平家の者たちに、

――朕らはここを動かぬ。木曾を防ぐよう内府に伝えよ。

と、言い放ったというのだ。

さらには京を離れるくらいならば、「朕ら」はここで死んだほうがましだと、考えるのも恐ろしいことまで仄《ほの》めかしているという。

「このことは……」

すでに他の平家一門、公家たちに伝えたのかという問いである。

「言えるはずがない」

宗盛はか細い声で言った。前代未聞《みもん》のことである。これがどのような影響を及ぼすのか想像もつかない。平家がそこまで追い詰めたのだと糾弾《きゅうだん》する者も出てくるかもしれないし、今は様子を窺《うかが》っている鎌倉《かまくら》の頼朝も、千載一遇《せんざいいちぐう》の好機と見て大軍を送ってくるかもしれない。

知盛は大きく息を吸って、天を見上げた。

「私にお任せ下さいますか」

これまで生きて来て感じたことのないほどの恚《いか》りが胸に渦巻《うずま》いていたが、声は己でも驚くほど静かであった。

「そのつもりで呼んだ。だが……どうする」

「まずは平家一門を総動員し、京へ通じる道を塞ぎます」

「それではあの御方の思う壺《つぼ》ではないか」

知盛はゆっくり首を横に振った。

「守りを固めるのみ。ただ時を稼《かせ》ぐのです」

「では――」

宗盛が丸い目を見開いた。

「その間に、私が主上を奪い返します」

知盛が低く言うと、宗盛は身を震わせた。

当然、まず交渉をする。が、それで承知するような相手ならば、ここまでのことはすまい。力ずくという局面にもなるだろう。だが、相手は法皇である。直《じか》に刃を向けることが如何なる意味を持つか。宗盛ならずともあまりの畏《おそ》れ多さに絶句するだろう。

「全ては私が背負うと申したはずです」

知盛は続けて言うと、穏やかな笑みを向けた。

「新中納言……」

「万事上手くいった後、一門全てに退却の命を。そのまま京を捨てます。皆がこれ以上動揺せぬよう、兄上はどっしりと構えておいて下さい」

「解った」

ぎゅっと唇を絞り、宗盛は頷いた。

――新中納言を総大将に任ずる。

宗盛から京にいる一門の全てに伝令が走り、すぐに参集した。宗家家令の主馬判官盛国、門脇殿こと教盛、そして己に反発していた修理大夫経盛もいる。また門脇殿の側には、遂に知盛が大将に任じられたことで、自身が出陣出来るかも知れぬと期待し、嬉々《きき》としている教経の姿もあった。

知盛は一門を見渡しながら口を開いた。

「木曾勢が上洛の構えを見せている。これより平家一門を挙げて京を守る」

衆にどよめきが起こった。

評定では京を捨てて態勢を立て直すことで決まっていたのだ。先程の宗盛からのお達しは、何かの間違いかもしれないと思っていたのだろう。だが、ここで知盛までが認めたことにより、それが間違いでないと明かされた。

「京を捨てると決まったのでは？」

門脇殿が訊いた。隣の教経が不満そうに何か口走ろうとするのを、その腕で押さえ込むのも忘れていない。

「全てを話します」

知盛が言うと、宗盛は困惑の表情を浮かべた。

「それは……」

己も正直に話すべきか迷った。院がここまで都落ちに反抗しているというだけでも、動揺を誘うには十分なこと。ましてや一門の中には己を良く思わず、これまでずっと反発して来た経盛のような者もいるのだ。

「信じましょう。今こそ我ら一門、心を一つにする時です」

知盛は、しっかりと兄を見て、頷いた。今、ようやく本心からそう思うようになったのだ。そもそも同じ一門であろうとも、それぞれ考え方が違うのは当然のこと。故に父清盛は頼らず、信じ切らず、一人で全てを抱え込んで突き進んで来た。

清盛が独《ひと》りでも天下を回せる英傑《えいけつ》であったことに加えて、平家全盛の時代がそれを許したともいえる。だが兄宗盛も己も、父ほどの力は無く、平家を眩《まぶ》しく照らしていた陽は、傾き始めている。

平家の在《あ》り方を変えるべき時なのだ。この窮地《きゅうち》に纏まることが出来ねば、どの道、己らは滅びるしかないように思える。

「よ、よし……」

宗盛が喉を鳴らして顎を引くのを見届けると、知盛は一門に向けて静かに語り始めた。

「今、起こっていることを正直に話しましょう」

包み隠さず、詳《つまび》らかに語った。

一門の大半は事の重大さに言葉を失うのみであった。僅かながら異なる反応をする者もいる。父の腹心であった盛国はあからさまな憤怒の形相を浮かべ、門脇殿は事ここに至ったかというように溜息を零す。一門の中でも後白河法皇と近しい経盛はどうかというと、腕を組んでただ瞑目《めいもく》していた。

「主上は福原への行幸をお認め下さっている……必ずや帝を取り戻してお連れする。故にそれまで京を守り耐えて欲しい」

知盛が最後にそう結ぶと、皆が一斉に頷いた。泰平の時には歌ばかりを詠《よ》み、政に一切関《かか》わらなかったような者も少なくない。全てを語った知盛の誠意が伝わったこともあろうが、決してそれだけではない。もはや残された道はないと誰もが解っているのだ。顔を真っ青にしている者も散見された。

「陣立てをお願い致します」

盛国は未だ冷めやらぬ怒りを抑えるように、厳かに言った。

「まず山科《やましな》には本三位《ほんざんみ》中将重衡《しげひら》殿。当家の郎党を送り、事が済み次第、私も合流する。ここに三千」

「畏《かしこ》まりました」

大仏殿焼き討ちなど平家の汚れ役を担《にな》って来てくれたこの弟は、間髪《かんはつ》を容《い》れずに応じた。

「左馬頭《さまのかみ》行盛《ゆきもり》殿、薩摩《さつま》守忠度殿は淀《よど》路を。これに千」

「承った」

倶利伽羅峠でも戦った甥、叔父である。一族郎党の討ち死にを目の当たりにした彼らは、雪《せつ》辱《じょく》を果たさんとして一門の中でも士気が高い。

「伊賀路には別動隊として新宮十郎《しんぐうじゅうろう》が攻めて来ている。これは平田入道に押さえて頂くようにすでに早馬を飛ばした」

平田入道の老練な戦い振りは、近江源氏の討伐の折にすでに見ている。新宮十郎こと源行家《ゆきいえ》は仲間を増やす弁舌《べんぜつ》こそ厄介《やっかい》だが、戦振りは大したことがない。平田入道ならば難なく叩きのめすだろう。

「さらに小松《こまつ》新三位中将資盛《すけもり》殿は肥後《ひご》守貞能《さだよし》と共に千を率いて宇治田原《うじたわら》に。これは『院のお計らい』でござる」

知盛が眉を開くと、資盛は苦い笑いを零した。

知盛の兄重盛は小松谷《こまつだに》に居を構えていたため「小松殿」と呼ばれていた。息子たちも小松家、小松一門と称され、院との取次のような役目を担っている。こちらに戦うことを要求した後白河法皇が、唯一ほかに付け加えたのが、小松家を一手の大将にせよというものであった。

「つくづく困った御方だ」

「左様に」

「院の期待に応えますかな」

資盛は戯《おど》けた顔を作って皮肉っぽく言った。

「最後は宇治橋。越前三位通盛《みちもり》殿はここを二千で守り固めて頂きたい」

「お任せあれ」

門脇殿の長男、つまり教経の兄である。教経とは似ても似つかぬ温厚な性格であるが、意志が強く誠実な人である。今も、穏やかであるが、はきとした口調で答えた。

――兄者、頼む。

末席から教経が熱っぽい視線を向けている。

――言われるまでもなく、そのつもりだ。

知盛は目だけで語ると、明快な口調で続けた。

「能登守教経をその副将とする。源氏の者どもに『王城一の強弓精兵《つよゆみせいびょう》』の姿を披露《ひろう》してやれ」

「承った‼」

教経は嬉々とした表情になり、近くの者が顔を顰《しか》めるほどの大音声で応じた。

「ただし、守りに専念すること。兄通盛殿に従え」

念押しすると、教経は素直にこくこくと頷く。巨軀に似合わずその様子には可愛《かわい》げがあり、衆の中には思わず噴き出す者もいた。知盛も緩みかけた頰を引き締めると、再び一門をぐるりと見渡して凜然と言い放った。

「各々方《おのおのがた》、この難局を皆で乗り越えましょう」

評定が終わった後、それぞれが一斉に動き始めた。が一人、腕を組んで黙したまま動かぬ者がいる。経盛である。

慌ただしく動く人の隙間から、経盛はこちらを見つめていた。西国に逃れ、そこで力を蓄えるという己の案に、経盛はこれまでずっと反対して来た。後白河法皇と近い関係にあったことから、その意向を受けての異議だったのも恐らく間違いない。

此度のことは経盛の入れ知恵か。あるいはそこまではいかなくとも、様《ざま》を見ろという思いでいるのかとも考えた。だが経盛の向けてくる目はこれまでとは何か違っており、とてもそのようには見えなかった。

——少しよいか。

と、訴えかけているように思えたのだ。

知盛が小さく頷くと、経盛もまた顎を引き、視線をまっすぐに戻す。

一門の大半が部屋から去った。盛国や門脇殿など、この異変に気付いて残るべきかと目で尋ねて来る者も僅かにいたが、知盛は首を振って断った。

皆が出て行ってから宗盛も張り詰めた様子に気づいたようで、己と経盛を交互に見て不安げな顔をしている。

「修理様」

「うむ」

経盛は腕組みを解いて続けた。

「信じては貰《もら》えないだろうが……この度のことは儂《わし》も聞かされていなかった」

「そうですか」

知盛は吐息混じりに答えた。直感ではあるが、嘘《うそ》はついていないように思う。

「まず儂はかねてより、新中納言殿の意見には反対であった。しかし棟梁がご決断された故、従うことを決めた訳である」

経盛がちらりと見ると、宗盛は一瞬はっとしたが、すぐに口を結んで頷いた。

「一つ、新中納言殿にお尋ねしたい」

「何でしょう」

「京を離れ、その後にまことに平家は再び京に戻れるのか」

経盛は擦《かす》れた声で訊いた。

「正直なところ、判りません」

「それは儂が反対したせいで時を食い、機を逃してしまったからか？」

さらなる問いに、知盛はゆっくりと首を横に振った。

「遅くなればなるほど、状況が厳しいものになるのは確か。しかし当初からこれも確実といえる策ではございませんでした。ただそれに賭《か》けるしか、平家が生き残る道はないというだけ」

知盛が断言すると、経盛は宙を茫《ぼう》と見つめながら言った。

「法皇から反対せよと申し渡されていたのは確かだ」

「やはりそうでしたか」

「だが儂は儂で、京を捨てる気にはなれなかった……ここは儂ら一門の多くが血を流して得た地よ。そこまでして生き残らねばならぬのなら、京と共に平家は滅んでもよいとさえ思っていた」

父清盛からすれば、平家一門が政権を握ってから後の叔父たちは、

――頼りない。

存在だったのかもしれない。

だが、経盛ら叔父たちも、清盛と共に保元、平治の二つの乱を戦い抜いたのだ。その中で苦難も、悲哀もあっただろうと、容易に想像出来る。経盛からすれば、それを知らぬ若い世代が、京を捨てるなどと簡単に言っているように思えたのだ。

経盛の心の根にあるものが、知盛はようやく解った気がした。

「考えが及びませんでした。申し訳ございません」

知盛が頭を下げると、経盛は少し驚いたように目を見開いた。

「いや……」

「しかし、このまま――」

「解っている。いや、ようやく今になって解った」

経盛は遮《さえぎ》ると、さらに言葉を継いだ。

「儂のような京を捨てたくないという者の想いを、法皇は利用していただけだと」

これまで経盛は、法皇に再三呼び出され、一門の中で都落ちを訴える者に抗えと命じられてきたという。それが平家のためだとも、お主が平家を守るのだとも何度も言われた。だがこの期《ご》に及んで、法皇から経盛には何の相談もなかった。見限られたというより、当初から手駒の一つでしかなかったと痛感したという。

「新中納言殿……いや、知盛」

経盛に名を呼ばれ、知盛の鼻孔《びこう》に何故か懐《なつ》かしい香りが広がった。久しぶりに甥《おい》として扱われたような気がしたのである。

あれはいつのことだったか。己が五、六歳の頃だったように思う。何処かへ出かけた帰りだったはずだがはきとしない。路傍《ろぼう》に生える木を己がまじまじと見ていたところ、たまたま近くを歩いていた経盛が、

――知盛、これは山椒《さんしょう》の木よ。

と言って、小さな葉を一枚摘んで掌《てのひら》の上に置き、もう一方の手で挟むように叩いた。そして掌を嗅《か》いでみよと勧《すす》めたのだ。芳醇《ほうじゅん》な香りが立っており、知盛はわあと声を上げた。それを見て、経盛は口元を綻《ほころ》ばせたのである。

別にその後に教訓の一つでも語られた訳ではない。何ということはない思い出である。だがそれが何故か、知盛の脳裏にまざまざと浮かぶ。

次の瞬間、知盛は思わずその時を再現するように軽く手を叩き、掌を広げてみせた。

「もとは一門、一つであったはず。今こそ戻りとうございます」

経盛はうっと小さく唸り、みるみる目を潤《うる》ませながら言った。

「任せてよいか。平家を救ってくれ」

「身命を賭しても」

知盛が決然と答えると、経盛はふっと頬を緩めた。

「儂も歳《とし》を取るはずだ」

「まだまだ。お力添えをお願い致します」

知盛もまた微笑む。

ふと横を見ると、山椒の話は知らぬはずだが、宗盛も感極まったように涙を浮かべている。長く争っていた弟と叔父の和解が、ただ嬉《うれ》しいのだろう。

経盛は居住まいを正して宗盛へ向き直ると、一転して厳かに言った。

「御屋形様《おやかたさま》。ご心労をお掛け致しました。この修理、新中納言殿に従います」

「平家のために力を貸して下さい……いや、貸してくれ」

「はっ」

未だに棟梁らしい振る舞いに慣れぬ宗盛が言い直すと、経盛は好もしげな目を向けて応じる。ようやく和解出来たとはいえ、ここまで長引かせてしまった。だがそれは決して経盛だけのせいではなく、己の責でもあると痛感した。

門脇殿と話した時にも感じたが、同じ一門とはいえ、それぞれの想いがあるのだ。それを己がもっと早く汲《く》み取っていればよかったと悔いた。今更といってしまえばそれまでだが、今からでも決して遅くはない。

知盛はそう己に言い聞かせながら、二人の家族を交互に見つめた。

第十八章

都落ち

＊

帝都名利《みやうり》の地、鶏《にはとり》鳴いて安き事なし。をさまれる世だにもかくのごとし。況《いはん》や乱れたる世においてをや。

吉野山の奥のおくへも入りなばやとはおぼしけれども、諸国七道悉《ことごと》くそむきぬ。いずれの浦かおだしかるべき。

三界無安猶如火宅《さんがいむあんゆによくわたく》とて、如来《によらい》の金言一乗《きんげんいちじよう》の妙文《めうもん》なれば、なじかはすこしもたがうべき。

＊

一

六波羅《ろくはら》殿での評定が終わると、知盛《とももり》はその足ですぐに法住寺《ほうじゆうじ》殿へと向かった。知盛の手勢は瀬田《せた》の守りを担《にな》うことになる。だが自身が指揮《しき》を執《と》れぬ今、代わりに家の子郎党全《すべ》てを投じてそちらに当たらせている。故にこれ以上割《さ》ける人手もなく、供さえ付けずに向かうはずだった。

だが、それを聞いた教経《のりつね》が、

――兄者に何かあってはいかん！

と、己の郎党を幾人か付けようとした。

とはいえ、教経とて多くの郎党を抱えている訳ではないし、そもそも大人数になれば、法皇の手勢も構えてしまって話し合いにならぬ恐れがある。断ったものの教経はやはり不安が拭《ぬぐ》えないらしく、せめて一人だけでもと食い下がったので、知盛は大人しくこれを容《い》れることにしたのである。

「付き合わせてすまぬ」

知盛の脇につき従う、その者に言った。

名を菊王丸《きくおうまる》と謂《い》う。齢《よわい》は十六で、まだあどけなさの残る相貌《そうぼう》をしている。主人の傍《そば》近くに控《ひか》えて雑用を行う、いわゆる童《わらわ》と呼ばれる身分の者である。

「め、滅相《めっそう》もないことでございます。新中納言《しんちゅうなごん》様のお供が出来るなど、この上ない栄誉《えいよ》にございます」

菊王丸はぶんぶんと首を横に振った。

「能登《のと》は世話が焼けるだろう」

知盛は気持ちをほぐしてやろうと、軽い口調で話し掛けた。

「そんな――」

「よい。解《わか》っている」

ふっと息を漏《も》らすと、菊王丸はばつが悪そうに苦笑した。

「よき主《あるじ》に巡り合ったと思っております」

「如何《いか》にして出逢《であ》った？」

ふと気に掛かって尋《たず》ねた。教経の下に菊王丸という名の童がいることは、話の中で幾度か聞いたことはあったが、こうして顔を合わせるのは初めてである。

「新中納言様にお聞かせするような話ではございません」

菊王丸は恐縮した。

「俺に気を遣《つか》わずともよい。能登はいつもこのような調子だろう」

出来る限り気安く感じられるように、教経にだけしてみせるような口調に変えた。教経の側《そば》に普段からいる菊王丸ならよかろうと思ったのだ。

「そう申されましても……」

菊王丸はなおも恐縮する。菊王丸からすれば、能登守の官職を得ている主の教経は貴人であろうが、仮にも公卿《くぎょう》に列している己などは雲の上の存在なのだろう。その気持ちは理解出来る。

「強がってはいるが……実は今、気が張っている」

知盛は菊王丸を見やって苦笑した。

「そうなのですか」

これから後白河《ごしらかわ》法皇と対峙《たいじ》するのが、という言外の意を、菊王丸はすぐに汲《く》み取り、些《いささ》か驚きの表情に変わった。

「己も諸人《もろひと》と変わらぬということよ。気を紛《まぎ》らすためといってはなんだが、話し相手になってくれると助かる」

これ以上は却《かえ》って気を損ねると思ったのか、菊王丸は自らに言い聞かせるように頷《うなず》き、ぽつぽつと語り始めた。

「私は……元は孤児《みなしご》でした」

「そうだったか」

珍《めずら》しくもない話である。京《みやこ》には多くの孤児が溢《あふ》れており、物乞《ものご》いをする者、盗みを働く者、中には徒党を組んで子どもの身で追剝《おいはぎ》をする者などもいる。今でもまだまだ多いが、これでもましになったほうで、保元《ほうげん》、平治《へいじ》の合戦の頃は数倍はいたと聞く。

「どこの出だ」

「ここから半日ほどのところにある浄土谷《じょうどだに》という村です。病で父母が立て続けに死に……叔父《おじ》に田畑を奪われました。三つ上の兄に連れられ、食い物を求めて洛中《らくちゅう》に出たのです。そこで兄弟で盗みをして……」

口ごもりつつも、菊王丸は過去の罪を吐露《とろ》した。

「つらかったな」

仮にも政道に携《たずさ》わる者として、それをよしとは言えない。だが現実に、そうしなければ飢《う》えて死ぬ者は後を絶《た》たず、またそうせざるを得ない世を作っている者の方にこそ大きな責があろう。

「五年前、兄が病で動けぬようになりました。何か食わせねばならぬと、私が一人で盗みに出たところで、検非違使《けびいし》の手の者に捕まってしまいました」

己はあとで殺されてもよい。だが塒《ねぐら》に動けぬ兄がいる、いっときだけでも帰らせてくれ。菊王丸は必死に訴えたが、聞き入れられるはずもない。

縄で縛《しば》られた上、連れて行かれた先で小さな掘っ立て小屋に詰め込まれた。

罪人が溢れている世である。小屋の中は息も出来ぬほど人が満ち、身動きを取るのも難しかった。

追剝や殺しを行う悪人ならばともかく、軽い盗み程度で、しかも子どもを手に掛けるのも寝覚めが悪い。暫《しば》く閉じ込めてから放免《ほうめん》するつもりだったのだろう。その間に衰弱《すいじゃく》したり、飢えて死んだりしたならば、それはそれでよいという考えである。

「私はそこから二日の間、外に向けて叫《さけ》び続けました」

想像するだけで苦しさが蘇《よみがえ》ってくるのか、菊王丸の顔が歪《ゆが》んでいた。

役人には煩《うるさ》いと度々《たびたび》引きずり出されて打擲《ちょうちゃく》された。

小屋の中でも、死人の如《ごと》く動かなくなっている罪人はともかく、まだ比較的元気の残っている者からは煩がられ、殴《なぐ》られ、首を絞《し》められた。

だが菊王丸は諦めなかった。すると三日目の朝、

――なあに、叫んでおる。

と、外から呼ばわる声があった。役人ではない初めて聞く声に、菊王丸は必死に事情を説明し

た。

　すると声の主は、今少し待っておれと命じて、その場から離れていく。

　どれほど時が経《た》ったか。一刻（約二時間）ほどしたと思われる頃、にわかに外が騒がしくなり、激しい音とともに小屋の戸が開いた。眩《まばゆ》い光に菊王丸は顔を顰《しか》めたが、すぐに陽《ひ》を遮《さえぎ》って目の前に大きな影がにゅっと現れたという。

「それが能登か」

「そうでございます」

　教経はその日、狩りに出かけようとしていた。その道すがら、菊王丸の叫びを聞き、声を頼りに近付いて来たという訳である。そして事情を聞くと、検非違使のもとへ向かい、

　――放ってやれ。

　と、掛け合った。

　だが検非違使も、いくら相手が平家一門とはいえ、容易《たやす》く諾《だく》とは言えない。検非違使の上役もまた、平家一門なのである。許しを得るまで待つように言ったが、教経は納得しない。

　埒《らち》が明かぬと思ったのか、教経は戻って小屋の戸をこじ開けようとしたのである。検非違使ら役人は追い縋《すが》り、このままでは教経も捕らえねばならぬと脅《おど》したが、

　――やれるものならばやってみろ。

　と、こともなげに言ってのける。教経の剛勇を知っている役人らは、震え上がって手を放した。遂《つい》に小屋の戸を開け放った教経に、役人は上に報告しますと忌々《いまいま》しそうに言った。すると、

――うむ……仕方あるまい。

と、少し困った顔をしたという。

「能登のやつ。聞いておらんぞ」

知盛は苦く笑った。己に知られて叱《しか》られるのを恐れたのだろう。結局、事は己のところまで伝わらず、父である門脇《かどわき》殿が処理をしたらしい。その時の溜息《ためいき》を零《こぼ》す門脇殿の姿が目に浮かぶようである。

「して、兄は……？」

答えは朧気《おぼろげ》ながら解っていたため、尋ねる声は静かなものになった。

「すでに」

菊王丸は短く答えた。食うことはおろか、水もほとんど飲んでいなかった菊王丸は、小屋から解放された時、歩くことも覚束《おぼつか》なくなっていた。教経は晦まで付き添ってやったらしい。だが、菊王丸の兄はすでにこと切れていた。まだ生温かかったことから、少し前に逝《い》ったのだと解った。

「そのまま能登守様に拾われて今に至ります」

「つらいことを話させてしまった」

「いえ、今では兄を弔《とむら》うことも出来ます。きっと安堵《あんど》していることでしょう」

菊王丸は穏《おだ》やかに微笑《ほほえ》みながら続けた。

「兄の分も生きると決めたのです。兄の夢も私が叶《かな》えようかと」

「ほう。どのような夢だ？」

知盛が訊くと、菊王丸は恥ずかしそうに頰《ほお》を赤らめて言った。

「琵琶《びわ》を……弾《ひ》けるように」

孤児が琵琶に触れられる機会など、当然ない。二人で盗みをしていた頃の話であるという。月明かりを頼りに洛中を歩いていたある日の夜半、どこからともなく琵琶の音が聴こえて来た。ふと横を見た菊王丸の目に、涙を流している兄の姿が映った。訊《き》けば、音色が胸に染み入るようで、己でも知らぬうちに泣いていたのだという。以後、菊王丸の兄は、好んでその屋敷の前を通り、琵琶の音に耳を傾けるようになった。そして菊王丸に、

——あり得ないことと解っている。だがいつか……いつか俺も弾いてみたいな。

と、語っていたらしい。

「その屋敷は何処《いずこ》だ?」

「ええと……」

菊王丸は通りなどを事細かに説明した。

「但馬守《たじまのかみ》殿の屋敷だな。得心した」

平経正《つねまさ》。官職は但馬守。知盛から見れば従兄弟《いとこ》に当たり、つい先ほど和解した経盛の長男である。琵琶の名手として知られ、親交のある仁和寺《にんなじ》五世門跡覚性法親王《もんぜきかくしょうほっしんのう》から、「青山《せいざん》」と謂う琵琶の銘器を下賜《かし》されたほど。経正の琵琶の音ならば、人を酔わせるのも納得出来るというものである。

「音曲はよい。人の想《おも》いを乗せてどこまでも運ぶ」

知盛はしみじみと言った。音曲や歌など、貴族の道楽という者もいるが、知盛はそうは思わない。貴族だけでなく、農民も田植えの時、祭りの時に唄を口遊《くちずさ》むではないか。人は飯を食い、糞《くそ》をして、眠るだけではない。人は元来、唄う生き物なのだ。それは生きていることを誰かと共に喜び、この世に生きたことを留《とど》めんがためではないか。自らも笛や琵琶を奏《かな》で、時に唄う知盛は、そう思うのだ。

「この戦が落ち着いたら、能登に教えて貰《もら》えばよい」

知盛は菊王丸に向けて言った。

「いや……その……」

「ああ、そういえば能登は何も奏でぬか」

「左様で」

「あやつは下手《へた》だな」

知盛はくすりと笑った。昔、それくらいは嗜《たしな》んでおけと、一門の他の者に勧《すす》められて教経も琵琶に挑戦したことがある。知盛が自ら教えたのだ。

弓矢の扱いがあれほど上手《うま》いのだから、別に不器用という訳ではないだろう。それなのにあまりに呑《の》み込みが悪かった。

——俺は弓弦《ゆみづる》の音を奏でているほうが良い。

と、教経は拗《す》ねるようにして早々に投げ出したのである。

「俺が教えてやろう」

「えっ――」

知盛が言うと、菊王丸は吃驚《きっきょう》して思わず足を止めた。しかしすぐに我に返り、小走りで追い掛けて来て言った。

「ご、ご冗談《じょうだん》を」

「不足なら別の者に……」

知盛が顎《あご》に手を添えて考えようとすると、菊王丸は勢いよく首を横に振った。

「滅相もないことでございます。身に余る光栄です……しかし私のような小者にご指南下さるなど、あまりに外聞が悪うございます」

「そのようなこと気にするな。俺も気が紛れる」

半信半疑といった様子であった菊王丸が、満面の笑みを浮かべた。その無邪気《むじゃき》さに知盛も思わず頰が緩んだ。菊王丸のような境遇の者らを生んだのは、政《まつりごと》を担《にな》っていた平家の責である。これしきのことで償《つぐな》える訳ではないが、ほんの少し心が軽くなるのも事実であった。

「間もなく着く。頼むぞ」

「はっ！」

菊王丸は弾《はじ》けるように頷く。このような者たちが国中に溢れていることを知っておられるか。

知盛は心中で呟《つぶや》きながら、遠くに姿を現した法住寺殿を見つめた。

二

院御所の門は固く閉ざされていた。知盛が取り次ぎを呼び掛けると、俄《にわ》かに中で人が動き出す気配が立った。それから暫くして、扉が鈍《にぶ》い音を立てて開いた。

門内に広がった光景を目の当たりにし、菊王丸は肩をびくんと動かした。太刀《たち》を佩《は》いているのは当然のことだが、甲冑《かっちゅう》に身を固め、薙刀《なぎなた》まで手にした武士がずらりと並んでいたからである。常時は上皇を守り、御幸《ごこう》の際などには供奉《ぐぶ》もする。いわゆる、

——北面武士《ほくめんの》。

どもである。院御所の北側の部屋、つまり北面に詰めていることから、そのように呼称されている。

その衆を割るように、一人の男が姿を現した。身丈《みたけ》は五尺二寸（約一五六センチメートル）、蕎《そ》麦《ば》の実の如《ごと》き逆三角形の輪郭《りんかく》に、小さな目鼻がちょこんと並んでいる。口も小さいが、唇だけは妙に分厚い。どこか鼠《ねずみ》を思わせる相貌である。

「これは、別当《べっとう》様……いや、失礼いたしました。今は新中納言様でございましたな」

男は高いのにくぐもった声で挨拶《あいさつ》をした。

知盛はこの男と面識があった。

「壱岐判官《いきはんがん》も達者そうで何より」

名を平知康《ともやす》と謂う。同じ平の姓を冠しているが、知盛の伊勢《いせ》平氏と血の繋《つな》がりは薄い。知康と比べれば、むしろ源姓の者の方が、血縁は近い者がいるくらいだ。大きくは同族であるが、遠い先祖が同じだけ、もはや他人といってもよい間柄《あいだがら》である。

知康の父、知親《ともちか》が壱岐守《いきのかみ》であったため、壱岐判官などと呼ばれているが、洛中随一の鼓《つづみ》の名手として知られており、

——鼓判官《つづみの》。

の名のほうが通りがよい。

後白河法皇はこの鼓の才をいたく愛し、自らの近習《きんじゅ》として侍らせていた。

「いえ、近頃ようやくというところでしょうか」

鼓判官はちくりと言い放った。

養和《ようわ》元年（一一八一年）、清盛と後白河法皇の対立が激化し、近習である鼓判官は解官させられた。そして清盛が死んだ後に復帰した。その時の怨《うら》みを込め、鼓判官は嫌味を言ったのだろう。

「取り次ぎを願おう」

鼓判官の嫌味を受け流し、知盛は手短に言った。鼓判官は露骨に嫌そうな顔をしたが、後白河法皇に余計な揉《も》め事を避けるように言われているのか、素直に御座所へと案内する。

「大変なことですな」

その道すがら、苛立《いらだ》ちが収まらなかったのか鼓判官は猫なで声で言った。木曾《きそ》が京に向けて進軍していること、平家が危急存亡の秋《とき》にあることを嘲《あざけ》っているのだろう。

「真に」

知盛はそれだけを返す。挑発に一切乗らぬことに、鼓判官は拍子《ひょうし》抜けしたような面持《おもも》ちであった。

「下郎はここまで」

鼓判官が菊王丸に向けて言った。無位無官の菊王丸を御前には出せないということである。

「今は戦時。責は私が受ける」

「しかし──」

「貴殿も無位無官で侍っていたではないか」

知盛が冷ややかに言うと、鼓判官は顔を歪《ゆが》めた。この男、今でこそ官位官職に就《つ》いてはいるものの、一時期は無位無官で後白河法皇の傍にいた。壱岐判官などと、父の官職で呼ばれるようになったのも、それが故である。

「通る」

鼓判官がなおも止めようとするのを振り払い、知盛は奥へと進んだ。

「来たか」

御座所に入るなり、御簾《みす》の中から例の甲高《かんだか》い声が掛かった。生涯《しょうがい》、聞くことはないはずだった声を聞き、菊王丸は緊張の極みに至ったか躰《からだ》を強張《こわば》らせる。

「戦時にての無礼、お赦《ゆる》し下さいませ」

「赦す」

後白河法皇は重ねるように即座に答えた。

流石《さすが》に後白河法皇は、鼓判官などとは迫力が違うし、何より智能《ちのう》が違い過ぎる。此度《こたび》、そのようなことなど問題にはならぬと解っている。

――そこで待て。

知盛が目顔で示すと、菊王丸は頷いて入り口の辺りで跪《ひざまず》いた。知盛は静かに歩を進めると、御簾の前に腰を下ろした。

「新中納言、手間を掛けるな。帝《みかど》が朕《ちん》から離れたくないと、泣いておられるのよ」

後白河法皇は真に困ったように言った。

要は帝が駄々をこねていると言いたいのだ。ここに来るまでに法皇は何と言い訳をするつもりかと考えていたが、その手があったかと知盛は憎らしくも感心してしまった。

「そうでしたか」

「困ったものよ。だが迫る木曾が恐ろしいのもよう解る……朕とて祖父である。傍にいてやりたい思いはある」

前回、この御方《おかた》に対峙した時は、怒りの感情を抑えるのに苦労した。同じことを他人に言われたとしても、ここまで怒りを感じはしない。

貴《たっと》い御方である。この国に生まれ、この京に育ち、子どもの頃から当たり前のようにそう聞かされて来た。その期待の大きさこそが、この怒りの原因ではないか。今も知盛は胸に渦巻《うずま》く怒りを、細い吐息《といき》と共に吐き出した。

「よもや引き離すとは言うまいな？」

後白河法皇は重ねて訊いた。さて、何と言い返すのか。そもそも言い返せるのか。楽しみにしているのが声からありありと伝わる。

「当然でございます」

知盛が返答すると、御簾が微《かす》かに揺れる。

「離さぬとて、朕も含めて無理やり連れて行くことは許されぬ。帝はここにいたいと仰せだ。それを邪魔する者がいれば、北面武士を繰り出してでも守ってやるつもりよ」

二人を分かつことも、二人まとめて福原《ふくはら》に連れてゆくことも許さぬ。無理強《じ》いするならば北面武士に命じて戦わせるということだ。

「はっ……」

知盛はまず、そう受けた。

北面武士の数は然程《さほど》多くはない。京に残る予備の平家軍だけでも打ち破れるだろう。だがそれをすれば、木曾だけでなく、鎌倉の頼朝《よりとも》も天皇、法皇を救うという大義を掲《かか》げて軍を進めるかもしれない。いや、すでに内々に後白河法皇が院宣《いんぜん》を出していたとしても、何ら不思議はなかった。

「木曾の山猿から、京を守ってくれ」

後白河法皇の声は弾んでいた。

勿論《もちろん》、本音は違う。

平家が勝とうが、木曾が勝とうが、この御方にとってはどちらでもよいのだ。ただ、ぶつかってくれさえすれば、それで良い。そうすれば後は疲弊《ひへい》した方に力を貸して恩を売るもよし、今度は頼朝をぶつけるのもよし。京に在《あ》り続けさえすれば、自らの手に権力を取り戻す機会はあると考えているのだろう。

「お任せを」

だが知盛は大人しくその言に従ってみせた。

「ほう……悔《く》い改めたか」

先日の経緯《いきさつ》から、己がもっと頑強に抵抗すると思っていたらしく、後白河法皇の声からは微かな驚きの色が窺《うかが》えた。

「私が間違っておりました」

「解ればよいのだ」

御簾の外からでも、満足げに何度も頷いているのが判《わか》った。しかしそこで、知盛がすかさず言葉を継《つ》ぐ。

「はい。明日にも、ここに我が手勢を入れます」

「何……」

「平家一門を挙げ、この地をお守り致す」

「ま、待て――」

後白河法皇は慌てて止めようとするが、知盛は胸を張り、堂々と続けた。

「臣下として当然のこと。この知盛、最後の一人になるまで戦い抜く所存。目の黒い内は、木曾の者どもに指一本触れさせませぬ」

「お主、正気か」

「帝がおわす限り、ここを守るほかないかと」

絶句する後白河法皇に向け、知盛は静かに語りかける。

「まず百の兵が、間もなくここに来て寺の周りを固めます。明朝にはさらに千ほどが。ご安心下さい、必ず私めが木曾の山猿から京を、帝を、法皇様を、お守りいたします」

そう言い残して御前を辞す知盛の耳朶《じだ》に、後白河法皇の唸《うな》り声が響いた。鼓判官を一瞥《いちべつ》すると、その顔は紙の如く白くなっている。

「……よかろう。良きに計らえ」

遠ざかる知盛の背を地獄の底から響くような低い声が追ったが、それを振り払い、知盛は部屋を後にした。


法住寺殿を出ると、菊王丸が怪訝《けげん》な顔で尋ねて来た。

「あれで、よかったのですか?」

帝を取り戻すなど、菊王丸からすれば途方もない大役。死すら覚悟してここまで付いてきただろうから、拍子抜けしたといった面持ちである。

「ああ、帝のおわす寺の周囲だけを固める。それで全てかたがつく」

「は……」

菊王丸はやはり納得がいかないようである。だが知盛はこれで上手くいくと確信していた。予備として京に残していた兵のうち、百が法住寺殿に入る。あくまで木曾勢から帝を守護するという名目である以上、北面武士も拒《こば》むことは出来まい。

知盛はその夜、一睡《いっすい》もせずにその時を待った。

夜半、知盛の屋敷を訪れる者があった。院で召し使われている、橘内左衛門尉季康《きちないさえもんのじょうすえやす》と謂う侍である。橘内は院内では平家と懇意《こんい》にしている者で、かねてから、

――何かあれば報《しら》せて欲しい。

と、頼んでいたのだ。

「院は今、騒動に」

橘内は顔を引き攣《つ》らせながら言った。

橘内はちょうど宿直《とのい》をしていた。夜も更《ふ》けた頃、法皇の御座所がにわかに騒がしくなった。女房たちの囁《ささや》き、啜《すす》り泣く声が聞こえて来たという。

――何が起きた。

と耳を欹《そばだ》てると、後白河法皇が法住寺殿から忽然《こつぜん》と姿を消したらしいことがわかった。

橘内が急いで調べたところ、他に按察大納言《あぜちだいな》資賢《ごんすけかた》の子、右馬頭《うまのかみ》資時《すけとき》の姿も無かった。どうもこの資時だけを供とし、法皇が法住寺殿からお脱《ぬ》けになったものと思われる。

「解った。橘内殿はこのことを六波羅《ろくはら》に」

「畏《かしこ》まりました」

六波羅の宗盛《むねもり》のもとへと向かうため、闇《やみ》へ溶けていく橘内の背を見送りながら、

——上手くいったようだ。

と、知盛は胸の内で呟《つぶや》いた。

正直なところ、己の手で帝を奪還することは難しかった。故に法皇が帝から離れたくなるように仕向けたのである。

「新中納言様の仰せの通りに……」

そのまま屋敷に連れ帰っていた菊王丸は驚きで目を瞬《しばたた》いていた。

「帝をお迎えに参ろう」

知盛は菊王丸を含めた僅かな供を連れ、再び法住寺殿へと向かった。

後白河法皇が去った法住寺殿は、どこか忙《せわ》しなく、浮《うわ》ついた様子であった。

知盛を制止する者もおらず、先に到着していた平家の兵に連れられて、帝の許《もと》へ向かう。

「失礼いたします」

「……新中納言、顔を上げよ」

拝謁《はいえつ》した知盛にまだ舌足らずな声が掛けられる。顔を上げるとその御簾の向こうには、一人の、線の細い幼子の小さな影が見えた。

勿論、溢れ出る気品は隠しようがない。それでも、未《いま》だ齢六つ。あまりにも幼い。祖父に置き去りにされ、その心細さたるや、如何ばかりか。

帝は自らの身に何が起きているのか解らぬまでも、不穏な気配は察知していたのだろう。今に

も泣き出しそうになりながらも、健気《けなげ》に頬を引き締めておられるようだった。

「陛下《へいか》、今やこの京は危険でございます。法皇も無事御幸《ごこう》なされました。陛下も六波羅まで行幸《ぎょうこう》願えますか」

戸惑《とまど》うような様子が御簾の向こうから伝わる。

「失礼つかまつる」

知盛はやおら立ち上がると御簾を捲《まく》り上げ、幼帝と対峙した。

安徳《あんとく》天皇——知盛の妹、徳子《とくこ》と高倉《たかくら》天皇の間に生まれ、齢僅《わず》か三つで即位した己の甥《おい》である。

「私に、お任せください」

帝は愛らしく潤《うる》む聡明《そうめい》そうな眼《め》で知盛を気丈に見上げ、こくりと頷いた。

——このような幼き帝まで己の私利のために用いるとは。

既にここにいない後白河法皇への激しい憤《いきどお》りが込み上げて来るのを、知盛は感じた。

あの御方の思惑にかかわらず、己は必ずやこの幼帝をお守り申し上げる。

そう心に誓《ちか》い、改めて手を突き、今上《きんじょう》へと頭を下げた。

三

寅《とら》の一天（午前三時三十分）を告げる祇園精舎《ぎおんしょうじゃ》の鐘が鳴る、七月二十五日の払暁《ふつぎょう》。知盛は多事が一段落してようやく宗盛に面会することが出来た。

「支度《したく》が済みました」

「よくやってくれた」

宗盛は感無量というようにまず弟をそう労《ねぎら》い、

「京雀《きょうすずめ》は耳聡《みみざと》い。すぐに法皇が御幸されたことも知れ渡る……平家の殿は、まんまと法皇様を手から放してしまった凡愚《ぼんぐ》などと囀《さえず》るだろうな」

と、自嘲《じちょう》気味に笑った。

帝を無事に取り戻すため法皇を追い払う策であったが、世間の目には宗盛が法皇に愛想を尽《つ》かされて逃げられたように映るだろうということだ。確かにそのように思う者が大半であろう。

「申し訳ございませぬ」

知盛は絞り出すように言った。兄宗盛の声望を落としてしまうことにまで、正直なところ頭が回っていなかった。

だが宗盛は首を横に振る。

「そのようなことはどうでもよい。帝がご無事ならば、平家は再起の力を残すことが出来るのだからな」

と、疲れの色こそ見えるものの、常と変わらぬ鷹揚《おうよう》な調子で続けた。

「兄上、やはりお先に……」

まずは一門が都より落ちる。京から逃げ出す民もいることだろう。それをしかと見届けた後、それぞれの屋敷を焼き払う段取りになっている。この火を放つ役を一門のうちの誰かに務《つと》めさせ

ようとしたところ、

――平家二十年の住処《すみか》を焼くのだ。棟梁《とうりょう》である己の務めである。

と、宗盛自らがそれを買って出たのである。だが一門だけでなく、民が落ちるのも見届けるとなると、かなりの時を要する。今、平家一門が散らばってあちこちで木曾勢に備えているが、何処かが突破されようものなら、殿の宗盛の身に危険が及びかねない。

だが宗盛はこれだけは頑として聞き入れなかった。

「心配ない。まことに危うくなれば退《ひ》く」

宗盛は穏やかに言った。

兄は政、戦ともに特別長じた才を持っている訳ではない。だが汚名を被《かぶ》ることを厭《いと》わず、必死に責を取ろうとするこの姿は、決して凡愚などではない。皆の力を合わせていかねばならぬ今の平家にとって、むしろ父以上に棟梁に向いているのではないか。

知盛は力強く頷くと、京を住処とした平家二十年の歴史に想いを馳《は》せつつ言った。

「では、今こそ」

「うむ。皆に撤退《てったい》の命を。無事、福原で会おうぞ」

「福原にて」

合言葉の如く応じると、知盛は身を翻《ひるがえ》して六波羅殿を後にした。

向かう先は西八条《にしはちじょう》殿。亡き父、平清盛《きよもり》の別邸である。鴨東《おうとう》の六波羅殿に対し、洛西《らくせい》の要衝《ようしょう》に置かれたのが始まりで、この西八条殿を京防衛の総本陣としていた。

知盛は洛中を馬で疾駆《しっく》し、西八条殿へと急ぐ。西八条殿の近くには、一門の中でも柱となる者たちの屋敷が集まっており、その中に己の屋敷もあるのだ。

――希子《きこ》、頼むぞ。

己の屋敷がある方角にちらりと目を遣《や》り、知盛は心中で呼び掛けた。夫として、父として、都落ちが決まったことをすぐに伝え、一刻も早く逃がしてやりたいのが本心である。

だがそれは出来ない。今の己は一門の命運を預かる身であるのだ。間もなく一門すべてに伝令が回り、次々と京を落ちていく。希子には己の立場では屋敷に戻ることは出来ぬため、委細任せるとの旨、事前に伝えてあった。

知盛は家族への思いを振り払うように馬を駆り、西八条殿に乗り入れた。詰めていた一門衆や、その郎党が、己を見て顔を引き締める。

「帝が西国《さいごく》へ行幸《ぎょうこう》なさる。我々も急ぎ発つぞ」

「おお……」

悲嘆《ひたん》の声が周囲に満ちる。

「そちらの手引きは、かねてより決めていた通り六波羅殿で行う」

知盛はそう言って身を翻し、馬から降りると、歩を進めた。

「全ての者が落ち延びるまで木曾を防がねばならぬ」

平家が京を捨てる動きを見せれば、木曾勢は一気に雪崩《なだ》れ込んでくるだろう。彼らがそれを如何に察知するかといえば、すでに木曾の息の掛かった者が洛中に紛れていることは十分考えられるし、何よりも昨夜姿を消した後白河法皇は、

——木曾のもとに向かったのではないか。

と、知盛は推察していた。

後白河法皇としては粗野《そや》だと噂《うわさ》される木曾より、頼朝の方が幾分かましと思っている節がある。本当はそちらを頼りたいところだろうが、鎌倉は流石に遠すぎる。

しかし洛中の何処かに隠れていたとすれば、木曾義仲《よしなか》には、平家に与《くみ》し、保護されていたように思われるであろう。それは避けたい。

結果、木曾の懐《ふところ》に飛び込み、平家打倒に力を貸すのが、最も己を守れる手段と判断するのではないか。

ともかくどちらにせよ、木曾勢が平家の都落ちを知るのは時間の問題である。

「各地、どのような次第《しだい》だ」

知盛は西八条殿に詰めていた者たちに向けて訊いた。

各地点から、ここに逐一《ちくいち》状況が伝えられている。一門の一人が進み出て、これまでの戦況を報じた。

五方面に戦陣を張る中、淀《よど》路、宇治田原《うじたわら》方面に木曾勢の影は見えないという。残るは山科《やましな》、宇治橋、伊賀《いが》の三方面。まず伊賀に関しては、

「新宮十郎《しんぐうじゅうろう》は、平田入道《ひらたにゅうどう》に手も足も出ぬ様子」

とのこと。百戦錬磨《れんま》の平田入道と、決して戦の上手くない新宮十郎の対決は、はっきりと力量の差が現れている。平田入道は伊賀の山野を利用して新宮を翻弄《ほんろう》しているらしい。

次に宇治橋方面。教経がいる場所である。こちらには木曾四天王にも数えられる根井《ねのい》行親《ゆきちか》、楯《たて》親忠《ちかただ》の父子が四千の兵と共に進出して来た。まだ平家が京を捨てることは伝わっていないだろうが、小競《こぜ》り合いから本格的な戦に発展しているらしい。

木曾軍四千に対し、平家軍は二千と数では劣《おと》っている。だが平家軍は雨の如く矢を降らせて渡河を許さない。さらに敢《あ》えて宇治橋を落とさぬことで、木曾軍が橋に戦力を集中させるように仕向けているという。

「そこを能登守殿が」

報告をする一門の顔は嬉々《きき》としたものである。

宇治橋を突破しようとする木曾勢を相手取り、教経は獅子《しし》奮迅《ふんじん》の働きを見せたという。木曾軍の中でそれなりに名の通った侍も挑んだが、教経の前では物の数ではない。赤子の手を捻《ひね》るように数人を討ち取った後、教経は味方の陣列から独《ひと》りで踏《ふ》み出して橋に仁王《におう》立ちし、

——命のいらぬ者は掛かって来い‼

と、地を揺らす如き大音声《だいおんじょう》で叫んだ。

それに恐れをなして木曾軍が一時兵を退いたというのだから、教経の武勇のほどが知れるというもの。木曾軍の者たちも、教経をまるで鬼か、修羅《しゅら》かのように恐れているらしい。

それからも何度か衝突はあったが、教経の活躍《かつやく》もあっていずれも平家が優勢に戦を進め、木曾

軍は陣を後ろに下げた。今は、木曾本隊と合流する動きも見せているらしい。

「能登が武勇を示し過ぎたか」

知盛は顎に指を添えて唸った。

別に教経だけの働きではないだろうが、宇治橋方面の平家軍は手強《てごわ》いと見たのだろう。故に木曾義仲率いる本隊に合流し、山科方面から一点突破を図ろうとしているのではないか。即《すなわ》ちそれは、逆に山科方面を守る本三位中将重衡《しげひら》の危険が増してしまったことを意味する。

知盛は各地の動きを頭の中で整理すると、指示を出した。

「まず淀路は一気に軍を退くように伝えよ。宇治田原については、宇治橋を攻めていた木曾勢が山科方面へ向かうのを見届けた後で退くように」

「承った」

早速、予《あらかじ》め各方面との繋《つな》ぎ役《やく》になっている侍たちが動き出そうとする。

「伊賀に関しては平田入道殿にお任せする。よきところで福原に移って下されと」

「解りました」

繋役の侍たちが応じるのを見届けると、知盛はさらに差配を続ける。

「次に宇治橋。木曾勢の動きは、退いたように見せかける策ということも考えられる。我が方も慎重に退くよう、越前三位殿に伝えてくれ」

「承知」

「待て」

知盛は身を翻した宇治橋との繋役を止め、一つ付け加えた。

「能登を山科へ送って欲しいと」

「わ、解りました」

繋役は大きく頷き、厩舎《きゅうしゃ》から曳《ひ》かれて来た馬へと跨《また》がった。

「ここも引き払う。洛中より逃れる一門の警護をせよ。最後に……始末を頼む」

頷きながらも、皆の顔は悲痛なものであった。始末とは、

――焼き払え。

という意味である。清盛の別宅として栄華の象徴《しょうちょう》であった西八条殿は、間もなく地上から滅する。今、ここにいる誰もが時の流れの無常さを嚙《か》みしめているに違いない。

「また戻る」

知盛が力強く言うと、皆の表情も幾らか和《やわ》らいだ。

「我は」

知盛に忘れられていると思ったのだろう。山科との繋役が訊いてきた。

「今から俺も山科へと向かう。共に来い。急ぐぞ」

「はっ」

知盛が再び馬上の人となり、西八条殿を出ようとしたその時である。門から見覚えのある者が飛び込んで来た。

「希子……何故、ここに」

妻の希子が肩で息をしながら駆け込んで来たのだ。己の屋敷はここから目と鼻の先とはいえ、ただ様子を見に来るような妻ではないことを知盛はよく知っている。

「知章《ともあきら》が……」

気丈な希子には珍《めずら》しく、声が震えている。

「何があった」

知盛が詳しく話を聞いた。

己たち夫婦の子の内、男子は知章、増盛《ぞうせい》、知忠《ともただ》の三人である。次男の増盛は仏門に入っており、此度の都落ちに同行はしない。過日、知盛はすでにその寺を訪ねて別れを済ませてあった。

長男の知章は己と共に福原に落ちることに決まっていたが、三男の知忠はまだ幼いことに加え、万が一の時に家が途絶えぬように、伊賀国にいる乳母子《めのとご》の橘為教《たちばなのためのり》のもとへ預けることになっていた。そして知忠を伊賀へ送り届ける役目は、知章が担うことになっていたのである。

いつ都落ちが決まってもすぐに動けるようにと支度を進める中、その知章が忽然《こつぜん》と姿を消したのだという。郎党たちの誰に訊いても行き先を知らない。希子が捜し回っている中、知忠の様子がおかしいことに気付いた。そこで問い詰めたところ、知忠は知章の行き先を打ち明けたのである。

——兄上は、少しでも父上の力になろうと……。

知忠は小さな眉根《まゆね》に皺《しわ》を作って言った。

兄弟が離れ離れになるということもあり、このところ、二人で話すことが多かったという。知

忠も父や兄と共に戦いたいと訴えたが、知章は首を縦に振ることはなく、

――父上や俺に万が一のことがあった時、母上を、平家一門をお守りするのがお主の役目だ。

と、優しく語り掛けていたらしい。

そんな中で、昨日、山科で木曾軍に備えていた知盛の郎党の一人が、病を得て京へ戻って来た。知章はその郎党に、陣中の様子を詳しく訊いていたという。

郎党の話からは、木曾の大軍がいつ攻めて来るか判らないということもあり、陣中の不安が相当高まっていることが窺《うかが》えた。郎党たちは気が昂《たかぶ》り、荒《すさ》み、言い争うこともしばしばで、纏まりに欠けているという。重衡の軍は大将が在陣していることもあってまだましだが、知盛の軍は浮足立っている。木曾勢が今にも攻め寄せそうで、皆が改めて知盛の存在の大きさを感じて云々《うんぬん》――。郎党はそう知章に語っていたらしい。

――知忠、悪いがお主を伊賀まで送ってやることができなくなった。

知章が知忠を呼び寄せ、囁くように言ったのはそれから間もなくのこと。幼い知忠にも兄が何を考えているのかはすぐに解った。知盛が大将として陣に戻るまでに木曾勢が攻めてくれば、今の知盛軍はあっという間に粉砕《ふんさい》されてしまう。そうなれば恐慌は波及し、重衡軍まで崩壊することが予想される。

洛中と山科とは目と鼻の先である。木曾軍は瞬《また》く間に攻め込むだろう。まだ避難が済んでいないのだから、そうなれば、平家一門のみならず、民も無事では済まない。

今、己に何が出来るのか。知章は考え抜いた末、

――代わりが務まらないのは解っている。だがいないよりましだ。

と知忠に言い、こっそりと屋敷を抜け、単騎で山科へ向かったというのだ。

「すぐに山科に向かう」

話を聞き終えると、知盛は力強く言った。希子の長い睫毛《まつげ》が小刻《こきざ》みに震えている。気丈な妻がここまで動揺するのは珍しい。我が子に向ける母の想いの強さが窺えた。

「知忠は」

「今、外に。監物《けんもつ》に知章の代わりを務めて貰おうと考えています」

監物太郎頼賢《たろうよりかた》と謂う郎党の一人である。まだ二十二歳と若いが弓矢に長《た》けている。知章の介添え役として、伊賀まで知忠を送ることになっていた。

「知忠を……呼んでくれ」

すでに知忠とも別れは済ませてある。ここまで毎晩、今宵《こよい》が最後になるかもしれぬと思い続けて過ごして来た。眠りについた知忠の額《ひたい》を撫《な》で、時に強く抱きしめ過ぎて起こしそうになったこともある。いや、知忠は目を覚《さ》ましていた。月明かりに照らされた知忠の目尻《めじり》は、濡《ぬ》れて光っていた。別れが近いことを知りながら、幼くとも武家の子だからと必死に耐《た》えてきたのであろう。知忠のその想いに応《こた》えようと、知盛も武家の父らしくあろうとしてきた。だが今、我慢《がまん》していた感情が堰《せき》を切ったように溢れて口を衝《つ》いて出てしまった。

「中へ」

希子に命じられた供の者が、知忠を呼び寄せるために走った。

「新中納言様、少ない供のみで山科に向かわれるのは、危のうございます。五十騎ほど用意致しますので、暫《しば》しお待ち下され」

近くにいた一門の一人が進み出た。その目は真っ赤になっている。この危急存亡の秋《とき》、己が家族を後回しにしてきたことを知っていて、僅かでも別れの時を与えようとしてくれているのだ。

「すまぬ。ありがたい」

知盛は素直に礼を述べた。慌ただしく戦支度が進められる中、監物太郎に連れられた知忠が姿を見せた。知忠は父の近くまで来ると、足を止めて絞るように声をあげた。

「父上……」

知盛は歩を進め、何も言わず知忠の肩をぐいと抱き寄せた。

「申し訳ございません……兄上を……」

知盛の胸に嗚咽《おえつ》混じりの声が響いた。手の中にある小さな肩が震えている。

「気にするな。知章がそのような男だと解っていながら、手を打たなかった父のせいだ」

「兄上は……戦で……」

言葉にならぬ声で呻《うめ》く知忠をふわりと離し、知盛は屈《かが》んで顔を覗《のぞ》き込んだ。その目からは涙が滂沱《ぼうだ》と溢れている。

「心配ない。今から父が山科へ行き連れて帰る。それより知忠……」

知盛が言い掛けると、知忠はぶんぶんと首を横に振った。

「私は心配ありません。平家の……父上のご武運を……お祈り致します」

話す機会はないかもしれぬ。それでも会えた時のため、この口上を必死に練習してきたのだろう。それが一瞬のうちに理解出来てしまい、知盛の喉《のど》に嗚咽が込み上げた。

「必ず京に戻り、そなたを迎えに行く」

「はい」

知忠ははきと頷いた。未だ涙は零れているものの、その目は大人すら怯《ひる》ませるほど力強く、固い決意が滲《にじ》み出ていた。

知忠は一礼すると、監物太郎と共に西八条殿をあとにした。希子も懸命《けんめい》に耐えてはいたが、途中からは遂に我慢出来ず、やはり一筋の涙が頬を流れていた。

希子は涙を指で拭《ぬぐ》うと、細く息を吐いて言った。

「屋敷の者らはお任せを」

「頼む。知章を、山科にいる者たちを、皆無事に連れ戻してくる」

知盛はそう優しく言うと、自身の愛馬である井上黒《いのうえぐろ》に跨《またが》った。五十騎の侍たちもすでに支度が済み、知盛の号令を待っている。

「これより参る。続け」

気合を発して馬を駆けさせる。兄が院から貰った馬の背で、父から頂けられた都を離れて、口を結んで見送る希子が視界の端から流れて消えていく。門を出て北へ折れた時、〝父上〟と呼ぶ声がはきと聞こえた。その声色にすでに潤みはなく、むしろ弾んでいた。

ふと、心が強くなるような気がし、手綱《たづな》を操りながら知盛は口元を緩めた。

四

思いの外《ほか》、京を出るまでに手間取った。

一門に都落ちが伝えられたことで、往来《おうらい》という往来、辻《つじ》という辻に、人が溢れかえっていたからである。気の早いことに、すでに屋敷に火を放った者もいるらしく、方々から黒煙が上っていた。

家族、郎党を率いて福原を目指す平家一門。家財は捨てていけという命が出ているにもかかわらず、荷車を曳《ひ》かせている者もいる。さらに公家《くげ》の中には、このような事態にもかかわらず、牛車を用いる者さえいる。これに行く当てがなくとも少しでも京から離れようとする民、そしてどこから湧《わ》き出たのかというほどの浮浪の者も加わり、京の大路はまるで魚籠《びく》の中に大量の魚を詰め込んだような様相を呈《てい》していたのだ。

お蔭《かげ》で、その中を抜けた頃には未《ひつじ》の刻（午後二時）を回っていた。そこから急ぎ、馬を駆けさせる。

「見えたぞ」

遥《はる》か遠くの平野に平家の陣を捉《とら》え、知盛は呟いた。

遠目にも、やはり士気が高くないと感じる。その理由を問われれば難しいのだが、陣所の頭上を不安の色が覆《おお》っているというか、人の動きが精彩を欠くように思えるのだ。

かねてから相談していた通り、本陣を山科に置きながら、一部の兵は追分《おいわけ》、逢坂《おうさか》の関にまで展開している。木曾軍が攻めてくればこの峠《とうげ》を利用して守る段取りである。

全軍を逢坂の関まで進めたいところだが、こちらが寡兵《かへい》であることから、そうはいかない訳がある。

すでに木曾軍は叡山《えいざん》に入っており、そこから峻険《しゅんけん》ではあるが山道を南下することで、逢坂の関を通らずして追分、山科を衝くという戦術を採《と》ることも出来る。木曾軍がどう出てもいいように、兵を分散して備えねばならないのだ。

やはりこの京という地は、つくづく守るに向いていないと痛感した。

知盛が自陣へと駆け込んだのは、申《さる》の刻（午後四時）を少し過ぎた頃である。

「新中納言様、着陣！」

すぐに方々に伝わり、知盛の軍から割れんばかりの歓声が上がった。その中を通って大幕の引かれた本陣へ入ると、そこには大鎧《おおよろい》に身を固めた知章が、緊張の面持ちで立ち尽くしていた。

「父上……」

郎党たちが取りなそうとするのを、知盛はすっと手を上げて制した。

「知忠から聞いた」

「会えたのですね」

知章は一瞬、嬉《うれ》しそうに口元を緩める。叱責《しっせき》を受けるかも知れぬ今、まずそのことを喜べるあたり、良き兄に、善き男に、育ってくれたと心より思う。

「まず平家の兵を預かる者として言う。今、戦のありようが大きく変わりつつある。お主の勝手が全軍を崩すこともあり得る。以後、指揮には決して背《そむ》かぬよう肝《きも》に銘じよ」

「はっ……」

知盛は項垂《うなだ》れる知章の傍に近づくと静かに続けた。

「父としては……心配をかけてくれるな。希子も珍しく取り乱していた」

「申し訳ございません……」

「お主も平家の男として戦わねばならぬ。だが今はまだ傍にいよ。お主が真に試されるのは、俺が死んだ時だ」

「そんな――」

知章ははっと顔を上げた。

「あり得る。この後はそのような戦ばかりだ」

知盛ははきと言った。知章を一人の男として認めていればこその言であった。

「承知しました」

知章はぎゅっと口を結んで頷いた。その時、重衡が血相を変えて陣に駆け込んで来た。

「兄上、あまり叱らないでやってくれ。知章は一門のことを想って来たのだ」

重衡はこれまでも、一門の汚れ役を進んで務めてきた。その根底にあるのは優しさであると解っている。此度《こたび》も甥の知章を庇《かば》うつもりなのだ。知章の申し訳なさそうな顔を見れば、己が到着する以前に、

——兄上には俺が謝ってやる。

などと、話していただろうことが容易に想像出来た。

「解っている」

知盛は苦笑して応じる。重衡は一瞬きょとんとしたが、すぐに成り行きを察したようで、同じく苦く頬を緩めた。

その時である。また陣所がにわかに騒がしくなった。陣中どころか、遠く叡山まで響き渡りそうな大きさで己の名を呼ぶ声が聞こえ、知章はあっと驚き、重衡は彼奴《あやつ》を呼んだのかというように目で尋ねて来る。

「兄者、来たぞ！」

陣幕を片手で押し上げ、教経がにゅっと姿を現した。

「恐ろしいほど速かったな」

知盛は眉《まゆ》を開いた。

「来いという命を聞いた次の瞬間には、馬に跨ったからな」

教経はからりと笑った。洛中の南は空《す》いていたこともあり、使者は思いのほか早く宇治橋に辿《たど》り着いたらしい。さらに宇治を出た教経は愛馬を疾駆させ、六《ろく》地《じ》蔵《ぞう》を経て真っすぐ北上して来たという。

「何故、知章がいる。伊賀に向かったのではないのか？」

教経は知章に気付いて怪訝そうに尋ねる。

「混ぜ返すな」

気まずい顔をした重衡にそう窘《たしな》められ、意味が解らぬ教経は大袈裟《おおげさ》に首を捻った。その様子がおかしくて知盛がふっと息を漏らすと、知章、重衡も次いで噴き出してしまっていた。

――おかしなものだ。

ふと、知盛は思った。

平家は武家であることを止《や》めて公家になろうとした。あるいは武家でありつつ公家にもなろうとした。だが今の平家は、他の武家ほど心が渇《かわ》いておらず、公家ほど潤《ほと》びてもいない。どちらでもない別の何かになったのかもしれない。

敢《あ》えて言葉にするならば、大きな家族とでもいうべきか。隆盛《りゅうせい》の頂点から転げ落ちる今、そのことがより鮮明に見えるようになった気がする。

「皆良いか」

知盛は西の空を見上げながら呼ばわった。陽は蕩《とろ》けるように滲んでいるが、中天にあるよりも遥かに美しく見えた。知盛はゆっくりと視線を下ろすと、皆に向けて凜然《りんぜん》と言った。

「これより我らが平家の殿《しんがり》を務める。木曾に指一本触れさせせぬぞ」

その夜から、平家軍は退却を始めた。陣は残したままで、後方の軍より徐々に退かせるのである。

木曾軍に悟られないようにするため、逢坂の関、追分の兵は残さねばならない。

「兄上は棟梁名代の身。やはりここは俺が残ったほうがよいのでは……？」

重衡がそのように言って来た。

今、各地に知盛と重衡の軍が混在している。それを逢坂の関、追分の両地点では全て知盛の麾《き》下《か》に入れ替え、重衡の軍を退かせる。さらに知盛の兵たちは、最後は風の如く逃げねばならぬ。知盛の麾下のうち、老いている兵はあらかじめ重衡に預けると決めていた。

「いや、このままでよい。必ず戻る」

「解りました……京を目前にして、木曾軍は士気が高いでしょう。気をつけて下され」

念を押すと、重衡は自らの軍を率い、二十六日の黎明《れいめい》にひっそりと山科から退去した。残されたのは知盛の麾下千三百余。追分には知盛、息子の知章と共に五百。逢坂の関に教経と八百の兵を分けて配置した。

「父上、三蔵《さんぞう》が」

知章が報《しら》せて来て、すぐに男が一人陣へと駆け込んで来た。三蔵と呼ばれたこの男は甲冑姿ではなく、どこにでもいる農夫のような恰好《かっこう》である。身分も武士ではない。

以前より知盛は、目端の利《き》く者ならば武士以外でも積極的に雇《やと》い入れている。平時は他の一門の動向を探るため、そして戦では物見となるように仕込んでいたのである。知盛は着陣と同時に叡山付近に彼《か》の者らを多数放ち、周辺の村々で聞き込みを行わせていた。

「やはり上皇様がおられるようです」

三蔵が声を落として話した。

村人たちも後白河法皇の一行を見た訳ではない。ただ昨日より、幾度となく公家らしき者たちが叡山に上っていくのを見たという。

「円融坊《えんゆうぼう》だろうな」

知盛は言った。三蔵が聞き取った話を纏めると、後白河法皇は南谷《みなみだに》の円融坊に入ったのではないかと見られた。しかも今朝になって、叡山でにわかに人の動きが慌ただしくなったという。

「こちらが退き始めたことに気付いたのでは？」

知章が緊張の面持ちで訊いた。

「かもしれぬ。だがまだ確信が持てぬというところだろう。小勢で来るな」

京を目前にしながら、大敗を喫《きっ》すれば求心力を失って瓦解《がかい》の恐れもある。勘づいたとしても、まずは一部の兵を繰り出して様子を窺うのではないか。

陽が中天に差し掛かった頃、追分の知盛のもとへ教経より伝令が来た。

――木曾動く。数、約二千。

というものである。

一方、北の山道に配した物見からは何の報せもない。木曾軍は逢坂の関を越えるとみて間違いない。

「知章、行くぞ」

「はっ」

知盛は知章を伴い、五十騎で逢坂の関へと向かった。

「どうだ」

教経は峠の最も高いところに陣を布《し》いている。そこに駆け込むなり、知盛は訊いた。

「もうそこまで来ている」

教経は眼下を指差して不敵に笑った。陽の光を受けて煌《きら》めく近淡海《ちかつおうみ》を背に、人の群れが蠢《うごめ》きつつこちらへ向かって来る。

「能登、必ず打ち合わせた通りに――」

「解っている」

知盛が言うのを遮り、教経は手を上げて応じた。

「来るぞ！　鬨《とき》の声を上げよ！」

教経が吼《ほ》えると、兵は一斉に叫び声を上げた。木曾軍もそれに負けじと喊声《かんせい》を発し、坂道を猛進して来た。

知章は身震いをし、その顔も青く血の気が引いている。父である己から見ても勇猛な息子だが、初めての戦となれば無理もなかった。知盛はそっと息子の肩に手を触れて言った。

「しかと見ておけ」

「はい」

知章が力強く頷いたのを見届けると、知盛は大音声で叫んだ。

「放て！」

近江《おうみ》の乱を鎮圧する際にも使った鉦《かね》が鳴らされた。それと同時に無数の矢が、木曾軍目掛けて降り注ぐ。悲鳴と馬の嘶《いなな》きが巻き起こる。が、木曾軍は止まらない。矢の雨を掻《か》い潜《くぐ》り、なおも突進してくる。

倶利伽羅峠《くりからとうげ》の戦いで身を以《もっ》て知ったように、木曾軍はこれまでの武士たちとは様相が異なる。名乗りを上げることもせず、集団で一塊《いっかい》となって向かって来た。

「迎え撃て」

知盛が低く言うと同時に、鉦が打ち鳴らされる。

「山猿どもに峠を越えさせるな！」

教経が痛烈な一言を発して馬を駆る。木曾軍の先頭とぶつかった刹那《せつな》、二、三の騎馬武者が紙人形の如く宙を舞った。

「命の惜《お》しくない者は来い。平能登守教経とは俺のことだ！」

宇治橋で教経と戦った兵も合流しているのだろう。明らかに木曾軍に動揺の色が見えた。教経はその機を逃さず、縦横無尽《じゅうおうむじん》に暴れ回って騎馬武者を次々に討ち取っていく。

「凄《すご》い……」

知章は教経の勇猛さに仰天《ぎょうてん》している。

「あれが王城一の強弓精兵《つよゆみせいびょう》よ。だがそろそろだ」

教経の強さは尋常《じんじょう》ではないものの、群がる木曾軍も決して弱いわけではない。一人一人が武芸に長けており、教経でさえもそれほど余裕は見られない。平家の他の侍の中には苦戦している者も散見された。

——あれは……。

木曾軍の中ほど、赤地に錦《にしき》の直垂《ひたたれ》、黒革の鎧に身を固めた大柄な武者が見える。周りを叱咤《しった》激《げき》励《れい》しつつ、男もまたこちらを睨《にら》んでいる。遠くにいながらその眼光の鋭さまで感じ取れた。

「木曾義仲だな」

喧騒《けんそう》の中、知盛は呟いた。まさか様子窺いのひと当てに、大将自らが出て来るとは思わなかった。郎党たちは義仲が前に出過ぎぬように止めているように見える。止めはしたが、止め切れなかったということであろうか。つまりそれほど猛《たけ》き男だということである。

「退くぞ」

知盛が手を挙げると、再び鉦が鳴らされた。潮《しお》が引くように平家軍は撤退を始めた。

「卑怯《ひきょう》な!」

「返せ!」

木曾軍から罵声《ばせい》が飛んだ。退くことを卑怯というあたり、木曾軍もまだ旧態から脱することが出来ていないと判る。

「お主ら如き、後ろ向きで戦っても敵ではないわ!」

振り返り様の教経の一太刀で、敵武者の首が宙を舞った。木曾軍はなおも追い縋《すが》り、平家軍は追分に向けて一斉に峠を下った。追分に配していた五百の兵はすでにいない。奇妙な静寂《せいじゃく》が漂っていた。その中を、平家軍が駆け抜ける。

「父上、通りました」

知章は馬上で身を捻りつつ声を張った。事前に目印として布を巻きつけた木がある。木曾軍の真ん中がそこを通った時こそ、頃合いだと決めていた。

「皆返せ！」

知盛は馬首を転じる。逃げていた平家軍も踵《きびす》を返した。それを合図に叢《くさむら》から一斉に兵が立ち上がり、木曾軍の両翼《りょうよく》に攻めかかった。追分の兵五百を伏せていたのだ。

「見たか！　これが兄者だ！」

見事に策が決まったことで、教経は嬉々として反撃に転じた。流石の木曾軍も三方から攻撃を受けて浮足立ち、今しがた下って来た峠道へと逃げ戻る者も続出した。

木曾軍は抱えている馬の数が多く、しかも扱いに非常に長けている。幾ら上手く退却したところで、本気になればすぐに追いつかれてしまうだろう。一門が京より落ちる時を稼《かせ》ぎつつ、出来る限り被害を少なく、しかも確実に退くためには、

――木曾軍の出端《でばな》を挫《くじ》くしかない。

と、知盛は考えていた。

敢えて重衡の軍を先に退かせ、木曾軍に好機と錯覚《さっかく》させる。逢坂の関を懸命に守る姿を見せた上で退却。勢いづいて追って来た木曾軍を、追分で伏兵を用いて三方から叩《たた》く。これが知盛の策の全貌である。

「いよいよだ、衝くぞ」

知盛自身も近衛《このえ》を率いて突撃を敢行した。木曾軍はすでに混乱に陥《おちい》っており、まともな抵抗はない。

何とか踏み止まっている敵の騎馬武者がいる。擦れ違い様、知盛は冷静にその首を太刀で貫いた。低い呻き声に続き、馬から滑《すべ》り落ちる鈍い音が耳朶に響く。脇で馬を駆る知章は顔が強張っている。だがその目は闘志に燃えており、己を鼓舞《こぶ》するように叫んだ後、

「一門の無念を知れ！」

と言い放って、徒歩《かち》の侍を馬上から叩き斬る。次いで弓を取って狙《ねら》いを絞ると、逃げようとする木曾の騎馬武者を射た。飛翔《ひしょう》した矢は見事に項《うなじ》に突き刺さって、武者は滑るように落馬する。教経の活躍は筆舌《ひつぜつ》に尽くしがたい。毘沙門天《びしゃもんてん》が降臨したかと思うほどの戦い振りで、周囲には常に血飛沫《ちしぶき》が舞い上がっていた。

「ここまでだ。追うな」

頃合いと見て知盛が命じ、追撃を止めるために鉦が鳴らされた。

峠路に吸われるようにして消えていく木曾軍の中、あの赤直垂の男が振り返ったのが判った。遠すぎて表情は見えない。だが忌々《いまいま》しげというよりは、ここまでの反撃を受けたことを素直に驚いているように見えた。

——同じような戦をする者がいるとは思わなんだか。

知盛は心中で呼び掛け、不敵に口元を緩めた。また木曾義仲と戦うこともあるだろう。だが手を結び、天下を分け合う道も諦めていない。ずっと敵のままか、それともいつか友となるのか。そのような想いを馳せながら、知盛はこの邂逅《かいこう》の終わりを見送った。

木曾軍が叡山の方に退却したのを見届けた後、知盛は即座に山科の陣を引き払い、二十六日の日暮れ前には京に戻った。物見からもたらされた話によると、叡山は物々しい様子で、今度は全軍を挙げ入洛する構えを見せているらしい。早ければ明日、遅れても明後日ではないかという。

「よく戻った」

六波羅殿で出迎えた宗盛は、知盛の顔を見るなり感極まった様子だった。この一年、あまりに多くのことがあり過ぎた。憔悴《しょうすい》する兄の顔を見て、改めてそう思った。

希子はというと、知章の姿を見るなり、人目も憚《はばか》らずに抱きしめていた。このような時、母には父以上に言葉は必要ないのかもしれない。知章もまた唇を噛み、何度も頷くのみであった。

平家一門、二十五日から京を落ち始め、二十六日の夕刻までに全ての者が、摂津《せっつ》福原に向けて退いた。最後に宗盛が六波羅殿に火を放った。囂々《ごうごう》と燃え盛る六波羅殿を横目で見ながら、最後の一行が京を落ちた。嗚咽を堪《こら》える一族郎党の間に、女房《にょうぼう》たちが啜《すす》り泣く声が絶え間なく響いていた。

ただ知盛は他の者ほど感傷的になることはなかった。柱の一本にまで確かに思い出はある。だが依《よ》り代《しろ》となるべきものが地上から滅したとしても、思い出そのものが消えるわけではないと、この段になってとみに思う。加えてもう一つ、

――必ず戻る。

そう心に決めている。こうして平家一門は二十年来の棲家《すみか》を後にした。

第七章

水島の戦い

＊

人はいづれの日、いづれの時、必ず立ち帰るべしと、その期《ご》を定めおくだにも久しきぞかし。況《いはん》や、これは今日を最後、唯《ただ》今限りの別れなれば、行くも留まるも互《たがひ》に袖《そで》をぞ濡《ぬ》らしける。相伝譜代《そうでんふだい》の好《よ》しみ、年頃日頃、重恩いかでか忘るべきなれば、老いたるも若きも、後ろのみ顧《かえり》みて、先へは進みもやらざりけり。

或《ある》いは磯辺《いそべ》の浪枕《なみまくら》、八重《やへ》の潮路《しほぢ》に日を暮《くら》し、或いは遠きを分け、嶮《はげ》しきを凌《しの》ぎつつ、駒に鞭《むち》うつ人もあり、舟に棹《さお》さす者もあり、思ひ思ひ心々に落ち行きけり。

音色が哀《かな》しかった。ほかと変わらぬように弾《ひ》いているつもりでも、必ずそうなってしまう。音曲は人の心を見事に表す。人そのものと言っても過言ではない。故に人と人が交わることで一生に変化が生まれるように、音曲によって人の一生を変えることも出来る。いや、望むと、望まぬとにかかわらず、変えてしまうこともあるのだ。

「今宵《こよい》は」

短く言い、そっと琵琶《びわ》を置いたが、胸には寂寥《せきりよう》が残り続けている。

「ありがとうございます……」

西仏《さいぶつ》の声もまた、心なしか常よりも潤《うる》みを帯《お》びているように感じた。

いつものように頃合いを見計らって白湯《さゆ》が運ばれてきた。西仏はゆっくりと口をつけ、深い溜《ため》息《いき》を零《こぼ》した。初夏というのに、今宵は肌寒い。

「あの時、新中納言《しんちゅうなごん》様が指揮《しき》を執《と》っておられるとは露《つゆ》ほども思いませんでした」

切り出した西仏の一言に、正直なところ少し驚いた。

「西仏様は山科《やましな》で……」

「左様でございます。兄と共に駆り出された二千騎の中に」

西仏は俗名を海野《うんの》幸長《ゆきなが》と謂《い》い、木曾《きそ》義仲《よしなか》に付き従っていたことはすでに聞いている。

「あの時の我らのことを少しばかり話しましょうか」

西仏はそう言葉を継《つ》いだ。

法住寺殿《ほうじゅうじどの》を脱した後白河《ごしらかわ》法皇は、まず鞍馬山《くらまやま》の鞍馬寺へ入った。二十五日未明のことである。

だがそこでは平家にすぐに見つかるかもしれないと考えたようで、目深に笠《かさ》をかぶって僧体に身をやつし、鞍馬法師十数人を引き連れて、今度は木曾軍のいる叡山《えいざん》へと向かったという。

篠《ささ》の峰《みね》、薬王坂《やこうざか》と、嶮《けわ》しい山道を越え、二十六日の払暁《ふつぎょう》には叡山の横川《よかわ》解脱谷《げだつだに》へと辿《たど》り着いた。

後白河法皇は寂場坊《じゃくじょうぼう》で一休みすると、叡山の東塔に陣を構えていた木曾軍にことの次第《しだい》を告《つ》げた。

「あの時の驚きは今も忘れません」

後白河法皇の比叡山への御幸《ごこう》に、木曾義仲以下、皆が仰天《ぎょうてん》して飛び上がったという。その様があまりに可笑《おか》しく、互いに笑い合ったのだとか。その時の記憶が蘇《よみがえ》ったのだろうか、今の西仏の口元も懐《なつ》かしそうに綻《ほころ》んでいた。

木曾は即座に拝謁《はいえつ》したいと伝えたが、後白河法皇はこれを退《しりぞ》けた。

——ここは仮の仙洞《せんとう》に過ぎぬ。

と、いうのが理由である。拝謁を望むのならば、朕《ちん》を京まで送り届けてからにせよというのが後白河法皇の意向であった。その真意を読み解けば、

——京を取り戻して平家を滅せよ。

ということである。

そうこうしているうちに、山科に陣を布《し》いていた平家軍が退《ひ》き始めたと物見からの報《しら》せが入った。この時点では、平家が京を捨てるといっても、どこまでが本当の話かすら判《わか》らなかった。故に、この機に平家軍の勢力を少しでも削れればと、木曾は全軍での出陣を命じた。

「それを止めたのが、兄上でした」

訥々《とつとつ》と西仏は続けた。

西仏の兄は海野幸広《ゆきひろ》と謂う武士で、義仲から木曾四天王に次ぐ信頼を得ていた。彼に届いた物見からの報せによれば、昨日まで消沈しているように見えた平家軍が、俄《にわ》かに活気づいているようだった。よって、これは罠《わな》ではないかと意見したのだ。

だが木曾は平家など恐れるに足《た》らず、今こそ天運であると主張した。

海野幸広の制止に木曾四天王筆頭の今井兼平《いまいかねひら》も賛同したことで、折衷《せっちゅう》案として、二千騎で出陣

することになった。

そのあとは、己も知っている通り、知盛《とももり》の策が嵌《は》まって木曾軍は敗退することになったのである。

「出陣を止め切れなんだことを、兄上はずっと悔いておりました」

ここまで木曾軍は連戦連勝を重ねて来た。局地戦とはいえ、京を目前にし、初めて木曾は土を付けられたのである。これは後に、大きな意味を持つこととなった。

「こうしてそちら側の話を聞けることになるとは、夢にも思っていませんでした」

「私もそうです」

西仏は感慨《かんがい》深そうに頷《うなず》いた。

「木曾殿が京に入られたのは、二十八日のことですね」

己たち平家の者が京を去った翌々日、木曾義仲は大津《おおつ》、山科、粟田口《あわたぐち》を経《へ》て入洛《じゅらく》した。

「左様。我らが入った時、すでに京には兵が溢《あふ》れかえっておりました」

木曾義仲が四条《しじょう》河原に着いたのは未《ひつじ》の刻（午後二時）の頃だった。伊賀《いが》方面の新宮十郎《しんぐうじゅうろう》、大江山《おおえやま》を経て北から京を目指す足利義清《あしかがよしきよ》、木曾勢に呼応していた河内《かわち》源氏の多田《ただ》一族、これらの軍勢とは午《うま》の刻（午後十二時）に京で落ち合う段取りであった。

だが木曾は敗戦の所為《せい》もあり進軍がまごつき、一刻（約二時間）遅れてしまったのである。それですでに彼《か》の者たちの軍勢は京に入っており、五条、六条に満ちていたという訳だ。

「そこでひと悶着《もんちゃく》あったとか……」

後に人伝《ひとづて》に聞いたことを西仏にぶつけてみた。すると西仏は苦々しい面持《おもも》ちになり、

「新宮十郎ですな」

と、珍《めずら》しく吐き捨てるように言った。それだけで新宮にいかなる感情を抱いているかが判《わか》るというものである。

まず木曾軍入洛の前日に話は遡《さかのぼ》る。平家が退散したことを知り、後白河法皇は一刻も早く京に戻りたいと言い出した。明日、共に入洛すればよいのではと伺《うかが》いを立てたが、後白河法皇は木曾軍の堂々たる入洛を京で出迎えたいと仰《おお》せになった。これには木曾義仲も機嫌《きげん》を良くし、一部の兵を護衛に付け、先に後白河法皇を京まで送らせたのである。

しかしその京に入った後白河法皇の下に、新宮十郎が先に参内《さんだい》したのだ。木曾が一刻遅参したせいではない。新宮は午の刻に入洛する約定《やくじょう》を破り、朝の辰《たつ》の刻（午前八時）には五条に陣取っていたという。

この明らかな抜け駆けに、

――平家の主力を打ち破ったのは我ぞ！

と、木曾義仲は激昂《げきこう》した。

「新宮は伊賀で平田入道《ひらたにゅうどう》に散々敗れたと聞いていました……よく木曾殿より早く入洛出来たものですね」

「悪運の強い男です」

西仏の語調はやはり忌々《いまいま》しげであった。

新宮は伊賀の平田入道には敵《かな》わぬと見るや、木曾軍と合流すべく宇治橋《うじばし》方面へと移動した。しかし宇治橋を攻めていた木曾軍も、教経《のりつね》ら平家軍の頑強な抵抗を受け、本隊へ合流すべく撤退《てったい》していた。それを見届けて平家軍も撤退。つまり新宮十郎が宇治橋に辿《たど》り着いた時、そこには敵味方一兵もいないという事態が起きていたのだ。故に何の抵抗も受けぬまま、木曾本隊よりも早く京に入れたという訳だ。

「殿と新宮の確執《かくしつ》はそのあたりからすでに始まっていた訳です」

傍《かたわ》らに置いた琵琶に視線を移しつつ、西仏は言葉を継いだ。

木曾と新宮はどちらが先に拝謁するかで対立していた。だがその時は、後白河法皇が木曾の勲《くん》功《こう》のほうが上だと認めたことで、義仲は何とか溜飲《りゅういん》を下げることができた。

勧賞《かんしょう》の除目《じもく》が行われ、木曾は従五位下《じゅごいげ》左馬頭《さまのかみ》、並びに越後《えちご》守、次いで源氏惣領《そうりょう》家に縁のある伊《い》予《よ》守に。新宮は従五位下備後《びんご》守、次いで備前《びぜん》守に任じられた。

木曾義仲が後白河法皇より、

――旭《あさひ》の将軍。

との称号を与えられたのも、この時のことである。

両者は平家追討と、その前にまず京の治安回復を命じられた。

木曾は法皇から命じられた役目に励《はげ》んだが、長らくの飢饉《ききん》で民が疲弊《ひへい》していたことに加え、各地の軍が流れ込んでいる京の治安を回復するのは容易《ようい》ではない。

そのような中、新宮十郎はといえば、院に入り浸《びた》って後白河法皇に気に入られ、双六《すごろく》の相手を務めるほどになっていた。信濃《しなの》の山野で育った無骨な木曾と、宮仕えをしていたこともある新宮との差が見事に出たのである。

「殿のお立場がどんどん悪くなるのは、私のような者から見ても明らかでした……」

当時、海野幸長と名乗っていた西仏も京の治安維持に奔走していた。だが京に留《とど》まっていたのは木曾軍だけではない。新宮のほか、平家に反抗を続けていた近江《おうみ》、美濃《みの》、摂津《せっつ》の源氏軍もいる。統制が取れる状況ではなく、京では源氏軍の乱暴狼藉《ろうぜき》が続いていた。

後白河法皇はこれを幾度となく咎《とが》めた。しかし遊びにうつつを抜かして配下の狼藉など知らぬ顔の新宮、またそのような新宮を咎めるどころか可愛《かわい》がる一方の後白河法皇に、木曾の我慢も限界となった。

我らは京の守護を命じられている。腹を空《す》かせた者には飯も食わさねばならないし、馬にも飼葉を食わせねばならぬ。御所を襲っている訳ではないのだから、

——何が悪いのです。

と、木曾は半《なか》ばやけになって開き直った。これが木曾の立場をさらに悪化させることとなる。

後白河法皇は木曾を呼び出し、

——天下静ならず。又平氏放逸、毎事不便なり。

と、責め立てた。つまるところ、とっとと平家を討ってこいということである。このまま京にいても立場を悪くするだけ。軍を維持する兵糧《ひょうろう》を得る見込みもない。

こうして木曾は腹を決め、平家追討のために出陣したのである。

「話には聞いておりましたが、こうしてその場に居合わせた方に聞くと、幾らか感じることも変わるものですね……木曾殿が不憫《ふびん》に思えます」

己は知盛の考えを深く承知しており、木曾との融和《ゆうわ》の道を模索していたことも知っていた。そんな己ならいざ知らず、あの時の平家の者たちの、京を追われる直接の原因となった木曾への恨みは深かったのだ。

「よろしければ……京を去られてからのことをお聞かせ願えますか?」

西仏も同じような感懐《かんかい》を抱いているのだろう。都落ちした後の平家について、己の口から聞かせて欲しいと願った。

「解《わか》りました」

余計な気を遣わせぬよう、努《つと》めて変わらぬ面持ち、声色で応じて続けた。

「あの日、福原《ふくはら》を目指して落ちましたが、結局は一夜しか滞在しませんでした」

これを提案したのも知盛であった。知盛は当初から福原を捨てるつもりだった訳ではない。状況次第では福原を本拠に反転するつもりであったのだ。だがその見込みは低く、

――十中八九は捨てねばならないでしょう。

と、宗盛《むねもり》には内々に話していたのである。

一言でいうならば、福原は京の都と同じく極めて守りにくい地であった。東からの敵に備えるだけならばまだしも、西から同時に侵攻を受けた場合、かなり厳しい戦いを強《し》いられる。

この時点で西国が安定しているならば福原、そうでなければ他の地に移るというのが知盛の考

えであったのだ。だが福原よりさらに退くとなれば、平家一門の反対の声もまた増えることは見当がつく。故にまずは清盛《きよもり》が遷都《せんと》した福原まで退くという提案に止《とど》めておいたのである。

「新中納言様が次に示された地は太宰府《だざいふ》です」

九州は平家にとって縁の深い地で、味方となる武士も多い。ここならばじっくり腰を据《す》えて、力を蓄《たくわ》えることが出来るという訳である。

京を捨てた後は、福原を捨てることへの抵抗は少なくなっていたのだろう。一門から反対の声は出なかった。半刻（約一時間）ばかりの評議で、福原からの撤退が決まり、翌日より太宰府を目指した。

「しかし、予想もしていなかったことが」

「緒方《おがた》の裏切りですな」

西仏もそのあたりの流れは熟知しており、すぐに言い当てた。

緒方惟義《これよし》と謂う。豊後《ぶんご》国緒方庄の荘官《しょうかん》で、清盛の亡き長男、小松宰相《こまつさいしょう》こと平重盛《たいらのしげもり》と主従の契《ちぎ》りを結んでいた。

この緒方が謀叛《むほん》を起こし、在地の反平家の武士を糾合《きゅうごう》して太宰府を占拠《せんきょ》してしまったのである。長門《ながと》に差し掛かった時、平家はその事実を知った。緒方は小松宰相の引き立てによって立身出世した男で、日頃より平家への恩は計り知れないと公言していた。何かの間違いではないか、あるいは誰かに唆《そそのか》されたのではないか、平家一門の大半の見立てはそのようなものであった。

「新中納言様は何と？」

西仏は訊《き》いた。すでに平家そのものより、知盛に興味を惹《ひ》かれているのが窺《うかが》える。

「緒方はそのような男。説得は無駄だと」

確かに緒方は才覚のある男ではある。だが知盛は当初より、緒方は信用が置けぬと見ていたらしい。兄重盛の生前、それを進言したことすらあった。だが重盛は、

——知盛、人はいかようにも変わる。

と、微笑《ほほえ》みながら鷹揚《おうよう》に答えたという。重盛もまた、緒方にそのような性質があることは気付いていたと見える。それでも、そのような者も真心をもって接すれば変わると言いたかったのだろう。重盛が今少し長生きしていれば有様は違ったのかもしれないが、結果として緒方の性根は変わらなかったことになる。

重盛の次男、新三位中将《しんざんみ》資盛《すけもり》を使者に送ったものの、説得されても緒方は考えを翻《ひるがえ》すことはなかった。それどころか、

——若君も今、ここで捕まえてもよいのですぞ。だがそれをしないのは、貴殿が帰ったところで、何の役にも立たぬと知っているからです。

などと嘲笑《ちょうしょう》する始末。緒方の配下の武士たちにもげらげらと笑われ、資盛は口惜《くちお》しさから卒倒しそうになったという。その場で斬《き》りかかることすら考えたが、まずは復命せねばならぬと、屈《くっ》辱《じょく》に耐《た》えて戻って来たのだ。

太宰府を反転の本拠地にするのは絶望的となった。一行が悲嘆に暮れる中、知盛だけは冷静であった。以前から九州では反平家の狼煙《のろし》が上がっていた。平家が京から落ちたことで、その勢い

が増すことも十分あり得ると考えていたようだ。

ここで平家に、いや知盛のもとに一報が入った。

――平田入道、都落ちに同道せず。

と、いうものである。これは平田入道が寝返ったという話ではない。むしろその逆の吉報であった。

昨年、知盛はわざわざ伊賀にまで足を運んで平田入道と面会していた。そこで知盛は平田入道に、

――伊賀に残って下さらぬか。

と、持ち掛けていたのである。

木曾軍の一部が伊賀を通ることは想定の内。ただし本隊は来ないだろうことも予想出来る。これを打ち破って、すかさず平家の昔からの地盤である伊勢《いせ》方面へと軍を進めて欲しい。そうなれば木曾も簡単には手を出せない。こちらに大軍を差し向ければ、西から平家本隊が上洛を図るかもしれない。しかも纏《まと》めているのが歴戦の平田入道となれば、木曾も躊躇《ちゅうちょ》するだろう。

これらのことが全《すべ》て上手《うま》く運んだならば、伊賀、伊勢に目を配りつつ留まって欲しい。ただしこの作戦が何処《どこ》かで破綻《はたん》したならば、決して無理はせずに平家本隊に合流するように。これが平田入道に知盛が頼んだ一切合切である。

平田入道は全てを見事に成し遂《と》げた。長門の知盛のもとに伝わったという報はそのことであった。

「新中納言様が拳《こぶし》を強く握り、その後、東の空に向けて深々と頭を下げておられたのをよく覚えています」

幾ら平田入道とはいえ、易々《やすやす》と成し遂げられることではない。五分五分、いや三割程度しか成功の見込みはないと思っていたのだ。これで今後の戦略は大きく変わり、平家が逆転する公算は一気に高まる。知盛の感謝の念は如何程《いかほど》だったか。

「確かに……当時、木曾軍では平田入道を如何にするかと議論が紛糾《ふんきゅう》していました」

西仏は記憶を手繰《たぐ》るように視線を上げた。

「このことで太宰府より、むしろもっと東の地が本拠として望ましくなりました」

木曾軍が平家本陣を攻めようとすれば、平田入道が背後を脅《おびや》かす。平田入道を先に始末しようとすれば平家本隊が上洛の構えを見せる。連絡を取り合って即応するためには、遠い太宰府より、もっと畿内《きない》に近い場所のほうがよいという訳である。

「なるほど。故に平家が向かったのが……」

西仏は話に引き込まれるように身を乗り出した。

その勢いに押され、己も頷く。

「そう、屋島《やしま》です」

讃岐《さぬき》国北東、陸から僅《わず》かな距離に浮かぶ離れ島である。人が手を加えた訳ではないのに、削ったように平らな頂きを持つ山があり、それが屋根の如《ごと》く見えることからその名で呼ばれ始めたという。

多くの兵を留め置くことが出来るその地形に、清盛が存命の頃から目を付け、戦乱が起こった時の平家の拠点として整備を行ってきた。

知盛はこの屋島を本拠とした。屋島には大船を停泊させることが出来る深い湾もあり、機を見て畿内、中国、九州と、瀬戸内の海を越えてどこにでも兵を送ることが出来る。

西仏は深い溜息《ためいき》を漏らし、ゆっくりと話し始めた。

「こうして両軍はぶつかったという訳ですか。あの日の私はそのようなことは露知らず……ただ出陣が決まって大喜びしていました」

木曾の者たちは後白河法皇、公家《くげ》だけでなく、京の民にも白い目で見られていた。木曾義仲としては、やはり木曾軍が必要だと考えを改めさせるつもりであっただろう。

だが当時、幸長と呼ばれていた西仏には、そのような考えすらなかった。ただ居心地の悪い京から出られることが単純に嬉《うれ》しく、また他の若武者がそうであるように、己の勇名を轟《とどろ》かせんと意気込んでいたという。

「おかしなものですね」

物事は、どちら側から見るかというだけでなく、その時の立場でも大きく変わる。西仏の曖昧《あいまい》な一言には、そのような意味が含まれているのだと感じた。

雲間から月が顔を覗《のぞ》かせたらしい。障子《しょうじ》が茫《ぼう》と明るくなったのも束《つか》の間、風が強いせいか、すぐに元の影を取り戻した。

知盛は月を愛した。もしここにいたならば、すぐに立ち上がって障子を開き、そして残念そうに眉《まゆ》を下げただろう。そのようなことを思い浮かべながら、暫《しば》し障子を見つめていた。

一

海に落ちた月が微《かす》かに揺れている。瀬戸内の海は穏やかであるが、今宵は特に水面《みなも》が月を映すほど静かであった。

眠りにつけぬ夜は、雨でも降らぬ限り外で考えに耽《ふけ》ることが多いが、こうしているのは久しぶりのことである。

「風邪《かぜ》を召されますよ」

背後から呼ぶ声が聞こえて振り返った。立っていたのは希子《きこ》である。

「物騒だぞ」

屋島の己の屋敷からこの海辺まですぐとはいえ、夜の女の独《ひと》り歩きは危ない。源氏の手の者が紛《まぎ》れ込んでいることなどは滅多《めった》にないだろうが、そうでなくとも躓《つまず》いて転ぶことも十分あり得る。常の女性《にょしょう》ならば独りで出歩くことなど考えもしないだろうが、己の妻は思いきったことをする女である。

「殿のほうこそ大事な御身。供も付けずに物騒です」

希子は悪びれる様子もなく反対に窘《たしな》めてきた。

「心配ない」

太刀《たち》を佩《は》いており、知盛はそれを軽く叩《たた》いた。

教経《のりつね》には到底及ばぬとはいえ、武人としての腕は人並み以上という自負はある。

だが希子は納得いかぬようで、澄《す》ました顔で問い掛けてきた。

「曲者《くせもの》が五人掛かりで襲ってくるかもしれません」

「それならば相手が余程の手練れでない限り、逃げることくらいは出来る」

「ならば十人」

横にまで来た希子は悪戯《いたずら》っぽい眼差《まなざ》しを向けた。

「そうだな……咄嗟《とっさ》に砂を撒《ま》いて目を潰《つぶ》し、囲みの一点を突破することで活路を見出《みいだ》すか」

「では、百人」

「それほどの数が紛《まぎ》れ込んで気付かねば、もはや我らは負けだ」

あまりに飛躍《ひやく》した言葉に知盛は苦く笑い、希子もふっと息を漏《も》らした。暫し続いた無言の間を心地よい波の音が埋《う》めた。

「眠れませんか？」

希子が小さく尋ねた。

知盛は、静かに微笑む。

「色々と考えてしまい、目が冴《さ》えてしまった」

「近いのでしょうか」

「ああ」

知盛は間髪《かんはつ》を容《い》れずに答えた。木曾義仲の動向を探るため、密《ひそ》かに間者を放っている。その者たちからの報せを纏め、木曾軍との決戦は近いと見ていた。

「殿は木曾と和議を結ぶおつもりなのでしょう？」

「ああ、そのつもりだ。だが今の段階では、向こうがそれに応じまい。まずは鼻柱を圧《へ》し折る必要がある。さすればあの御方《おかた》もまた動かれるはず」

伝わって来る話に拠《よ》ると、後白河法皇と木曾の仲は芳《かんば》しくないらしい。とすると、木曾の軍が己たちに敗れたならば、法皇はすぐに見限るだろう。

それはつまり、頼朝を招き入れるということだ。そうなれば、前門の虎《とら》、後門の狼《おおかみ》となり、木曾は窮《きゅう》する。

和議を結ぶのはその機だ。

そのためにもまず、次の木曾との一戦で絶対に負けるわけにはいかない。

「間に合うか」

知盛は振り返って月を見上げる。思わず心中の言葉が漏れ出た。

「何の話ですか？」

希子は訝《いぶか》しげに首を捻《ひね》った。

「いや、木曾との戦の話の続きだ」

「月が答えを知っているので？」

「うむ……何と申せばよいか」

知盛はこめかみを掻《か》いて苦笑した。何とも説明が難しく、また、話したとしても突飛に思われて、にわかには信じてもらえないだろう。

「最近、陰陽《おんみようりよう》寮におられた方々とよく話しておられると聞きました。そのことと関係するのでしょうか」

「お主は賢《さか》しいな」

まさしくそれに関係している。

平家が政《まつりごと》の中枢《ちゆうすう》を握った後、清盛は陰陽寮に一門から多くの者を送り込んだ。近年特に顕著《けんちよ》であるが、その頃から慢性的な不作が続いていたからだ。不作の原因を清盛は、天候の影響もあるが、

——暦がずれているのではないか。

と、考えた。故に一門に詳しく調べるよう命じたのである。よって今、平家一門には天文の知識に長《た》けた者が多い。

——新中納言様、お話が。

その者たちが、改まって話し掛けてきたのは、屋島に来て間もない頃である。彼らは、とある現象が間もなく起こると進言した。それは史書には確かに記されているものの、極めて珍しい。平家の軍政に関《かか》わることではないが、年寄りでも初めて見ることになるものであるから、動揺せぬよう事前に伝えようと思ったということであった。

知盛は天文に詳しくなかったが、彼らの話は一々納得出来た。己があまりに早く呑《の》み込んだも

のだから、彼らの方が驚いていたほどである。

――これは戦に使えるかもしれぬ。

話を聞き終え、知盛はそう思った。

ただし条件が揃《そろ》ったならばの話である。揃えるように動いてみるが、戦は相手のいることだから確実とはいえない。ただ希子にも語ったように、この一戦は特に大事になるため、使えるものは何でも利用しようと考えたに過ぎない。

「どう話してよいか……まずだな……」

知盛は何とか上手く嚙《か》み砕いて話せぬかと思案していたが、

「いえ、結構です。きっと難しいお話ですもの」

と、希子は丸い笑い声を上げた。知盛もつられて口元を綻ばせ、希子の嫋《たお》やかな肩に手を添えた。じんわりと掌《てのひら》に温《ぬく》もりが伝わって来る。

「冷えるな。そろそろ帰るか」

「はい」

希子は微笑みを浮かべながらこくりと頷いた。月は艶《あで》やかな光を放っている。知盛は夜天と、希子の足元とを交互に見ながら行く。希子は寄り添うようにして横を歩む。

「あ……忘れていました」

「どうした?」

唐突に言うものだから、知盛は眉を顰《ひそ》めた。

「お伝えしたいことがあったのです。殿がまだ起きておられると聞き、お話しするために来たのでした」

「何だ」

「子の話です」

「知章《ともあきら》がどうかしたか」

多感な年頃である。そんな時に、慣れ親しんだ京を落ちることとなり、さらにここまで転々としてきたのである。ずっと共に過ごして来た弟の知忠《ともただ》とも離れ離れになった。また何かあったのではないかと心配した。

「違います」

「増盛《ぞうせい》か？」

仏門に入っている次男である。こちらは俗世とは縁を切っているため、累《るい》が及ぶとは思えないが、京で何か動きがあったのかもしれない。

「いえ」

「ならば知忠《ともただ》か！」

知盛は思わず足を止めてしまった。知忠はすでに伊賀の親類のもとに身を寄せている。知忠の身に何かあったならば、それこそただ事ではないのだ。

「それも」

希子がゆっくり首を振ったので、知盛は訝《いぶか》しんで眉を寄せた。すでに三人の男子の名は出した。

娘も一人いるが同行しており、それも訊いたが違うと言う。

「どういうことだ……？」

狐《きつね》に抓《つま》まれたような気分になり首を捻る。希子は微笑みを浮かべている。思えば先ほどから希子の声の調子は暗いものではなく、むしろ優しく、慈愛《じあい》に満ち溢れたものであることに気が付いた。

「まさか……」

「はい。子が宿っております」

希子はそっと自らの腹に手を添えた。

すでに四児の父であり、この告白も随分《ずいぶん》慣れたものであった。だがまさか、この屋島で聞くことになろうとは露ほども思わず、唖然《あぜん》としてしまった。

知盛は我に返ると、希子の手に、己の手を重ね、しみじみとした口調で言った。

「子が宿っているか」

「はい」

「それにしても……また兄上や重衡《しげひら》に何か言われそうだ」

知盛は苦笑の息を漏らした。

己は希子と同年。まだ元服も済まぬ前から決められた婚姻《こんいん》である。このような場合、外面《そとづら》は取り繕《つくろ》うものの、仲が冷え切っている夫婦も多いなどと聞く。

だが己たちの場合、貝が合わさるが如く相性が良かった。仮に関係が良好でも側室を置くことは珍しくないのだが、知盛はそれもしていない。勧《すす》められたことはあるが、天真爛漫《てんしんらんまん》な希子の顔を思い浮かべると、どうもそのような気にはなれずに断って来た。子は全て希子との間に生まれている。

故に兄弟たちからは、仲が良いことだとよく揶揄《からか》われている。夫婦になって二十余年。五子まで身籠《みごも》ったとなると、きっとまた軽口を叩かれるだろう。

「でも、きっとお喜び下さいます」

「ああ、それは間違いない」

二人が口元を綻ばせるのも、ぴたりと揃った。

生まれて来るこの子は、どのような一生を過ごすのか。平家が栄華を誇っていた頃のようにはいくまいが、このような境遇になって取り戻したものもある。穏やかで、温かい、そんな人々に囲まれた一生であって欲しいと願う。

「いよいよ負けられぬな」

知盛は再び月を見上げ、改めて決意を強く固めた。

二

寿永《じゆえい》二年(一一八三年)九月も終わりに差し掛かった頃、京に放った物見から、屋島の知盛のもとに、

——木曾軍、京を発《た》つ。

との報がもたらされた。

京を発ったのは九月二十日とのこと。木曾義仲自らは大将を務めず、代官に軍を率《ひき》いさせている。

そうしたのには、今の義仲を取り巻く状況があった。

平家が去った後の京には、様々な勢力が入り込んだ。反平家とはいえ、それらは決して一枚岩とは呼べない上、義仲とその叔父、新宮十郎との確執も日に日に深まっている様子である。さらに後白河法皇は粗野な義仲より、宮仕えをしていたこともある新宮を寵愛《ちょうあい》しているとの話も伝わっている。

そのような中で義仲が京を離れれば、新宮が暗躍して失脚させられることは必定。故に、自身の出陣を止《や》めたものと見える。

「が、決して油断は出来ぬ」

一門の評定の場でそれらのことを話し終えた後、知盛はそう結んだ。

皆、京にいた頃とは違う面構えで、真剣に知盛に目を向けてくる。

まず木曾の軍勢は七千騎、その威風は堂々たるものであるという。しかも七千は武士だけの数で、従者、小者や、海戦に備えて雇い入れた水夫《かこ》も含めれば優に一万を超えているとのこと。

一方、此方《こなた》はどうか。

屋島に逃れてから徐々に勢いを取り戻しつつあるものの、動員出来る兵は多く見積もっても一万五千余である。しかも周辺ではまだまだ反平家の兵を挙げる者もおり、それらに対応し、屋島を守るために兵の半数を割かねばならない。木曾軍に向けられる数は七千がやっとであろう。

つまり此度は両軍ほぼ同数で、がっぷり四つに組み合う恰好《かっこう》となる。

「加えて義仲麾下《きか》の中でも、猛々《たけだけ》しい顔ぶれが揃っておるようじゃ」

弟、重衡は顎《あご》に手を添えつつ唸《うな》った。

まず義仲の名代として大将を務めるのは、義仲の同族にして、木曾軍での信頼も篤《あつ》い足利義清《あしかがよしきよ》。

副将は名族滋野氏《しげのうじ》の流れを汲《く》み、如何なる時も冷静沈着との噂もある海野幸親《ゆきちか》。

他に義清の弟の足利義長《よしなが》、幸親の嫡男幸広《ゆきひろ》、次男幸長《ゆきなが》など、倶利伽羅峠《くりからとうげ》の戦いでも活躍して名を馳《は》せた、錚々《そうそう》たる武士が加わっているという。

「此度の一戦、我らが巻き返すためには必ずや勝たねばならぬ」

知盛は一座をゆるりと見渡した。皆も同じように考えているようで、一斉に頷く。

知盛には練《ね》りに練った必勝の策がある。だがこれは、誰かが勝手な振舞いをすれば画餅《がべい》に帰す。さらにこれまでの武士の常道を考えれば、卑怯《ひきょう》な策と取る者も出そうだ。故にまず、絶対に勝たねばならないということを共通の認識としておきたかった。

「何をしようと、軍のことは新中納言に任せている」

宗盛にそう後押ししてもらった後、知盛は腹案を初めて皆に披露《ひろう》した。何時《いつ》戦うのか、何処で戦うのか、そして己たちは如何なる動きをするのか。それら天地人について滔々《とうとう》と語った。

「そのように上手くゆくのでしょうか……」

懐疑的になって首を捻る者がいた。これまでの武士の合戦は個々の武勇が重んじられており、戦場での動きは行き当たりばったりとなることも多々あった。戦術を練らぬこともないが、今回ほど綿密な計画を立てることは皆無だったのである。

「上手くゆかせるのだ」

決意の強さを隠さず、知盛ははきとした口調で答えた。

「それにしても、この戦のやりようは……」

他の者が口を歪《ゆが》めた。卑怯と誇《そし》られないかという不安が顔に浮かんでいる。知盛がそれを窘《たしな》めようとした矢先、口を開いた者がいた。

京を捨てる、捨てないで、ずっと知盛と論争してきた叔父の平経盛《つねもり》である。

「新中納言殿は全てを背負《せお》うおつもりだ。それほどの覚悟を持つ者がこの場におるのか」

経盛の鋭い一喝《いっかつ》に、反論する者はなかった。こちらへ視線を移すと、経盛は低く尋ねた。

「それで勝てるのだな」

「必ずや」

知盛が力強く答えると、経盛は鷹揚に二度、三度頷いた。

こうして評定は纏まり、知盛は七千の軍勢を揃え、対岸に木曾軍が現れるその時を待った。

木曾軍が播磨《はりま》に入ったとの報を摑《つか》むや否や、知盛は屋島から軍を出発させた。

その軍船の数、八百。大船団である。

軍馬の数では源氏に遥《はる》かに劣《おと》るものの、反対に船の数では平家が圧倒していた。京を落ちた後、旧都福原もすぐに放棄《ほうき》したからこそ、平家は船団を無傷で温存出来ていたのである。

目指す先は児島《こじま》、古くより「吉備《きび》の児島」などと呼称されている備前の対岸の目と鼻の先に浮かぶ島である。ここに軍を入れるのが、知盛の策の第一であった。

すでに児島は平家の支配下にあったが、あまりに早い段階から大軍を入れれば、何か策があるのではないかと木曾軍に警戒《けいかい》されるかもしれない。故に木曾軍が播磨に入った時点で、それに応じるような恰好で軍を動かしたという訳である。

「兄者、駆け付けてくれたぞ」

同じ船に乗る教経が海原を指差した。小島の陰からわらわらと船が湧き出るように現れ、平家の水軍に合流していく。この辺《あた》りの海を牛耳《ぎゅうじ》っている塩飽《しわく》水軍である。清盛存命の頃より良好な関係を築いており、此度も平家に同心する旨《むね》を伝えてきてくれていた。そこで、児島に向かう途中で合流する段取りをつけていたのである。

塩飽水軍の軍船が約二百。

これで平家の軍船と合わせて船団は千艘《そう》となった。

児島の南に下津井《しもつい》という湊《みなと》がある。そこに船を入れて兵を下ろした。率いてきた七千全てではなく、その一部の二千である。

「越前《えちぜん》殿、お頼み申す」

知盛は島に降り立った教経の兄、通盛《みちもり》に向けて船上から呼び掛けた。通盛の役目は、児島の北の湊の一つ藤戸《ふじと》を陸から千の兵で守り、木曾軍の上陸を阻《はば》むことである。

「ご心配めさるな。誰一人島に上げぬことこそ、者どもの無念を晴らすことと思っておりますれば」

通盛は弟と似ても似つかぬ柔和《にゅうわ》な物言いで答えた。通盛は倶利伽羅峠の戦に出ており、そこで多くの郎党を失っている。雪辱を果たさんと無茶をするのではないか。己がそんな心配を抱いているると考えたらしい。

「門脇《かどわき》殿……真《まこと》によろしいのでしょうか？　今ならば能登に代わることも出来ます」

冷静な通盛を心強く思いながらも、知盛は首を振って横の門脇殿に改めて訊いた。教経と、この通盛の父、門脇中納言教盛《のりもり》である。児島の北端にはもう一つの比較的大きな湊として浦田《うらた》があり、こちらも守りを固める必要があった。知盛が教経をそこに配することを考えていたところ、

――儂《わし》が守ろう。

と、教盛が評定で名乗りを上げたのである。門脇殿はすでに齢《よわい》五十六の老境にある。戦に臨《のぞ》ませるのは忍びなかった。表立って反対するのは面目《めんぼく》を潰すことになると思って容《い》れたが、今ならば本音で語ることも出来る。

「あの倅《せがれ》が素直にそなたの横を譲《ゆず》るはずがなかろう」

鬢《びん》から零れた白髪《しらが》を潮風《しおかぜ》に靡《なび》かせつつ、門脇殿は苦笑した。

「説《と》き伏せます」

「むしろ儂が命じたのだ。命を賭《と》して新中納言殿をお守りしろと」

今後、平家挽回《ばんかい》の鍵は知盛が握っている。誰が討たれるとしても、知盛だけは討たせてはならぬ。故に教経はそのことを第一に考えよ。門脇家三人でそのような話が交《か》わされていたというのだ。

「痛み入ります」

「それに老骨と侮《あなど》るなかれ。儂は保元平治《ほうげんへいじ》を兄清盛と共に戦い抜いた古強者《ふるつわもの》よ」

門脇殿は白鬚《しろひげ》をしごきながら不敵に笑った。

「侮ってなどおりません。よろしくお願い致す」

こうして教盛、通盛はそれぞれ千の兵を率いて児島の北へと陸路で向かっていった。

「そろそろ俺も行こう」

二人を見送った後、皆の気持ちを切り替えるかのように弟の重衡が手を叩いた。下津井はこの辺りでは一等大きな湊ではあるが、千艘ともなればとても入りきれない。もっともそうでなくとも、知盛は千艘のうち、四百艘は児島の北西にある大島《おおしま》に停泊させるつもりだった。それを率いるのが重衡という訳である。

「頼む」

「また後ほど」

重衡は軽く手を上げて応じると、ひょいと船に乗り込んだ。戦で死ぬことはおろか、負けるなどとは微塵《みじん》も思っていないと言いたげなその態度に、知盛は頰《ほお》を緩めた。

残るは六百艘の船と、三千人の兵。これを知盛が率い、木曾軍を討つ。緩んだ頰が引き締まるのを感じ、知盛は両掌で己の顔を叩いた。

児島と備前本国の間の海は古来より、

――吉備穴海《あなうみ》。

と、呼ばれている。この吉備穴海に沿った西岡《にしおか》、万寿《ます》の辺りに木曾軍七千が陣立てした。木曾軍は陣を布いたもののすぐに攻めて来ることはなかった。

木曾軍はまず児島を奪い取ってそこを拠点とし、次いで塩飽の小島伝いに讃岐国に上陸した後、屋島を陸から攻め落とそうとするだろう。陸戦に長け、海戦を苦手とする源氏ならばほぼ間違いない。だがそれでも船が要ることに変わりはなく、その調達に奔走しているのである。

「集まったようだな」

下津井の沖、船上の知盛は北を見つめつつ呟《つぶや》いた。ここからは連島《つらじま》に遮られ、木曾軍がいる西岡はよく見えない。が、島の間を船が抜けるのは見える。かなりの数、五百艘ほどは集まっているだろう。

さらに越前三位通盛が守る藤戸、門脇中納言経盛が守る浦田の近くにも、数隻の木曾の船が来たらしい。物見と見て間違いない。

「こちらは厳しいと思うはず」

知盛はさらに独り言《ご》ちた。

両者ともに柵《さく》を造ってしかと守りを固めている。この浜に上陸するのは、船の扱いに長けた己たちでも厳しい。仮に出来たとしても多大な犠牲《ぎせい》を払うことになる。木曾軍は児島への北からの上陸を諦《あきら》め、西側、あるいはぐるりと回り込んで南から上陸するしかないと考えるはず。それこそが知盛の狙《ねら》いであった。

「そろそろ……耳に入ったと見てよいな」

相手なき知盛の言葉だったが、まるで応じるかのように海猫が鳴いた。

船を徴発するにあたり、この辺りの潮の流れについて、近隣の漁師に聞き込むことは容易に想像出来る。

この辺りは大小多数の小島があるせいで、潮の流れは複雑だが、大まかには、

——朝は南へ、昼より北へ。

と、いうものである。

潮の流れに乗れば櫓《ろ》を漕《こ》がずとも進むため操りやすく、反対に逆《さか》らえば倍の力で漕がねばならず操りにくい。つまり木曾軍としては、朝のうちに船を出し、潮の力を借りて己たちを撃破したいところである。

だが敵方、つまりこの場合は平家も潮の力を利用したいため、こちらは昼を過ぎてから戦いたいと思う。この辺りの駆け引きが海戦ではかなり重要となってくる。

閏《うるう》十月一日の払暁《ふつぎょう》、知盛は木曾軍に向けて軍使を乗せた船を送り、

——これより合戦に及ぶ。覚悟せよ。

と、伝えさせた。

このように宣戦布告するのは珍しいことではなく、従来の武士にとっては作法の一つと考えられている。そのような作法を知盛は下らぬことと断じているものの、木曾軍は別段おかしいことと思わないはずだ。

故に、大将足利義清をはじめとする木曾方の諸将は、

――平家は船戦が得意というが、潮目も読めぬ愚《おろ》か者であったか。

などと、小躍《こおど》りしていることであろう。あるいは潮目が不利でも勝てるという平家の驕《おご》りと取ったかもしれない。いずれにせよ有利な状況で戦えるのだから、木曾軍としては願ってもないこと。すぐに五百艘の船が一斉に出航した。

「いよいよか」

知盛は頬に跳ねた飛沫《しぶき》を指で拭《ぬぐ》った。

軍使を向かわせると同時に、すでに下津井から船を出して海を漂わせている。位置は経盛が守る浦田のやや南、広江《ひろえ》と呼ばれる地から西の沖合である。

万が一敗れた場合は児島を守る経盛親子を脱出させねばならないため、下津井には百艘の船を残してきていた。故に、率いているのは五百艘。

数は木曾軍と全くの同数であるが、船上の兵の数は三千とこちらが少ない。木曾軍も念のために千ほど兵を残したようだが、それでも六千と倍の数を誇っている。

「来るぞ！」

「木曾の船だ！」

知盛が乗るのは、平家が持つ船の中でも随一の大きさを誇る唐船《からふね》。船内から郎党、水夫たちが口々に声を上げた。

木曾軍は連島と児島の間を抜けて来る。知盛は二百艘を備えとして後方に下げ、残り三百艘を海峡の出口を囲むように扇《おうぎ》状に展開させている。

兵法で謂うところの鶴翼《かくよく》の陣である。知盛の乗る唐船はその中央に位置する。

「やはりそう来るか」

こちらが櫓を漕いで一つ所に懸命《けんめい》に留まるのに対し、木曾軍は潮の流れに乗って中央を一点突破するつもりである。この陣は突進してくる敵を速やかに包囲できるのが利点であるが、陸よりも海のほうが即座に動くのが難しく、両翼を閉じるのにも時を要する。己が木曾軍を指揮したとしても、この戦術を採るであろう。だが、それを防ぐ手はすでに打っている。

「兄者、気付いたようだぞ！」

教経が横で木曾の軍船を指差した。

知盛は必勝のため、この戦に幾つもの策を講じていた。

まず一つ目の策。この鶴翼に配した三百艘の船を、

――全て縄で繋《つな》ぐ。

というものである。

船を縄で繋ぐことで木曾軍は中央を抜くことは決して出来ない。突っ込んで来れば、両翼の船

が縄で引き寄せられ、こちらが労せずとも木曾軍を三方から包むような恰好となる。さらに味方は潮に流されにくく、揺れも少ないので戦いやすい。

木曾軍の中にはこの策に気付き、逆櫓《さかろ》を使って退こうとする船も散見出来た。

「だが止まれぬ」

潮に流され、さらに後ろからは味方の軍船が迫り、押し出されるように近づいて来る。潮の流れに乗ったことが裏目に出るとは、夢にも思わなかったであろう。

「放て！」

知盛の号令と共に鉦《かね》が鳴らされ、三方から一斉に矢が放たれた。無数の矢が降り注いで、木曾の軍船は瞬《また》く間に針山のようになり、同時に多くの悲鳴が海原に巻き起こった。

「向こうも射てくるぞ」

木曾軍からも矢が放たれた。此度、矢を放つ射手、楯《たて》で守る者と、予《あらかじ》め役割を分けてある。知盛が下知をするまでもなく、楯を持つ者が射手を守る。

「お隠れ下さい！」

知盛と教経の前にも、教経の童《わらわ》、菊王丸《きくおうまる》が大きな木楯を掲《かか》げた。こちらが矢を放った時に比べ、明らかに矢の刺さる乾いた音が少ない。代わりに水音が多かった。菊王丸の楯にも、一矢が刺さっているのみである。

「思った以上に効《き》き目があるようだ」

知盛は身をゆっくりと上げ、木曾軍の船の群れを見つめた。

これが二つ目の策で、

――陽《ひ》を背にして戦う。

ということである。

海は光を照り返す。故に陸で戦う以上に、陽に向かって戦えば目が眩《くら》みやすい。策というよりは海戦の心得のようなものだが、海に慣れぬ木曾軍には思いのほか効果があった。

さらに敵の目を惑《まど》わす第三の策も講じている。

――武士も大鎧《おおよろい》を脱《ぬ》ぎ、腹当《はらあて》を身に着けよ。

そう命じているのだ。

船戦では矢での攻防が重要となってくる。この時、従者、郎党、木《こ》っ端《ぱ》武者ではなく、身分の高い武士を狙うというのが定石である。そのため、鎧兜《かぶと》のこしらえの良き者が的となる。単に大物を討ち取って己の名を揚げたい者が多いだけなのだが、結果的にそれで指揮が乱れ、全軍が瓦《が》解《かい》する事態に陥るのだ。

故に、敵に誰が将かを判別させぬため、武士も大鎧ではなく、従者のような腹当を身に着けさせたのである。さらに時に敵船に飛び乗り、あるいは泳がねばならぬ海戦では、身軽な腹当のほうが活躍出来る。

「能登、あれを」

最も近い敵船の上、太刀を振って指揮を執る武者を知盛は指差した。

「よし」

教経もまた腹当姿である。大弓を取って矢を番《つが》えた。本当なら三人掛かりでやっと引けるほどの張りの弓である。引き絞る音は獣の唸りを彷彿《ほうふつ》とさせた。

「照覧あれ」

その相手は己か、それとも楽土へ旅立った平家一門か、あるいは神仏か。教経は畏《かしこ》まった口調で言うと、剛腕に似合わぬ柔らかな動きで手を後ろへ離した。

放たれた矢は、天地の蒼《あお》を切り裂《さ》くように飛び、木曾の武者の胸に突き刺さった。武者は吹き飛ばされるようにして船から転げ落ちる。高く上がった水飛沫が、陽の光を受けて玉虫色に煌《きら》めいている。

あまりに鮮やかな光景に、一瞬、敵味方の全員が息を呑んで動きを止めたのが判った。その間を埋めるように、教経が大音声で咆哮《ほうこう》した。

「討ち取ったるは王城一の弓取り、能登守教経ぞ‼」

木曾の軍船からはどよめきが、平家の軍船からは一斉に歓声《かんせい》が上がる。その時には両軍の船は、遂に舳先《へさき》が触れ合うほどまで距離が詰まっている。

「乗り込め！」

知盛が叫ぶと同時に、再び鉦が鳴らされた。三方から平家の武者、郎党が一斉に敵船に飛び移り、入り乱れての戦いが始まった。船の揺れに慣れ、身に着けたものは軽く、しかも士気の差も頗《すこぶ》るあり、平家が優勢である。

相手も連戦を経て京を落とした者ども。この段になると眼前の敵を屠《ほふ》るだけと腹を括《くく》ったようで、そう容易《たやす》くは崩れることなく踏み止まっている。

「待て。まだだ」

今にも飛び出しそうな教経を制し、知盛は天を見上げた。間もなく、間もなく、この決戦において最大の「策」が成るはずなのだ。

「来た……」

知盛は思わず零した。疑っていた訳ではないが、実際に目の当たりにするまで不安だったのは確かである。

日輪が少しずつ欠け、黒く塗りつぶされていく。

「おお……真か。あやつらも馬鹿に出来ぬなあ」

教経は感嘆を漏らした。あやつらというのは、陰陽寮に勤めていた平家一門の者たちのこと。武を重んじる教経は、軟弱の徒と侮っていたのである。

「あれは……何故、陽が欠けるのです……」

菊王丸も信じられぬといったように目を擦《こす》っている。

「月が遮っているのだ」

陽も、月も、星も天を巡る。端的に言えば数十年、数百年に一度、それらが重なる時がある。

——今日、この刻限、陽の前を月が遮ることになるでしょう。

陰陽寮の一門が進言したのは、そのことであった。これを聞いた知盛は、

——この千載一遇の機を戦に生かせぬか。

と、考えたのである。

陽はみるみる侵蝕《しんしょく》され、辺りに翳《かげ》りが生じている。事前に伝えた平家の者たちですら信じられぬ様子なのだから、木曾軍の驚愕《きょうがく》は凄まじいものである。茫然《ぼうぜん》、唖然とする者が続出していた。

知盛は追い打ちをかけるように叫んだ。

「旭《あさひ》の名を冠した木曾に、天帝が恚《いか》っておられる。天意は我ら平家にあり!」

旭とは太陽のこと。木曾がこの名を得たと聞いたからこそ、より使えると思ったのである。これは効果覿面《てきめん》であった。木曾軍を動揺が駆け抜け、逃げ場のない船上を走り回る者もいる。そのせいで比喩《ひゆ》ではなく、軍船までが小刻みに震えていた。

すでに陽のほぼ全てが月に喰《く》われている。闇夜《やみよ》の如くとは言い過ぎかもしれないが、灰と橙《だいだい》を混ぜたような暗さが辺りを覆《おお》っていた。

そんな中、劣勢《れっせい》の木曾軍にあって、船上で数人を相手取って奮戦している武士がいる。それだけでなく、

「引き鉦を打て。立て直すぞ!」

と、的確な指示を飛ばしていた。身に纏《まと》う大鎧の装飾《そうしょく》から見ても、名の知れた者であると察せられた。撤退を知らせる鉦が打ち鳴らされ、水夫が必死に櫓を漕ぎ始める。

「水夫を射よ!」

知盛の命で、標的が水夫に変わる。雨の如く矢が降り注ぎ、木曾の船足が鈍《にぶ》くなった。

——水夫を討って足を止める。

これも知盛の必勝の策の一つであった。

「卑怯な!」

「水夫を討つとは、作法も知らぬ者どもめ!」

「汚《きたな》し!」

木曾軍から次々と怨嗟《えんさ》の声が上がった。誰が言い出したのか、船戦において水夫を狙うのは合戦の作法に悖《もと》るとされている。故に事前に評定で、このことを一門に告げ、

——これは私の為《な》すこととして、全てを背負います。

と、説得していたのだ。

人は何故争うのか。それを問うたところで答えは出ない。これまでも、これからも、人は変わらずに争い続けるだろう。幾らそこから目を背《そむ》け、自らを美しく装《よそお》ったとしても、ただ争うという一点だけで、人はすでに愚《おろ》かしく、汚《けが》らわしい生き物ではないか。それなのに、どうにか醜《みにく》さを隠そうと、無用な作法や美徳を作る。そのせいで戦は長引き、民は貧困を強いられる。

ならばたとえ卑《いや》しいと罵《ののし》られようとも、臆病《おくびょう》と詰《なじ》られようとも、醜さを隠さず、愚かさを晒《さら》し、戦の無益を知らしめ、戦を鎮《しず》める戦をしようと心に決めた。

ただ、それと同時に知盛は、

——人の美しさというものは別の所にあるのではないか。

という気がしてならなかった。できれば、それを後の世の武士たちに示す、そのような生き方をしたいと切に願っている。

「恐れるな。全てはこの知盛の仕業《しわざ》。射続けよ！」

知盛は溢れる感情を隠すことなく皆を励ました。射られた水夫が項垂《うなだ》れる。卑怯と叫ぶだけで何もしない者が大半の中、件《くだん》の武士だけは落ち着き払って指示を出す。

「太刀を捨てても良い。楯を手に水夫を守れ。平家の兵を落とせ。いや、乗せたままでもよい。今は退くことこそ功と思え！」

木曾軍はそれで一気に態勢を立て直す。木曾軍の水夫も懸命に漕ぎ、徐々に平家の船群から離れていく。

「縄を切れ。追撃に入るぞ」

知盛は命じた。船と船を繋いでいた縄を切って、逃げる木曾の軍船を追う。

「詰めの船にも続くように伝えよ」

後方に残した二百艘。ここには兵はほとんど乗っていない。代わりに馬が満ち溢れるほど載せられている。海で敵を壊滅させ、その勢いのまま対岸まで攻め落とすつもりでいる。

徐々に日輪は光を取り戻しつつあった。逃げる木曾、追う平家、互いに潮に逆らっている。縄を切るのに時を要した分の差はなかなか縮まらない。

「重衡、行け」

潮風の中、知盛は呟《つぶや》いた。これが最後の策である。

――大島から東の乙島《おとしま》へ、逃げる木曾軍の横腹を突け。

と、重衡に命じていた。

陸での木曾軍の精強さは尋常ではない。故に、軍を分けて数の有利さを捨ててでも、海の上で確実に屠《ほふ》らねばならないと考えていた。

乙島の陰から重衡が率いる無傷の四百艘が現れ、逃げる木曾軍に攻撃を始めた。そこに追いついた平家本軍も攻めかかる。もはや戦は一方的であった。五百艘あった木曾の船は、すでに二百艘を割っている。

——大将足利義清、討ち取ったり。

との報が入った。重衡の猛攻を受け、足利義清の乗る船は操舵不能に陥った。義清は小舟に乗って逃げようとしたが、重衡軍から一斉に矢を射かけられてあえなく討ち死にしたという。

「大将なき今、勝利は確かなものとなりましたぞ！」

「一気に陸まで攻め上りましょう！」

麾下の者たちが意気揚々と言い合う中、知盛はまだ気を緩めずにいた。先刻より、木曾軍の動きが統制を取り戻している。大将が討たれたにもかかわらず、いや、大将が討たれたからこそであろう。他の者に指揮が移ったのだ。この者がなかなかの手練れであることは間違いない。

「あの男だ」

「ああ」

教経も目星が付いているらしく、知盛の言葉に頷いた。船の兵が次々と陸に逃れる中、殿《しんがり》として湾の口を塞《ふさ》ぐように留まる十艘ほどの船がある。そのうちの一艘こそ、先ほど味方に退却を命じて、崩れた態勢を立て直した者の乗る船であった。あの者を討てば木曾軍は今度こそ総崩れとなるだろう。

大小、敵味方、数百の船が入り乱れる中を割るように、知盛の唐船は殿の軍船へ近づいていく。

「能登」

昂《たかぶ》る気を鎮めるように、荒々しく息をする教経を呼んだ。

「菊王丸、兄者を守れ」

「はい」

菊王丸が応じると、教経は低く確かめた。

「よいのだな……？」

「ああ、行け」

知盛が許すや否や、教経は弾《はじ》かれたように駆け出した。味方の船から船へと飛び移り、件《くだん》の敵将を目指す。巨軀《きょく》に似合わぬ華麗な跳躍に、味方の兵は喝采《かっさい》を送った。

「の、能登守――」

「王城一の兵《つわもの》だぞ！」

「逃げろ！」

木曾軍も猛然と近付いてくる教経の存在に気付き、早くも船上に恐慌が渦巻いている。その中で、件の将は落ち着き払って待ち構えていた。

教経が敵船に向けて飛ぶ。その最中、宙で猛々しく吼《ほ》えた。

「能登守だ‼」

「海野幸親が嫡男、弥平四郎《やへいしろう》幸広」

刹那《せつな》の静寂があったせいで、敵の名乗りもしかと聞こえた。

二本の白刃が迸《ほとばし》り、甲高い金音が鳴り響く。教経が放った剛の一撃を、幸広と名乗った男は受け止めた。それだけで只者《ただもの》でないことが判る。

「ようし」

大抵は一太刀で決着が付くだけに、相手が強者であると解って教経は嬉々《きき》としている。鍔迫《つばぜ》り合いとなったが、力比べでは負けると察したか、幸広は身を捻って流した。教経が撃ち込み、幸広が懸命に流す。両雄の攻防に皆が息を呑むが、教経が押しているのは誰が見ても明らかである。

「兄上！　助太刀致します！」

幸広の弟であろうか。隣の船から別の武士が呼ぶ。

「来い！　纏めて相手をしてやる！」

教経は片手で斬撃を続けつつ、残る手で招くような仕草をした。

「幸長、来るな！　こやつは人外。ここは任せて、お主も退け！」

「しかし――」

「俺の覚悟を無駄にするな！　木曾殿を頼む！」

教経の旋風の如き一太刀に頰を切り裂かれながらも、幸広は懸命に訴えた。

幸長と呼ばれた弟は、何かを喚《わめ》いてなおも駆け出そうとしたが、郎党たちに制止された。幸長が乗った軍船も徐々に離れていく。それを横目に見た幸広の頰が、微かに緩んだように見えた。

「もうよいか」

ほんの僅かであったが、教経は手を止めていた。幸広は教経に向け軽く会釈《えしやく》をすると、太刀を構え直した。

「来い、王城一の兵よ」

「さらばだ。海野弥平四郎」

源平、それぞれが握る刀が交《まじ》わった。次の瞬間、一人が突っ伏すように頽《くずお》れ、一人は立ち尽くした。平家の船からどっと歓声が上がる。残った木曾の兵の中には、得物を放って逃げ出す者、降《くだ》る者が続出した。

立ちはだかる船はもう無い。平家は船を万寿、西岡に寄せ、そのまま陸に駆け上がった。木曾軍はもはや抵抗することもなく、東に向けて這《ほ》う這《ほ》うの態《てい》で逃げていく。だが思ったより多くの兵を逃してしまったのは、海野幸広の奮戦があったからである。

ともあれ、平家の完勝である。勝鬨《かちどき》を上げた時、ようやく知盛は肩から力が抜けていくのを感じ、糸を吐くように細く息を漏らした。

「これで五分《ごぶ》だ」

まだ戦の熱気が抜けきらぬ波の上で、すっかり元に戻った陽を見つめながら、京にいるはずの「旭」に向けて知盛は静かに呟いた。


（下巻へ続く）

本作品は学芸通信社の配信により京都新聞、山陰中央新報、紀伊民報、山形新聞、四国新聞に２０２０年12月〜２０２３年１月の期間、順次掲載したものです。出版に際し加筆・修正しております。

著者略歴

今村翔吾（いまむら・しょうご）
1984年京都府生まれ。滋賀県在住。「狐の城」で第23回九州さが大衆文学賞大賞・笹沢左保賞を受賞。デビュー作『火喰鳥 羽州ぼろ鳶組』（祥伝社文庫）で第7回歴史時代作家クラブ・文庫書き下ろし新人賞を受賞。「羽州ぼろ鳶組」は続々重版中の大人気シリーズ。同年、「童神」で第10回角川春樹小説賞を、選考委員（北方謙三、今野敏、角川春樹）満場一致の大絶賛で受賞。「童神」は『童の神』と改題し、第160回直木三十五賞候補にもなった。『八本目の槍』（新潮社）で第41回吉川英治文学新人賞、及び第8回野村胡堂文学賞を受賞、「週刊朝日」歴史・時代小説ベスト10第一位に選ばれた。『じんかん』が第163回直木賞候補及び第11回山田風太郎賞受賞、「週刊朝日」歴史・時代小説ベスト3第一位に選ばれた。『塞王の楯』（集英社）で第166回直木賞を受賞。「くらまし屋稼業」シリーズ（ハルキ文庫）もまたたく間に人気シリーズとなっている。他の著書に『幸村を討て』（中央公論新社）『イクサガミ　天』（講談社文庫）『てらこや青義堂　師匠、走る』（小学館）、初の現代小説『ひゃっか！　全国高校生花いけバトル』などがある。

Kadokawa Haruki Corporation

今村翔吾

茜《あかね》唄《うた》（上《じょう》）

*

2023年3月18日第一刷発行

発行者 角川春樹

発行所 株式会社 角川春樹事務所

〒102-0074 東京都千代田区九段南2-1-30 イタリア文化会館ビル

電話03-3263-5881（営業） 03-3263-5247（編集）

印刷・製本 中央精版印刷株式会社

定価はカバーに表示してあります
落丁・乱丁はお取り替えいたします
ISBN978-4-7584-1439-5 C0093
http://www.kadokawaharuki.co.jp/
図版 三潮社